Lesebühne Cottbus
Besteht seit März 2009
Gegründet durch Andreas Vent-Schmidt und Matthias Heine
Stammautoren: Matthias Heine, Udo Tiffert, Mathies Rau
Frequenz: einmal monatlich
Termin: i.d.R. letzter Mittwoch im Monat
Texte: selbst geschrieben
Ort: La Casa Cottbus, Karl-Liebknecht-Str. 29, 03046 Cottbus
Zeit: 20:30 Uhr
Eintritt: frei
Publikum: äußerst attraktiv, begeistert, treu

Unsere Gäste
Ahne, Uli Hannemann, Frank Sorge, Michael Bittner, Sarah Bosetti, Andreas Spider Krenzke, Michael Schwessinger, Tobias Glufke, Daniela Böhle, Michael Christopher, Holger Haag, Daniel Ebert, Max Rademann, Roman Israel, Laura Maria Hänsel, Daniel Ratthei, Peter Blochwitz, Nils Contius, Marilisa Feger, Robert Rescue, Ivo Slomak, Andreas Kampa, Jochen Schmidt, Volker Surmann, Sophia Güttler, Sabine Dreßler und Etta Streicher (Stand: Juni 2016)

Wir danken:
dem zauberhaften Publikum der Lesebühne Cottbus, unseren Familien, Nico Swaton, LaCasa und Mitarbeiter, Andreas Vent-Schmidt, Clemens Schiesko, Anne-Kathrin Schöller-Rentsch, Stefan Baer, Thomas Richert, Laura Maria Hänsel, Maria Schneider, Heiko Portale, Veikko Göhlich, Conny Meißner, Blicklicht - Kulturmagazin, Hermann – Das Magazin aus Cottbus, dem Piccolo Jugendklub.
Besonderer Dank: an Petra Gurisch und Monika Rau

„Das ist Euer Moment“

„Das ist Euer Moment“ Impressum
1. Auflage 2016

Umschlaggestaltung: Clemens Schiesko
Satz: Stefan Baer
Druck und Bindung: docupoint Magdeburg / www.docupoint-md.de
www.lesebuehne-cottbus.de
mail: lesebuehnecottbus@gmail.com

ISBN 978-3-9818069-0-8

Inhalt

1

Inhalt

2

Inhalt

3

1

Moment der Erkenntnis

Als der Koch bemerkte, daß
die Köchin schon lange
mit dem Lehrling
im Lager war,
nahm er die große Kelle
von der Wand
und
schöpfte Verdacht.

Udo Tiffert

Pascals Roman

Von Udo Tiffert

Wir saßen beim vierten Pils im frisch ergrünten Biergarten, Amselgesang und schlimmes Privatradio über uns, da durchschritt er den Eingang: Pascal Müller-Kehlmann, erfolgloser, aber lokal bekannter Schriftsteller. Hatte ein Buch über seine Ehe geschrieben, hatte für seine Ex-Frau und deren Verwandtschaft im Roman Klarnamen verwendet. Verlor vor Gericht damit, glatt ohne Deal. Musste alle 20 Exemplare unter notarieller Aufsicht vernichten. War'n ziemlicher Auflauf, weil er zu diesem Anlass zehn Stiegen Sekt gekauft hatte. Wer eine Flasche bezahlte, bekam einen Link zur PDF vom Roman. In welchem er hübsch ausgeteilt hat, der Pascal. Naja, die Fickszenen waren bissel bieder, Champus im Bauchnabel, rosa Schleifenkram, Fußfesseln, Kopfkissen anzünden, was alle machen...

Im Grunde erfuhr man nichts Neues über die Familie. Das Beste war noch der leicht sperrige Titel, das Ding hieß: „Ich öffnete die Büchse der Pandora und sie war leer"

wenn es geht möcht ich noch bleiben

Von Matthias Heine

wenn es geht möcht ich noch bleiben
denn die augen sind sehr hungrig noch zu sehen
beim kämmen dich und dabei schweigen

wenn es denn geht möcht ich noch reden
weil die geschichten gut sind und nicht zahnlos
weil die wörter reif sind sie zu sagen

wenn es nur geht möcht ich noch fassen
nach dir und dich neben mir und bitte auch das unfassbare
große ganze, den kitsch und ja den scheiß regenbogen auch

wenn es irgend geht möcht ich dich küssen
und atem tauschen am tag und in den nächten
kleine tode schmecken
und die großen teilen denn die werden kommen einmal

wenn es nur irgend geht möchte ich dies eine
dies klitzekleine happy end mit hübschen wiegenkindern
hellen wachen augen die einen sinn nachzeichnen und dann
ein neues bild
bis alles asche ist einmal oder elektrizität

wenn es geht möcht ich noch bleiben

Ä-mäh-sen

Von Udo Tiffert

„Heh Kleener, ich hole was zu essen, was nehm'wa?"
„Hmmm."
„Döner oder Pizza?"
„Hmmm."
„Oder Süß-sauer?"
„Hmmm."
„Was machst'n da gerade?"
„Mann, guck mir nich off'n Monitor!"
„Bestellst'e was? Was denn?"
„Nee, ich guck nur nach Preisen."
„Amazon?"
„Papa! Es heißt Ä-mäh-sen!"
„So'n Quatsch, ich seh's doch, ich kann doch wohl noch lesen: A-Mah-Zon!"
„Papa: Ä-mäh-sen!"
„Ä-mäh-sen! Und Cottbus liegt an der „Spray" oder was? Und einer, der im Spraywald seinen Kahn stakt, ist ein Sprayer, oder wie? Mann, wir hamm ja in der Jugend ooch viel Blödsinn gequatscht. Und nicht zu wenig. Aber so'ne Scheiße? Mann, Mann, Mann, wo soll das mal hinführen?

Du machst mir Angst. Eine Scheißangst kann man kriegen, wenn man euch quatschen hört! Möcht‘ ma wissen, wozu ich dich Deutsch beigebracht habe?“

„Has‘te nich, Papa.“

„Geschenkt. Was nu?“

„Süß-Sauer, Papa!“

„Okay, mit Nudeln oder Reis?“

„Nudeln.“

„Okay, Nudeln für dich, ich nehme Reis. Bis gleich!“

„Papa!“

„Ja?“

„Ä-mäh-sen!“

„Ich zieh dich eene rinn!“

Schmauchspuren

Kommissar, 50 Jahre alt, Zeugin 60 Jahre, „gut erhalten!“

Von Udo Tiffert

„Ja, sehr schade, wirklich! Wir gehen davon aus, dass es Mord war!“

„Mord, wer tut denn so was?“

„Mörder tun so was. Deshalb heißen sie ja so.“

„Herr Kommissar, in diesem Haus raucht niemand!“

„Komisch, ich hab doch gerade an meiner Zigarette gezogen.“

„Wo hatten Sie denn Ihre Kinderstube?“

„Das wollen Sie gar nicht wissen!“

„Ich schlage vor, wir schweigen, bis mein Anwalt hier ist.“

„Jetzt machen Sie mich aber richtig neugierig.“

„Ja, die Gier auf Neues ist eine schlimme Angewohnheit.“

„Kommt wohl von den vielen Morden. Mord ist altmodisch.“

„Sicher hat Sie Ihr Beruf zu dem gemacht, was Sie heute sind?“

„Oder die Kinderstube?“

„Ein Bad gab es dort sicher nicht!“

„Also nochmal: Wo waren Sie in der Nacht vom 12. zum 13. zwischen 1 Uhr 26 und 1 Uhr 29?“

„Im Bett."
„In welchem?"
„In meinem natürlich und: allein!"
„Das erste Wort, das ich Ihnen glaube."
„Ich HATTE Männer, früher. Und von denen ging keiner unzufrieden weg."
„Darauf rauche ich mal gleich noch eine."
„Sie werden hier nicht noch eine rauchen!"
„Gut, ich mach' sie aus. Ich mag entschlossene Frauen."
„Was werden Sie mit dem Mörder tun?"
„Abknallen, was sonst?"
„Kein Gerichtsverfahren?"
„Zu teuer."
„Aber..."
„Aber vielleicht ist er längst über alle Berge?"
„Oder SIE? Haben Sie schon einmal erwogen, dass eine Frau..."
„Sie werden's nicht glauben: Es sind meistens Frauen!"
„Und immer Gift, was!"
„Was Sie wollen: Gift, Revolver, Strick, Drahtseil, Nagelfeile, Haarnadel, Ofenhaken, Brieföffner, Tranchiermesser, Säure, Tupperdosen..."
„Ach, Herr Kommissar, ich glaube der Anwalt kommt nicht mehr."
„Kennen Sie vielleicht einen anderen...?"
„Kennen schon, aber..."
„Gut, dann machen Sie sich mal obenrum frei, ich muss Sie nach Schmauchspuren untersuchen!"

ortsangabe

von Matthias Heine

auf dem grund
der baltischen see
aufsteigen in dem wasser
zweimillionen jahre kalt
durch den schwarm violetter quallen
haifischgesichter laichen und tanzen darauf
abstoßen an den meeresspiegel, lungen
an der luft aufsteigen, körpern

in den metallbauch des schiffes
geboren in tonnen stahl
auf's erste deck
die zungen an rostigen geländern klettern
schmecken bis auf's offene deck
unter deck-en und kapuzen in den plastikstühlen
leben und grasowka teilen gegen harten wind von vorn
du und ich schlafen
interstellar über uns der nachthimmel, kristallklare augen
und die götter
bis nach trelleborg

Nach Cottbus

Von Udo Tiffert

Meine Familie zog im August 1974 von Boxberg nach Cottbus. Aus einem Neubaublock am Waldrand in die Bezirkshauptstadt. Ich musste Freunde verlassen und an einer 16. POS in der Drebkauer Straße weiterlernen. Die 6. Klasse begann für mich, der erste Schultag selbstredend mit einem Fahnenapell. Weil er ein weißes T-Shirt trug, auf dem ein Männerkopf mit einem Cowboyhut abgebildet war, musste ein kleiner Junge aus der zweiten Klasse vor alle treten. Der Schuldirektor machte ihn nun ausführlich zur Sau. Die unbestechliche Logikkette war: Cowboy-Amerika-USA-Imperialismus-Aggression. Der kleine Junge würde für jemanden werben, dessen einziges Ziel unsere Vernichtung ist! Jeder, wir alle konnten gut sehen, dass der Kleine für nichts warb, rein gar nichts, höchstens für kindliche Unschuld. Das war also Cottbus.

Mein Vater fragte: Willst du nicht Sport machen? Ja, sagte ich. Ging zur BSG Lokomotive Cottbus, wurde Langstreckenläufer. Wir liefen auf den Spreedämmen nach Frauendorf, Neuhausen. Durch die Madlower Schluchten, nach Branitz, durch den Branitzer Park. Liefen am Priorgraben. Liefen nach Saspow, Skadow, Maiberg. Wurden dabei Freunde. Sind es zum großen Teil noch heute. In Cottbus lebte ich als 11jähriger bis

ich 36 Jahre alt wurde. Ein glattes Vierteljahrhundert, Jahre aus Glück und Misslungenem. Es gibt Menschen, die behalten nur das Glück im Gedächtnis. Misslungenes tilgt sich vollständig, samt Backups, und selbst die Erinnerung daran, dass es eventuell Backups von irgendetwas gegeben haben könnte, verschwindet: Was reden Sie da? Ein Unfall? Unmöglich? Das sind nur die Lügen der Gegner? Was für Akten? Mann, heutzutage gibt es Firmen, die stellen alte Akten her, die altern Papier und Tinte im Wäschetrockner! Und dann legen sie sich die hin, warten ganz ruhig auf den besten Zeitpunkt und schauen Dir ins Gesicht dabei... hören Sie doch auf, das wird ja langsam peinlich... Ist man Autor, muss man sich an alles erinnern. Ich weiß am Beginn eines Textes nie, welche Farben, Stimmen und Gerüche ich benötigen werde.
Im Jahr 2000 zog ich nach Berlin, 2006 in jenes oberlausitzer Haus, in dem ich als Kind lebte, 3 Jahre alt, 4 Jahre alt. Einmal im Monat kehre ich in die Spree- und Sportstadt Cottbus zurück, die Stadt mit der Lesebühne.

Exposé vom traurigen Roman

Von Udo Tiffert

Die Preise für Fernsehgeräte waren gefallen, gefallen und dann weiter gefallen. Menschen, die sich zu wenig für internationale Geldbewegungen interessierten, sahen den Luxus der oberen Zehntausend nun an einmeterfünfzig Bilddiagonalen aufgehängt. Autos mit Fernseher und Minibar, hellblaue Pools und immer Sonne! Sie wuchteten ihren Leib aus der Couch, liefen zum Schrankfach, in dem sich die eigenen Kontoauszüge befanden und kehrten wieder um, hatten sie doch im Kopf, was diese aussagen würden: Viel ging weg, wenig ging drauf. Auch unnütze Versicherungen und Vorsorgen fraßen ein Viertel der Einkünfte und dunkel ahnten sie, dass diese Summen genau in diesem Moment verprasst wurden! Von wem?

Genau: Von der schillernden Obrigkeit, die in Frack und Fliege und bodenlangem Kleid auf dem Neujahrsball im Tanze eloquente Runden drehte, so leichtfüßig, so souverän. Obrigkeit, die mit knappen, klaren Gesprächen in den Nebenzimmern dafür sorgte, dass Geld weiterhin in die richtige Richtung floss, vom Kleinen Mann und der Noch Kleineren Frau zu denen, die mit erfahren-dramatischer Stimme ins Mikrophon sprachen: „Es ist wichtig, in diesen wirtschaftlich engen Zeiten auch einmal zu feiern, um zu spenden, für jenes krebs-

kranke Kind das in Zentral-Antarktis wohnt und eine neue Thermohose benötigt!"
Und der einsachtzig große, Kleine Mann drehte seinem großen Wandbildschirm den Rücken zu, trat schweigend auf die Straße, seine einssechsundsiebzig Kleine Frau untergehakt, und ward weiterhin zum Schweigen angehalten. Denn die beim Neujahrsball waren viel zu clever, um nicht Polizei und Innen-Geheimdienste für sich mor... arbeiten zu lassen. In den Augen seiner Frau blitzte es dennoch wiederholt auf: So tu doch endlich mal was!
Und der Kleine Mann biss auf die Zähne: Ich gehe doch arbeiten, ich lass mich doch Tag für Tag verscheißern, vom Chef, der mir Jahr für Jahr weniger Geld gibt und noch größere Autos für sich und die Jagd kauft und weitere Autos für seine langbeinigen Töchter. Würde der mich entlassen, nimmt mich niemand mehr!
Aber die Kleine Frau blieb sauer. Freitagnacht drehte sie sich nun weg, klemmte die Knie zusammen. Der Mann stand auf, sagte „Scheiße!" zur Küchentür und nahm Wodka aus dem Kühlfach. Fragte sich: Wozu hat man dann eigentlich eine... ja, wegen dem Heiraten und der Verwandtschaft... Dann schaute er auf seine blauadrige Resterektion und auf die lila Bommel seiner Hauspuschen und flüsterte: Irgendjemandem werde ich es heimzahlen, jemandem, der nicht zurückschlägt, jemandem der mich nicht entlassen kann.

Das tapfere Mädchen

Von Mathies Rau

Sie saß mit der Totenakte ihres Vaters im Rucksack auf meinem Bett. Sie sagte „Ich musste nicht weinen“. Sie lachte dann leise über sich selbst und streckte die Brust voll Stolz nach vorne.

Es war der Moment, an dem ich zum ersten Mal den Gedanken zuließ, mich vielleicht doch in sie verliebt zu haben. Ihre Tapferkeit imponierte mir am meisten. Von allen imponierenden Eigenschaften, die sie hatte – und das waren gar nicht wenige – war es die Tapferkeit, die meinen gut aufgestellten Schild aus gesundem Rationalismus am härtesten traf. Jetzt legte sich der Staub und der Schild lag vielleicht im Dreck. Das wusste ich noch nicht genau. Wollte ich auch gar nicht. Sich in sie zu verlieben war nämlich, aus Gründen, gar keine so gute Idee. Umso mehr, weil ich es könnte. Mit ganzem Herzen, oder womit auch immer man das tut, hätte ich mich in sie verlieben können. Nur einen Moment nicht aufgepasst und dann wäre es wieder wie damals, als wir uns im Frühling eine Decke geteilt und uns stundenminutensekundenlang geküsst hatten. Nur schlimmer wär das! Nochmal fortstoßen könnte ich sie nicht. Das musste ich wohl eingestehen. Noch einen Kuss und ich wäre verliebt.

„Alles okay?“, fragte sie.

„Ja klar“, sagte ich. „Nur geträumt.“

Ich holte ihr Wasser, sie erzählte die erstaunlich fahrlässige Geschichte, wie sie in den Besitz der Totenakte ihres Vaters gekommen war. Ein schöner Titel für ein Theaterstück dachte ich noch. Die erstaunlich fahrlässige Geschichte; wie Maria Kowalewska in den Besitz der Totenakte ihres Vaters gekommen war. Maria Kowalewska passte besser zum Titel als ihr richtiger Name. Als ich ihr das Wasser geben wollte, stand sie so dicht vor mir, dass es aussah, als würde sie um eine Umarmung betteln. Mein Blick musste das Gleiche sagen. Wir hätten uns beide gerne geküsst, dachte ich und gab ihr das Wasser. Sie trank mehr mit Enttäuschung als mit Durst.

„Du, ich werde das aufgeben mit dir", log sie. „Das hat keinen Zweck, ich brauch' meine Energie anderweitig."

„Das ist vernünftig", sagte ich die Wahrheit und log schnell hinterher, „es wäre nichts geworden." So viel Vernunft hätte sonst kein Mensch ausgehalten. Dann gingen wir auf den Balkon.

Erst beobachtete ich ihre Zigarette beim Scheinen, dann ihre Augen beim Glimmen. Vielleicht auch umgedreht, ich erinnere mich nicht mehr genau. Nur noch daran, dass sich unsere Blicke dann trafen und wir uns so festhielten bis die Sonne untergegangen war. Ich fand das irgendwie romantisch, auch wenn es gar nicht so lange dauerte, weil die Sonne ja schon fast weg war, als sie die Zigarette angemacht hatte. Und irgendwann gingen wir dann wieder in die Wohnung, immer so, dass mindestens ein halber Meter zwischen uns lag. In etwa so weit, dass man mit der Haut die Körperwärme des anderen auch in seiner Einbildung nicht richtig spüren konnte. Sie nahm den Rucksack mit der Totenakte ihres Vaters. Tapferes Mädchen dachte ich da, wie sie ohne sich umzudrehen die Tür verließ. Vielleicht dachte ich auch, „ich bin verliebt". Aber das wäre ja hoffentlich egal.

Gottes Hütchen

Von Matthias Heine

Als Johanna die Wohnungstür hinter sich verriegelt, lehnt sie sich rasch mit dem Rücken dagegen. Sie schließt die Augen und atmet tief ein. Sie ist jetzt ganz ruhig und ein warmes Gefühl steigt in ihr von den Füßen bis unter die Schädeldecke auf. Sie atmet aus. In der Wohnung ist es still. Ein stilles Rauschen. Möglicherweise hat sie niemand gesehen. Sie zieht das Paket unter ihrem Mantel hervor und öffnet es. Ein Portemonnaie aus schwarzem Lederimitat. Ein pralles Kleingeldfach. Zwanzig Euro zu einem Zehner und zwei Fünferscheinen und endlich das Foto. Sie nimmt es zwischen ihre Finger. Ihre Augen untersuchen es hastig. Auf die Rückseite hat ihre Mutter etwas geschrieben. Zwei Worte. Die Tasche und das Portemonnaie fallen auf den Dielenfußboden. Münzen rollen endlos in ein stilles Rauschen und Johanna rutscht langsam an der Tür hinab in die Hocke, die Augen weiter in der Dichte einer lichtempfindlichen Ferne.

Der Schauspieler Tom Taucher war gerade Gott und knallt mit der Garderobentür. Er verbittet sich jede Störung. Der Applaus hängt noch in seinen Kleidern. Vier Vorhänge. Er setzt sich. Der Spiegel fragt: Kann es sein? Bin ich wirklich Klaus Kinski? Ein Wiedergänger? Bin ich Gott? Der Schauspieler Tom Taucher nimmt sich Gottes Hütchen vom Kopf, zieht sich eine Line Koks durch den angemalten Nasenflügel und holt sich einen runter. Es ist gutes Zeug. Es sticht im Kopf. Er muss ein Auge zukneifen. Er stellt sich vor, wie es wäre, die Tochter einer Kollegin zu vögeln. Sie war ein paar Mal bei den Proben dabei. Lange Beine, ein Arsch und ein guter Mund. Sie ist jetzt sechzehn und wäre ja soweit. Bis jetzt hat er noch jede Regieassistentin gefickt, die er ficken wollte, doch die waren immer schon Mitte zwanzig und kaputt studiert. Das ganze Geplapper. Die hundert Fragen an das Theater. Der ganze Scheiß, bis er ihn endlich versenken kann. Der Schauspieler Tom Taucher ist Schauspieler und weiß auch nicht, wo das herkommt. Ihre Titten und Muschis stören seine Fantasie. Ein Defekt in seiner Einbildungskraft. Immer wieder tanzen sie ihm durch den Kopf. Er muss um die Tochter kämpfen. Das Bild einer Muschi, die er noch nie gesehen hat. Er presst die letzten Tropfen Sperma aus seinem nicht ganz hart gewordenen Schwanz in ein Abschminktuch. Der Spiegel schaut ihm verlegen dabei zu. Gleich wird er im Foyer einige Bücher signieren und den Grinseaffen machen, den alle Welt von ihm erwartet. Es klopft vorsichtig. Der Schauspieler Tom Taucher knöpft sich aufgeregt die Hose zu. Alles sei soweit vorbereitet, lässt man ihn wissen. Und jemand hat Blumen und ein Geschenk abgegeben, ob er es gleich haben wolle oder was damit passieren soll. Der Schauspieler Tom Taucher will es gleich und verdammt noch mal nicht weiter gestört werden. Mit einem heftigen Fußtritt schießt er die Garderobentür in die Angeln. Die Hand der Regieassistenz schlittert knapp an einer schweren Quetschung vorbei. Er wird allen diesen Dilettanten eines Tages gewaltig den Arsch aufreißen. Ein Paket fällt auf den Boden.

Man trägt das Geld nicht lose in der Tasche. Die Schauspielerin Dörthe Freitag hat diesen Satz schon dreißig Mal zu ihrer Tochter gesagt und dreißig Mal gewusst, dass diese Behauptung Quatsch ist, dass sie nicht einmal einem vernünftigen Sachargument zugänglich ist. Dennoch hat sie zum sechzehnten Geburtstag ihrer Tochter ein Portemonnaie besorgt. Nichts Teures. Ein einfaches Portemonnaie aus schwarzem Lederimitat. Die Schauspielerin Dörthe Freitag verdient in ihrem Beruf nicht viel Geld. Sie steckt ihr etwas ins Portemonnaie und weiß wohl, dass das nicht einmal reicht, um einen verdammten Abend auszugehen, aber mehr ist nicht drin. Das Kind muss lernen, sich aushalten zu lassen. Sie wird ihr das Geschenk nach der Vorstellung geben und es solange an der Bühnenkante verstecken. Zwanzig Euro in Scheinen, zehn in Münzen und ein Foto. Ein sehr wichtiges Foto. Gott und ein Engel. Sie schreibt etwas auf die Rückseite. Zwei Worte. Mit sechzehn ist das Kind alt genug, alles zu wissen. Das Portemonnaie in eine Schachtel. Eine Schleife drum. Den Blick in der Vergangenheit. Nach dem soliden DDR-Studium in Leipzig arbeitet sie vier Jahre am Staatsschauspiel in Dresden, hat in der Kantine die Wende erlebt und spielt die Gretchens und Julias ihres Lebens hoch und runter. Eine Schleife drum. Als sie dafür etwas zu alt ist, wird sie am Schauspiel Osnabrück engagiert. Neben Münster, Stadt des westfälischen Friedens. Fragenden berichtete sie von ihrem künstlerischen Wirken an historischem Ort. Sie spielt dort die Marthes und Lady Milfords bis zur Verzweiflung. Bald findet man keine anständige Rolle mehr für eine inzwischen Vierzigjährige, verwelkte, etwas hysterische Spielerin mit leichter Schnapsfahne. Die große Film- und Fernsehkarriere, die ihren Ohren in den heißen Leistengegenden manch einflussreicher Männer versprochen wird, bleibt eine Illusion mit altem Penis. Doch ihre Tochter würde diesen Traum bald schon verwirklichen. Sie ist heute sechzehn und interessiert sich für das Theater. Fünf Jahre früher sitzen sie zusammen vor Dörthes Schminkspiegel in einer sogenannten Künstlergarderobe. Die Tochter auf dem Schoß der Mutter. Einen ganzen Stapel Fotos in der Hand. Mutti in jung. Mit einem tollen Ballkleid. Wie eine echte Prinzessin.

Mutti mit dem berühmten Schauspieler Tom Taucher, als der auch noch jung war. Dörthe kämmt dem Kind das Haar und haucht ihm ins Ohr: „Findest du deine Mutter schön? Findest du mich schön?“ „Wie ein Engel“, antwortet das Kind.

Vor einer Woche hat Dörthe ihr das letzte Mal heftig mit der flachen Hand ins Gesicht geschlagen. Sie kam viel zu spät, roch nach Alkohol und Zigaretten und hatte verflucht noch mal das Geld lose in der Hosentasche.

Die Vorstellung ist gelaufen. Carmen knipst das Licht über ihrem Textbuch aus. Tom war phantastisch. Manchmal glaubt Carmen, er sei Gott. Leider verhält er sich ihr gegenüber wie ein mieses, chauvinistisches Dreckschwein. Das erzählt einiges über Gott, denkt Carmen und dass sie vielleicht den Beruf wechseln sollte. Als er ihr das erste Mal mit der Hand von hinten über die Vagina gefahren ist, hat sie ihm eine geknallt. Sie hat sich darüber erschrocken, wünschte sie sich doch nichts sehnlicher, als Teil dieser Produktion zu sein. Der Schreck wich einer erfüllenden, inneren Ruhe. Der Schauspieler Tom Taucher schaut sie seitdem mit dem Arsch nicht mehr an und schikaniert sie, wo er kann. Leider gehört es zu Carmens Aufgaben, dem großen Künstler zu Diensten zu sein. Gleich wird er einige seiner Bücher im Foyer verkaufen. Der Stand ist vorzubereiten. Das Buch trägt den Titel „ICH, TOM TAUCHER – oder wie ich mich erschaffen habe“. Einige Zuschauer haben Blumen auf die Bühne geworfen. Carmen sammelt sie ein und findet ein Paket mit einer Schleife drum. Die Arme voller Präsente geht sie rasch zur Garderobe des Einzigen. Sie möchte den Scheiß möglichst schnell hinter sich bringen. Gar nicht erst einen Schritt in die Höhle dieses jämmerlichen, perversen, großartigen, gewaltig begnadeten Tieres wagen. Sie klopft vorsichtig.

Johanna ist begeistert. Seit Jahren ist sie ein riesen Fan von dem genialen Schauspieler Tom Taucher. Dem Überschauspieler. Und heute, an ihrem Geburtstag, hat er mit ihrer Mutter zusammen auf einer Bühne gewirkt. Jetzt, nach der Vorstellung, soll sie die Bühne nach einer Überraschung absuchen. Ein ganzer Tag im großen Theater. Das Geschenk ihrer Mutter. Ein großes Geheimnis soll darin gelüftet werden. Johanna lässt die Blicke konzentriert über den Tanzboden gleiten. Vielleicht wird sie eines Tages auch diese Kratzer in ihm hinterlassen. Bleibende Kratzer auf dem Tanzboden der Kunst. Ein grelles Licht blendet sie. Was sie verflucht noch eins hier zu suchen hat, wird sie barsch von einer Frauenstimme aus dem Nichts gefragt. Johanna erklärt sich und die Regieassistentin weiß, von welcher Überraschung das Mädchen da spricht.

Johannas Herz schlägt ihr bis unter den brauen Pony, als sie mit schwitzigen Händen die Klinke zur Garderobe ihres großes Idols hinunter drückt. Drinnen sitzt tatsächlich Gott. Jesus Christus. Klaus Kinski. Tom Taucher. Und schreibt etwas in ein Buch. Auf dem Boden liegt ein Paket. Das ist sicher ihres. Sie erkennt die Schleife. „Herr Taucher, entschuldigen Sie bitte die Störung. Ich bin ein riesen Fan. Ich...“

Der geniale Schauspieler Tom Taucher möchte gerade mit der Puderquaste Richtung Garderobentür werfen, als er im letzten Augenblick seine leibhaftige Wichsvorlage in der Tür stehend erkennt. Sofort wird ihm ganz heiß. „Kindchen“, sagt er mit zarter Kreidestimme, „was treibt dich denn in meine einsamen vier Wände? Glaub mir, ich bin hier fast zu Hause und meine Ehefrau, die Kunst, kocht schlecht und möchte dafür auch noch beklatscht werden. Aber ich bin ihr hoffnungslos ergeben. Erfolg kommt schließlich von er folgt.“ Der Schauspieler Tom Taucher bleckt die Zähne und hüstelt heiter. Sein Unterteil allerdings ist bereit, wie lange nicht mehr. Er muss sich Gottes Hütchen in den Schoß legen, damit das Mädchen nicht sehen kann, wie knüppelhart sich die Kunst in seiner Stoffhose abzeichnet. Der geniale Schauspieler Tom Taucher denkt darüber nach, sich mit einem Mal das Hütchen von den Lenden zu reißen und sich ganz zu präsentieren. Das wäre ein Hallo.

Johanna muss über Tom Taucher lachen. „Die Kunst kocht schlecht und möchte dafür beklatscht werden." Solche Gleichnisse würden nur wahrhaft großen Künstlern einfallen. Auch „Erfolg kommt von er folgt" wird sie sich für immer einprägen. Johanna erklärt sich und darf das Paket aufheben. Gelegenheiten muss man nutzen. Sie erzählt Tom Taucher von ihrem Traum, Kratzer in den Tanzboden machen zu dürfen. Sie offenbart sich ihm ganz und gar. Der Schauspieler Tom Taucher zieht Gottes Hütchen von seinem Schoß. Dann darf sie gehen. Kratzer auf ihrem Tanzboden. Das Paket hat sie dicht an ihre Brust gepresst, wie die Erinnerung an das unvergessliche Erlebnis mit dem genialen Schauspieler Tom Taucher. Jetzt muss Johanna schnell nach Hause laufen. Es regnet. Sie steckt sich das Paket unter ihren Mantel. Jetzt das Geschenk. Das Geheimnis.

Sie hält das Foto zwischen den Fingern. Auf der Rückseite hat ihre Mutter etwas geschrieben. Zwei Worte. Die klebrige Erinnerung an Gottes Hütchen, das Paket und das Portemonnaie fallen auf den Dielenfußboden. Münzen rollen endlos in ein stilles Rauschen und Johanna rutscht langsam an der Tür hinab in die Hocke, die Augen weiter in der Dichte einer lichtempfindlichen Ferne.

Stalingrad

Von Mathies Rau

„Was hätten unsere Jungs in Stalingrad dafür gegeben, so ein Wetter zu haben?!"

K war ein gutes Beispiel dafür, was Alkohol aus Menschen machen konnte. Er wurde schwer umgänglich, war eigentlich kein bisschen rechts, aber fing, an von Führern und Preußen und von Stalin zu reden. Wenigstens blieb er friedlich.

K war der beste Mensch, den L kannte. Beide gingen Arm in Arm durch die Nacht und stützen einander. Im Winter war es schlimmer als sonst. Das Sonnenlicht fehlte, die Tage waren zu kurz und die Nächte zu kalt, um wirklich fröhlich zu sein. Es war eine schlechte Zeit, um sie allein zu verbringen. Er dachte, dass es schwer für K sein müsste. L hatte immerhin seine Freundin und seine Mutter. Das war weit davon entfernt einfach zu sein, aber sie alle liebten sich. Für sie war der Winter schön. Im Sommer war die Freude für alle verpflichtend. Es gab eine ausgelassene Freude mit viel Licht. Im Winter rückten die Menschen zusammen. Sie halfen sich und keiften weniger. Sie saßen eng auf dem Sofa beieinander. Und wenn ein Junge ein Mädchen oder ein Mädchen einen Jungen für den Winter fand, dann liebten sie sich ganz heiß unter einer schweren Decke und genossen die Dunkelheit.

K hatte nur L. Wer weiß, wie er die Winter ohne ihn verbringen würde. Vermutlich würde er schrecklich frieren und sonst nichts weiter tun. Das Schneetreiben wurde dichter.

„Warum nochmal laufen wir?", fragte K.

L sagte: „Weil wir immer laufen."

Sie tranken oft in der Stadt. Wenn sie aus waren, dann meistens zusammen. Nicht selten hielt man sie für schwul.

„Warum laufen wir eigentlich immer?", fragte K.

L sagte: „Weil es dann länger dauert, nach Hause zu kommen."

K und L waren sich sehr ähnlich. Beide konnten sich nicht vorstellen, wie es wäre, ihre Stadt zu verlassen. Besonders K war hoch qualifiziert. Er hätte gehen können, nach Düsseldorf oder München. Regensburg hätte ihn mit Kusshand genommen. L hätte zu seiner Freundin nach Hamburg ziehen können. Sie hätte es ihm gedankt. Aber, wie K, war er zu verwurzelt. Sie wollten die Stadt nicht verlassen, in der sie Arm in Arm durch die Nächte torkelten.

„Ob es an mir liegt?", fragte K. Er schlief beinahe im Gehen ein.

„Sicherlich liegt es an dir", sagte L. „Du bist schüchtern, albern, feige und suhlst dich in Selbstmitleid." Er merkte, dass seinem Freund die Beine versagten und schulterte ihn.

„Du bist ein Arschloch L", sagte K. „Du hast eine Familie, du hast eine Freundin, du hast einen besser bezahlten Job, obwohl ich elendig viel qualifizierter bin. Und alle wenigen Probleme, die du hast, hast du nur, weil du nicht aus diesem Drecksloch raus willst!"

Stille.

„Ich hab doch gesagt, dass du feige bist", meinte L. Sie schleppten sich die Straße nach unten. Auf dem Gehweg türmte sich der Schnee. Es glitzerte im Laternenschein.

„Weißt du L, eigentlich haben wir da eine ganz schöne Stadt", sagte K, als sie sein Haus erreichten.

L sagte nichts dazu.

Kreise

Von Mathies Rau

Es war gegen drei Uhr, als er aus der Wanne auftauchte. Er wischte sich das Wasser aus dem Gesicht. Menschen änderten sich nicht. Seine Mutter war die gleiche wie vor siebzehn Jahren. Sein Vater auch. Es war nur schlimmer geworden. Seine Freundin war in den letzten Tagen unerträglich viel schlimmer geworden. Aber wenn er es recht bedachte, dann hatte auch sie sich nicht verändert.

Er selbst war in jedem Fall der gleiche geblieben. Er badete immer noch mitten in der Nacht. Vielleicht war das, was er in den Zwischenphasen tat, schlimmer geworden. Er schaute auf seinen Arm. Im warmen Wasser hörte das Blut nicht auf zu fließen, selbst nicht aus einem oberflächlichen Schnitt, der sich irgendwo auf seinem Oberarm verloren hatte. Sie würde sich umbringen, hatte seine Freundin gesagt. Sie würde sich die Pulsadern aufschneiden und sich in eine Wamme warmen Wassers legen. Und dann würde sie alles vollbluten und sterben.

Er hatte ein bisschen damit rumexperimentiert. Und er hatte herausgefunden, dass seine Freundin sterben würde, wenn sie sich die Pulsadern aufschnitt und in eine Wanne legte.

Das war eine wichtige Erkenntnis. Man konnte Sachen wissen, ohne sie wirklich erkannt zu haben. Wie eine fehlende Verinnerlichung. Erneut tauchte er unter. In einer flachen Wanne nicht nach oben getrieben zu werden, war gar nicht so einfach. Er betrachtete einen dünnen Schleier aus Blut, der vor seinen Augen durchs Wasser schwamm. Dann dachte er nach.

Seit sie zusammen waren sprach seine Freundin davon, sich umzubringen. Anfangs war es nicht oft gewesen und nur durch ein Hintertürchen. Jedes Mal, wenn sie das Thema anschnitt, ließ sie es schnell fallen und endete mit der Frage: „Ich weiß nicht, ob ich dir das anvertrauen kann." Der Satz war nicht als Frage formuliert gewesen, aber seine Antwort war eine richtige Antwort. „Natürlich kannst du mir vertrauen. Deswegen sind wir zusammen." Und auf diese Antwort hatte sie aufgebaut.

Mittlerweile rief sie jede Nacht an. Meist gegen zwei oder vier Uhr. So konnte er immer gegen drei Uhr baden gehen und war pünktlich davor oder danach fertig. Dieses Vollbad war fester Bestandteil seines Tages geworden. Jedes Mal sagte sie, sie bringe sich um. Er hatte es gezählt. Einhundertundsieben Mal hatte er es ihr wieder ausgeredet. Heute würde es das hundertachte.

Er beobachtete das Blut und überlegte, ob sich Menschen nicht vielleicht doch änderten. Seit einem Monat wollte er die Sache beenden. Immer ließ er sich von ihrer Stimme einlullen. Sie klang wie ein Engel. Eine helle, sanfte Mädchenstimme. Es gab kein Mittel gegen ihr Säuseln. Wie besessen rang er mit sich. Er wollte sie loswerden. Seine ganze Familie litt unter ihr und noch vielmehr unter ihm und seinem mangelnden Widerstand. Seine Mutter sorgte sich um ihn. Sein Vater auch. Es war nur schlimmer geworden. Seine Freundin war unerträglich viel schlimmer geworden mit ihrem Gesäusel. Aber geändert hatten sie sich alle nicht. Er tauchte auf und wischte sich das Wasser und ein paar Tropfen Blut aus dem Gesicht. Das Telefon klingelte. Es war gegen vier Uhr. Nichts hatte sich geändert.

als ich zärtlich ihr gedachte

Von Matthias Heine

pianisten muss man finger brechen,
malern in die augen stechen,
politikern die hände schütteln,
und an kartenhäusern rütteln.

den Schauspielern die schlaganfälle,
so wie den sandburgen die welle,
den sängern nehme man die zunge,
ein saxophon verliert an lunge.

den spielern reißt die ärmel weg,
dem milliardär den blankoscheck,
dem bassmann nehm' ich die kapelle,
der sehende verliert das helle.

den forschern nehm' ich den versuch,
der magier verliert den fluch,
dem pöbel nehme man das bier,
und du bleibst einfach nur bei mir.

Kleiner Vogel

Von Mathies Rau

Wie lange sie wohl schon laufen kann? Allzu lange noch nicht jedenfalls. Zwar stolpert das kleine Mädchen nicht mehr über die eigenen Füße, aber aufgehört zu hüpfen hat sie. Wo es doch so ein schöner Tag ist! Wären die Blätter nicht bunt und dieser herzhafte Geruch von gefallenem Laub im Wind, man könnte denken, es wäre Sommer.

Sie versucht es noch einmal, springt, hebt ab, fliegt eine endlose Sekunde und landet auf dem Straßenpflaster, souverän. Ob sie lacht, weil sie es diesmal geschafft hat? Vielleicht eher, weil sie geflogen ist. Vielleicht wegen der Sonne. Vielleicht lacht sie auch einfach und es gibt gar kein genaues Warum. Ihre Mutter lacht auch, ist fröhlich, sichtlich fröhlich, aber ihrem Gesicht scheint etwas zu fehlen. Sie laufen an einem toten Vogel vorbei. Es ist die Idee vom Hüpfen, die ihr fehlt. Die Mutter wird nicht hüpfen, nicht eines sonnigen Herbsttages oder einer leichten Brise wegen. Vielleicht, wenn sie mal einen Heiratsantrag bekommt, dann vielleicht, dann könnte sie springen, sie macht den Eindruck mit den ringlosen Händen und der sanften Stimme, mit der sie dem Kindervater in ihr Smartphone singt. Wie falsch das klingt. Smartphone. So ganz anders irgendwie, als Blätter und Bäume, wie aus einer anderen Welt, dabei haben auch Blätter und Bäume hier nur Menschen hingestellt, menschengemachte Natur an menschengemachten Straßen nur, und trotzdem klingt Smartphone grad seltsam. Als gehöre es eben jener anderen Welt an, in der Menschen an roten Ampeln stehen bleiben. Da steht sie, die Mutter, und die Tochter löst sich von ihrer Hand und spaziert durch die Sonne zum Straßenrand, zum toten Vogel, dem die Idee zum Hüpfen genauso in den Augen fehlt, wie der Mutter, die an der Ampel immer noch steht. Sie dreht sich um, will zur Tochter laufen und lässt sie dann doch gewähren, sich dem Vogel zu nähern.

Das Mädchen bückt sich und schaut auf die Krähe, und wo wir uns schon wundern, der Nähe wegen und warum das Tier nicht abfliegt, ist das Kind nicht im mindesten erstaunt, es hat ja keine böse Absicht, will nur schau'n, ihr kann die Krähe ja vertrau'n, da macht es Sinn, dass sie sitzen bleibt, was das Kind so treibt, ist ja nicht schlimm. Es duckt sich und guckt, nichts passiert. Und wo wir dann schließen, aha totes Tier, ist das Kind irritiert, jetzt übrigens zum ersten Mal. Es schaut so, als müsste der Vogel was tun, hüpfen zum Beispiel. Es stupst ihn und nun immer noch nichts, es stupst ihn nochmal, der Vogel rollt auf die Seite, liegt regungslos da. Das Kind zieht die Brauen zusammen, zieht den Mund zur Seite, und im Kopf des Mädchens beginnt eine Arbeit, die man auf dem Gesicht deutlich sehen kann und dann Klarheit. Als hätte es verstanden, was da liegt und dass es liegen bleibt, wie man's auch dreht und biegt. Ist die Zeit einmal ran, kann man nichts machen dagegen, da ist das Leben vorbei. Und das Kind springt auf und weint, rennt der Mutter wieder an die Hand. Die lächelt. Die weiß das ja schon. Wenn etwas endet, dann ist es zu Ende und irgendwann endet halt alles. Sie sagt "ist nicht schlimm, Marie, nicht schlimm". Und hat wohl Recht, wenn's darum geht: alles, was entsteht, ist Wert, dass es zu Grunde geht.

Unsportlich

Von Udo Tiffert

Ich hatte einen Sattelschlepper gemietet und mein Freund, der Förster, der auch Dr. war, er hatte über Lockstoffe für heimische Wildtiere promoviert, riet mir, wo ich ihn am besten hinstelle. Als sich eine solide Rotte Wildschweine auf der Ladefläche eingefunden hatte, hob die Hydraulik die Klappe vorsichtig an, verschloss sie und wir fuhren zu einem Golfplatz.

Ich fand, dass Golf erstens kein Sport und zweitens voll-Assi war. Ich hatte eine Initiative gegen Golfplätze in Ostdeutschland gegründet. Diese Initiative hatte keinerlei Zulauf, was mich umso mehr anspornte.

Morgens, bevor es morgens richtig hell wurde, lenkte ich den Sattelschlepper zum Zaun des Golfplatzes und unter Stoßstange und Reifenprofilen legte er sich bereitwillig nieder. Bald hielt ich an. Die Rückwand öffnete sich und schwebte hinab. An den Rändern des Platzes verfing sich Tau in den Netzen der Baldachinspinnen. Die Wildschweine liefen los. Still war es. Still und friedfertig. Es schwirrten keine Vogelstimmen durch die Morgenluft. Einzig vernehmbar war das dürre, stoßweise, wie schüchterne Keuchen vom Ausatmen des seine Fassung zurückgewinnenden Schwarzwilds.

Und während sich die klugen Wildschweine auf dem Golfplatz umsahen, setzten mein Freund und ich Rotbauchunken in den Teichen aus.

Dies wiederholten wir an weiteren Orten. Bald waren alle Golfplätze Ost-deutschlands entweder unbrauchbar oder aus Naturschutzgründen gesperrt. Das war einfach nur geil!

Nach dem ersten Coup kurz vor Berlin hatte ich den Sattelschlepper nach Hannover gefahren und dort wieder abgegeben. Ein Glücksfall, der die Spur für die sofort eingesetzte Ermittler-Task-Force in eine völlig falsche Richtung lenkte. Später wurde ich in einer südöstlichen Kleinstadt gefilmt, das Austauschen der Kennzeichen hatte mir zwar Zeit verschafft, aber wie sagt ein altes sorbisches Sprichwort: Wenn es am schönsten ist, wird man entdeckt.
Der Leiter der Sonderermittlungsgruppe „Wildschwein“ war leidenschaftlicher Golfer. Er besuchte mich zu Hause und betonte, dass wir doch, wenn auch Gegner, die Sache zivilisiert wie Gentlemen regeln könnten! Irgendwann sagte er: „Wissen Sie, ein wenig verwirrt bin ich schon darüber, wie jemand, der so feine, eloquente Bekennerschreiben ins Netz stellt, gleichzeitig von so niederem, ja beinahe billigem proletarischen Neid getrieben sein kann.“
Der Mistkerl war gerissen. Er hatte seine Hausaufgaben gemacht, hatte mit einem dicken Lob begonnen. Denn bei Lob bin ich wehrlos wie eine Schnecke auf der linken Spur einer Autobahn.
Und er fuhr fort: „Wie ich hörte, trägt die Frau Ihres promovierten Freundes, des Försters, ihr drittes Kind im Leib. Und Sie werden sicher wieder als Pate fungieren. Wäre doch verdammt schade, wenn der Vater des Kindes erst zum 10. Geburtstag wieder zuhause wäre. Aber dazu muss es nicht kommen. Dafür sitzen wir beide hier, zwei vernünftige Männer im zivilisierten Mitteleuropa, damit es dazu nicht kommt! Stellen Sie sich vor: Weiter südlich müssten unsere Familien, Generation um Generation eine blutige Vendetta... aber das weiß ein belesener Mann wie Sie alles selbst!“

Es gab kein Verfahren und seitdem arbeite ich für den Verband deutscher Golf-plätze im Außendienst. Ich besuche Gemeindeversammlungen und schildere dort die Vorzüge vom Kugelgeschiebe der Scheiß-Reichen, bzw. statte ich die Zahl der vom Golf abhängigen Arbeitsplätze mit dem Faktor Hundert aus und rede von symbiotischen Synergieeffekten für die gesamte Region, für die Zukunft, für nachhaltiges, kurzgeschnittenes Grün, für die Dorfschöne, die im Golfclub bedienen darf und vielleicht sogar solch einen Scheiß-Reichen abgreift. Statt „Scheiß-Reicher" sage ich „Leistungsträger".

Immer während ich mich so reden höre, hab' ich das Gefühl, dass mir Gott und sämtliche Engel mit einem Hochdruckschlauch literweise Fäkalien ins Genick pressen... später, wenn ich fürchte, dass es Gott nicht gibt, und auch keine Engel, bin ich nur noch selbst-allein verantwortlich, das ist dann wirklich schlimm. Schwer auszuhalten.
Oft besuche ich die Familie meines Freundes, hebe ein Kind an und flüstere: Du hast einen feinen Papi, eine Mama und einen Paten. Du bist ein Glückspilz."
„Drehn, drehn!", ruft das Kind. Und ich kreise mit ihm durch Vernunft und Sicherheit.
Sich selbst aushalten will gelernt sein. Und es gelingt nicht immer. Oft gebe ich im Netz das Wort „Maulwurfzucht" ein und kaufe beheizbare Terrarien auf.

Belorussisch-schlesische Elegie und Reichtum

Von Udo Tiffert

Ich war Bewohner der tiefsten Ostzone. Ich war 7 Jahre alt. Meine Mutter fuhr einen Portalkran in der Vormontage des Kraftwerks Boxberg, 1970.

Beim Aufbau des Kraftwerks halfen Monteure aus den sozialistischen Bruderstaaten. Bevor sie nach getaner Arbeit für immer abreisten, gaben sie meiner Mutter einen Zettel mit ihrer Anschrift und sagten: „Besuche uns, auf jeden Fall! Musst kommen! Bring ganze Familie mit!“

Den Sommer danach beluden wir gegen Abend ein altes Auto, fuhren nach Bulgarien, hielten in Ungarn an, besuchten jene Monteure, mit Frau und Töchtern, die sich allesamt sehr freuten und uns kaum wieder weglassen wollten. In Rumänien nahmen wir einen Umweg durch die Karpaten. In Russe überquerten wir die Donau gen Bulgarien, fragten mit Straßenkarte in der Hand nach dem Rand einer Kleinstadt. Dort wohnten die nächsten Kraftwerks-Miterbauer. Sie begrüßten uns erfreut, zeigten uns ihr Land. Varna, die Schwarzmeerküste. „Dort wohnt Bruder!“ - Natürlich waren wir auch in der Hauptstadt. Vater kaufte mir in einem Kaufhaus von Sofia ein kleines Taschenmesser, das ich heute noch habe. -

Mein Vater mochte ungarische und bulgarische Speisen. Er ließ sich haargenau erklären, wie man sie zubereitet.

Auf den Straßen nach Bulgarien und zurück grüßten wir viele Ostdeutsche, die wir an PKW-Kennzeichen und offener Freundlichkeit erkannten. Wir konnten unsere Ostmark nicht 1 zu17 oder 1 zu 30 tauschen, wir mussten freundlich sein.

Für DDR-Bürger ohne fremdländische Arbeitskollegen gab es in den Zeitungen Inserate, die anboten, mit gewöhnlichen Menschen anderer Ostländer in Brieffreundschaft zu treten. Wir besuchten Brieffreunde per Zug in Lettland, damals noch Sowjetunion. Wir fuhren im Schlafwagen, hmmm: Schlafwagen!

Irgendwann war ich dann statt 7 Jahre 26 Jahre alt. Eine Frau war gut sichtbar schwanger, wir freuten uns aufs Kind. Am 4. Juni 1989, vielleicht auch zwei, drei Tage später berichteten Medien vom Massaker auf dem chinesischen Tian'anmen. Die kleine, kleine, winzige DDR klatschte Beifall: „So geht man mit Konterrevolutionären um!" Ich dachte ans kommende Kind: In welche enge, böse, kleine, kleinliche Welt holen wir dich nur?

Ich ahnte nicht, dass das kleine Land sehr bald hinwerfen und unterkriechen würde, dass mein Kind 17jährig ein Schuljahr in Oklahoma verleben würde, 19jährig die Wehrpflicht aufgeschoben bekäme, um bei IBM zu studieren.

Ich ahnte nicht, dass ich 28jährig an einem Mehrtagelauf in Wallonien teilnehmen würde. Belgier, die wir bei einem Crosslauf im Isergebirge getroffen hatten, hatten uns immer wieder eingeladen, auch bei ihnen zu laufen. In Belgien! Zu diesen Anlässen hatten wir das DDR-Lächeln gelächelt, das traurige, ohnmächtige, gutherzige, neidherzige DDR-Lächeln...

Die 90'er. Vater hatte Ölheizung und Duschen ins geerbte Großelternhaus gebaut. Tifferts gab es dort erst seit 1945. Ich bin Nachfahre von Vertriebenen. Einmal, wieder einmal, gab ich meiner Freude an morbiden Scherzen nach, ich sagte zu Vater: „Wollen wir nicht mal nach Polen rüber fahr'n und 40 Jahre Miete für dein eigentliches Haus eintreiben!" Vater lachte los und ich auch. Später sagte er: „Stell dir vor, es gibt Arschlöcher, die so was wirklich versuchen.“ Wir waren in den 70er-Jahren einmal dort gewesen, 20 Kilometer östlich der Neiße. Vater hatte vor seinem Geburtshaus gestanden. Die Leute, die dort wohnten, wiesen mit Armen und Händen durchs geöffnete Gartentor. Jemand lief, einen Alten zu holen, der Deutsch sprach. Mein Vater und Großvater zögerten wohl. Ich erinnere mich an den Satz: „Kommen Sie, es ist doch Ihr Haus!“ Ich erinnere mich an sehr schmackhaften Tee, an gute, ungetrübte Laune aller Beteiligten und daran, dass die Polen, die dort wohnten, belorussische Polen waren, ebenfalls herausgeworfene.

Am Anfang dieses Monats beräumte ich das Großelterngrab, stellte den schwer zu hebenden Grabstein hinter der Garage auf. Der Nachbar half bei der Schlepperei, sagte so nebenher: „Jetzt kommen sie nach Hause.“ Sollte ich den Stein nach Polen bringen? Hier ist nun mein Zuhause.
Die kleine DDR ist seit 25 Jahren fort. Ich bin nun Bewohner eines unsagbar, unfassbar reichen Landes. 640 Mrd. Steuereinahmen im Jahr 2014!
Aber, was sagt das schon? Kann man damit Gäste bewirten? Decken für Flüchtlinge kaufen? Mit 640 Mrd.? Normalerweise ja, aber wir haben derzeit noch einige Probleme bei der Verteilung des Reichtums.

Keiner ist allein

Von Matthias Heine

Jeder ist allein. Nils, du weißt ja nicht, was du sagst, wenn du sagst, du bist allein.

Du bist nicht allein. Alle sind allein. Und damit ist das auch nichts Besonderes mehr. Du könntest genauso gut sagen, du bist am Leben. Und darüber jammert man ja gewöhnlich auch nicht. Alle sind allein. Das haben Polarkreis 18 und Hermann Hesse exakt und stimmig herausgearbeitet, Nils. „Seltsam, im Nebel zu wandern. Leben ist Einsamsein, kein Mensch kennt den andern. Jeder ist allein."

Da kriegst du hier auch kein Mitleid, Nils. Schon gar nicht, wenn du heulst.

Das ist der Urzustand sozusagen.

Ich bin schließlich auch allein und mach hier nicht auf Krokodil, Nils.

Was heißt, du kannst dich nicht am eigenen Schopf aus dem Sumpf...? Welchem Sumpf denn, Nils? Das hat doch nichts damit zu tun, dass du schlaksig bist und die Beine ein bisschen x'en. Dass sie „X-Men" rufen beim Hundertmeterlauf. Du bist nicht deswegen allein. Du bist allein. Ich bin allein. Alle sind allein, Nils. Alle. Auch die Massen. Gerade die

Massen, weil es sie ja gar nicht gibt.

Und dass sie sich grüppchenweise über dich belustigen und „Gixi“, „Herr Hässlich“, „Missgeburt“, „Pizzaface“, „Klopskind“, „Sprallo“ rufen und „Kloppi“, ändert daran rein gar nichts. Sie sind allein, wenn sie die Augen schließen, Nils. Genau wie du.

Und wenn sie dich im Sommer mit den Spritzpistolen nass machen im Klassenraum und deshalb niemand sehen kann, dass du weinst dabei. Und wenn sie dich im Unterricht mit Papierkügelchen bespucken, weil du wieder keinen anständigen Satz rausbekommst und Frau Hellmann das nicht sieht und auch ein bisschen schmunzeln muss. Hypotenuse ist ja auch ein schwieriges Wort, Nils. Und zu Hause kannst du es ja sagen.

Nein Nils, nicht wenn du allein bist. Du hast es noch nicht verstanden. Du bist immer allein, Nils. Hier und dort. Und weil das so ist, macht es auch keinen Unterschied.

Und wenn Jana Sporalski nicht bemerkt, wie sehr du sie liebst und vor den anderen Mädels Kotzgesten macht, wenn du auf den Schulhof kommst, obwohl du heute extra für sie das Lacoste-Imitat aus dem Tschechienurlaub angezogen hast und vor dem Spiegel „Hey Jana, wir können ja mal ’ne Latte trinken.“ geübt hast, ohne zu stottern, dann ist da gar nichts dabei, Nils. Und wenn sie dich an das Geländer drücken und dir das Steißbein prellen mit ihren Knien oder dir im Vorbeilaufen den Zirkel in die Arschbacke stechen und sagen, dass du geheilt bist, vergiss es.

Dann sind sie zu Hause letztlich allein mit ihren Taten. Mit sich. Sie sind nichts wert. Genauso wie du nichts wert bist.

Einer gegen alle. Das gibt es nicht, Nils. Zusammen gegen Nils. Das ist Quatsch. Nils gegen alle. Unsinn. Alle gegen alle.

Alle mit allen. Alle allein. So sieht es aus, Nils!

Und da brauchst du auch nicht heulen oder versuchen, dich unsichtbar zu machen, weil Sichtbarkeit gar keine Rolle spielt.

Sie müssen das alles auch gar nicht wissen, Nils. Wie klasse du in deinem neuen Trainingsanzug aussiehst. Wen interessiert das? Dass du die „Herr der Ringe“ Bücher gelesen hast. Dass du jedes Fahrrad auseinander und wieder zusammenbauen kannst. Dass du sogar schon mal ein Moped repariert hast. Dass du auf Bäume klettern kannst wie ein Affe. Dass du die Katzenkinder nicht getötet hast, wie du es solltest. Dass du auf dem Keyboard ein Lied geschrieben hast gegen Tierversuche und eins für Jana. Das vergiss mal, Nils! Es spielt gar keine Rolle, weil nichts eine Rolle spielt. Weil alle allein sind. Stockfinster, Nils. Verstehst du? Alles stockfinster. Tu es. Lass es. Es spielt keine Rolle. Mach es...

Ach, du kannst ja gar kein Massenmörder sein ohne Masse, Nils. Da mach dir mal nicht so viele Gedanken. Nicht mit einer Rohrbombe, Nils. Das ist geschmacklos, das weißt du. Nein, mit dem Beil. Weil es da so schön allein, kopfüber am Schuppen lehnt und nichts Besonderes ist. Weil es wie du ist - an einem guten Tag.

„Look into faces, wait for a sign…“ und Nils: Warte auf den Kehrreim, bevor du zuschlägst.

Unbeschnitten

Von Udo Tiffert

Etwas mehr als eine Woche nach dem Unglück von Tschernobyl wurde ich zur Armee gezogen. Es zog einen nicht hin, wie manche ans Meer oder in die Berge. Von einem Wehrkreiskommando wurde man gezogen, unter Androhung von Polizei und anschließendem Knast.
Ich weiß nicht mehr, ob der Mai ‚86 ein fliederblühender war, ob kalt oder warm? Wenn man zur Armee musste, war das scheißegal.
Die Ostmedien verschwiegen den Vorfall Tschernobyl zuerst und spielten ihn dann herunter: Ja, zwei, drei Messgeräte haben erhöhte Werte angezeigt, seien aber inzwischen beim sowjetischen Eichamt zur Überprüfung.
Die Westmedien sprachen vom GAU und gigantischen, ostwärts ziehenden radioaktiven Wolken, die bald in Mitteleuropa radioaktiv ankämen und radioaktiv abregnen würden.
Armee: Nach drei Wochen Grundausbildung kam der große Tag, der erste Tag mit Waffe. Jeder durfte eine Kalaschnikow an der Waffenkammerausgabe abholen. Ich war nicht allzu scharf drauf. Andere bekamen, als es soweit war, Schreikrämpfe der Entzückung, tropfende Eckzähne und ejakulierten mehrmals in die Normunterwäsche.
Bald lag auch ich im Sand des Schießstands und drückte mir die Waffe in die Schulter. Ich hielt sie fest, war völlig ruhig, zielte, schoss. Mein erster Schuss, beschriebe man die Zielscheibe als Kompass, ging in den Nordosten. Der Feldwebel hatte vorausgeschickt, dass wir herausfinden sollten, wohin die

Waffe zöge. Waffen zogen also auch. Meine zog leicht rechts hoch. Ich hielt sie nun leicht links unten, in den Südwesten, und schoss dann mühelos eine Eins. Nicht schlecht für einen Pazifisten. In meinem Gepäck befand sich eine Abschrift der Bausoldatenparagraphen, für den Fall, dass ich an die Grenze käme. Ich würde auf keinen Fall auf eigene Leute schießen, die nur weg wollten. Sie hatten ganz sicher ihre Gründe. Und niemand das Recht, jemandem seinen Lebensort vorzuschreiben. Nach der Grundausbildung kam ich in ein Nachrichtenbataillon, zu Menschen mit Elektroberufen. Sämtliche Perversionen oder Eigenheiten kasernierter Kreaturen fielen deutlich milder aus, als in 3000-Mann-Panzerkasernen üblich. Blieben gar aus. Hier wurde niemand in den Spind gesperrt und dann aus dem Fenster geworfen. Die Selbstmordrate war geringer, der Alkoholgebrauch... naja.

Die Sprache war gesitteter, wenngleich Teile des weiblichen oder männlichen Unterleibs zu erwähnen sehr oft entlastende Wirkung versprach und einlöste.

Wenn bspw. eine Möglichkeit nicht eintrat, oder nie eintreten würde, sagte man nicht: Kannst'e vergessen! Oder: Kannst'e abschmatzen!

Sondern: Kannst'e dir unter die Vorhaut klemmen!

Ein Gespräch an einem Donnerstag. Erster Soldat:

„Sonnabend Mittag fahre ich in den Urlaub!"

Zweiter Soldat: „Ich hab was von ‚nem Nachtalarm Freitag gehört"

Dritter Soldat: „Mit Rausfahren oder nur drinne?"

Vierter Soldat: „Hoffentlich nicht das Scheiß-Antennenfeld aufstellen!"

Fünfter Soldat zum ersten: „Dann kannst'e dir nämlich den Urlaub unter die Vorhaut klemmen!"

Wir klemmten uns vieles unter die Vorhaut: „Bringst'e mir was aus der Küche mit?" - „Kannst'e dir unter die Vorhaut klemmen!“ - „Willst‘e mal ein Foto von meinem Trabbi sehen?“- „Das kannst‘e dir unter die Vorhaut klemmen!“ - „Kannst du für mich die Wache von Sonntag auf Montag...?“ - „Kannst‘e dir...“ usw... Irgendwo in der Welt gab es Armeen mit beschnittenen Männern. Wie die wohl solche Dinge regelten? Eineinhalb Jahre Grundwehrdienst waren lang. Ich bedachte eine Flucht.

Gen Westen war die Grenze dicht, bei den Bruderstaaten, Tschechoslowakei, Ungarn, Rumänien, Bulgarien ebenfalls. Ich hörte nachts Güterzüge nach Osten donnern, nach Polen. Ich könnte auf solch einen Zug aufspringen, in Polen dann nach Norden trampen, in eine Hafenstadt, mich dann auf ein Schiff gen Schweden schmuggeln. Vorerst hielt ich Wache mit meiner Kalaschnikow. Es war eine laue Nacht, wir hatten einen gemäßigten Dienstoffizier: „Passt auf, ihr macht mir keinen Ärger, dann mach ich auch keinen.“

Kiefernnadeln und dürre Äste knackten, jedoch ohne dass ein Feind des jungen Sozialismus sie niedertrat. Ich zog, allein draußen am Zaun, ein Buch aus der Uniform hervor und las Camus.

In den Westen zu gehen hätte bedeutet, Freunde und Verwandte nie mehr wiederzusehen, höchsten ein-, zweimal im Jahr in Prag. Niemand ahnte, dass der Spuk der alten, senilen, machtbewussten Männer schon drei Jahre später durch Märkte ersetzt werden würde.

Märkte bei uns? Bei unserem Blechgeld? Das war nicht nur Quatsch, sondern richtig komplett abwegig! Wer konnte wissen, dass sie das Geld mitbringen würden? Nein, sie würden sich die vielen schnuckligen Waren, Limousinen, Panzer, U-Boote, Farbfernseher und Satellitenschüsseln lieber unter die Vorhaut klemmen.

angsthäschens nachtlied

Von Matthias Heine

ach, dort wo tausend ewigkeiten
vor einer einz'gen türe blüh'n
in einer zeit, da alle zeiten
in einem augenpaare glüh'n

dort wünschen fuchs und hase sich
halb zitternd gute nacht
nur leider bin der hase ich
und hätt es nicht gedacht

ich schleich des nachts, nach dir zu seh'n
und du erwartest mich
ich kann nicht vor, nicht rückwärts geh'n
ach, friss mich bald. ich liebe dich.

Harry ohne Fee

Von Udo Tiffert

Frank und Harry hatten die Sauferei abgebrochen, denn morgen war ein wichtiger Auftrag zu Ende zu bringen, eine Übergabe: Ein Eigenheim mit mehreren Extras, eingelegten Leerrohren, Wänden auf Rädern, leicht beheizbar, im Sommer kühl..., und noch immer wird eine Schlacht mit Reden und Weiterreden gewonnen. Eine schwere Zunge könnte da schaden.

Der beginnende Rausch hatte plötzlich eine kurze Lücke gelassen. Die Idee, dass es reichen könnte, hatte wie ein kleiner Blitz aufgeleuchtet. Sie zahlten, Frank stieß die Tür zur Stadtnachtluft auf, schon taten sie erste Schritte in der lauen Sommernacht. Schon nach einer Minute flackerte der Gegenimpuls auf: Ach Scheiße, wir gehen zurück, machen alle Lichter an, dann wieder aus und den Sack zu, was soll's! Heute ist der letzte Tag der Existenz Erde.

Aber sie hielten dies voreinander geheim, wussten es doch voneinander. Spürten im Grunde Halt, etwas, wofür es sich lohnte, auf allzu viel Dummheit zu verzichten.

Ein tiefergelegter schwarzer Astra überholte sie. Die vermeintlich jungen Fahrer hatten unter die Stoßstange irgendein Musikgerät montiert, das stach den Flaneuren eine schmissige

Kurzmelodie sehr laut ins Genick und ins der Straße zugewandte Ohr. Erschreckte also die Leute, die Autoinsassen indes erfreute dies überschäumend - Insassen, so oder so.
„So blöd war‘n wir ooch ma!“ sagte Harry.
„Glaube nich“, sagte Frank.
Sie blieben an einem Schaufenster eines Motorradverkäufers stehen.
„Siebenhundertfuffzig Kubik“, sagte Frank.
„Hmmm“, sagte Harry.
Sie überquerten eine Nebenstraße. Frank zog eine Zigarette hervor, blieb stehen, um sie anzuzünden. Harry atmete schwer durch die Nase, Schwere in seiner Brust dehnte sich und befiel die Beine, er dachte: Ich vertrag ooch nüscht mehr! So setzten beide mit in Anspruch genommenen Lungen ihren Weg fort. Die eine Lunge nahm Nikotin, die andere fütterte eine emsige, unter Lasten schnaufende Leber. Sterne schauten währenddessen belustigt auf ihre Haarschöpfe und tauschten ihre Positionen. Weltweit bemerkten es nur ein paar eingeweihte Astronomen und trugen es in ihre Tabellen ein.
Frank rauchte zufrieden, Harry sah zu Boden, gerade so weit voraus, dass er nirgendwo dagegen rannte.
„Hängst‘e etwa Melissa nach?“ warf Frank einen Hybrid aus Frage und Vorwurf vor Harrys Füße.
„Ich bin ganz froh allein, im Moment“, sagte Harry. „Ohne ihren Lärm: Warum hast du nicht angerufen, denkst du überhaupt an mich, fragst du dich überhaupt wie es MIR geht? Und weiß du, in einer Beziehung gehen mich deine Probleme genauso viel an, wie dich selbst! Und wenn du mir nichts sagst, verstehe ich das so, dass du mich nicht brauchst und mir nicht vertraust! Weißt du, was ich dazu sage? Schönen Dank, sage ich da!“
Frank lachte, zog Rauch ein, verschluckte sich, blies lachend und hustend Rauch aus, sprach von seiner Frau:

„Claudia weiß, dass man nicht alles haarklein besprechen muss."
„Eine Fee", sagte Harry leise.
„Zweifellos." sagte Frank. „Naja, einen schlechten Tag hat sie auch mal."
„Aber nicht zwanzig im Monat."
Frank lachte und entschuldigte sich mit einem kurzzeitigen, ehrlichen Ernst im Blick bei Harry dafür, sagte: „Aber gemacht sind Frau und Mann wohl füreinander."
„Die Liebreizenden und wir", sagte Harry beinahe munter. Die Schwere seiner Beine verkleinerte ihr Reich, stieg wieder zur Brust hinauf.

Gleichzeitig steckten sie nun ihre Hände in die Hosentaschen, sahen zum Stadtpark hinüber. Sie erkannten dort einen Mann mit Leine und Hund, einigten sich mit einem winzigen Nicken, geringer als dessen Andeutung, liefen über eine Parktasche, über die Busspur, über zwei Spuren Autostraße, über den Mittelrasenstreifen, über weitere zwei Spuren Autostraße, die nächste Busspur, überquerten noch eine Parktasche und bogen in den Park ein.
„Na, kannst'e nicht schlafen!", rief Frank in Rolfs Richtung. Er tat dies im abfälligen Ton, als riefe er: Hat Dich die Alte nochmal rausgeschickt!
Rolf lächelte schräg. Harry konnte an einem Flirren an Rolfs oberen Augenlidern deutlich erkennen, dass Rolf Lästerei und Herablassung sehr wohl bemerkt hatte, dies aber gemessen an Rolfs Frieden mit sich, ein Fliegenschiss an einer Schaufensterscheibe war. An einer Scheibe, die groß wie ein ganzer Häuserblock war und der Fliegenschiss befand sich unten in der Ecke, noch auf dem Rahmen. Rolf streckte ihnen seine Hand entgegen:

„Tach, ihre beide! Ihr habt doch nicht etwa schon Eure Kehlen benetzt?“
„Yoh!“, sagte Frank.
„War notwendig“, sagte Harry.
Sie begleiteten Rolf auf der großen Parkrunde. Es wurde so still, dass sie einen Güterzug auf der weit entfernten Bahnlinie hören konnten. Sie sprachen über Motorräder, Helme, Preise für Kaminholz, später anerkennend über Rolfs Bruder, der auf den Bahamas einen Bootsverleih betrieb.

„Aber das ist so traurig!“

Von Udo Tiffert

Da sind sie nun ein Jahr lang zusammen: Anne und Johannes. Sie gehen einen teuren Eisbecher essen, mindestens für 9 Euro, jeder. Sie betrachten ihre kleinen Regenschirme und essen jeder die kleine, gerollte Waffel. Dann pflücken und klauben sie dekorativen Plastemüll aus der Schlagsahne und werfen ihn unter den Tisch. Klatschen in beide Hände wie nach getaner Arbeit. Schauen sich nun, des Anlasses bewusst, an:
„Ein Jahr, Johannes!“ sagt Anne.
„Ein Jahr, Anne!“ sagt Johannes.
„Wir beide!“ sagen sie gleichzeitig.
„Und es kommen noch so viel Jahre... gemeinsam“, fügt Anne an. Und dann rutscht es ihr ganz arglos heraus: „Wollen wir heiraten, Johannes?“
Johannes wird grau im Gesicht und sehr still. Er schaut an ihr vorbei und das kecke, nahezu ständige Lächeln seiner Mundwinkel bildet nun schwarze, tiefe Falten, eiserne rostige Klammern, die einen blutleeren Mund begrenzen.
„Eine Ehe eingehen?“ fragt er nach.
„Ja, wir beide“, Anne kann noch nicht recht begreifen, was sie sieht.
„Anne! Am besten ich erzähle dir jetzt ganz kurz, was Ehe bedeutet! Heute ist vielleicht nicht der beste Tag dafür, aber für so etwas gibt es keinen guten Tag. Und was ich dir nun berichte, habe ich mit eigenen Augen und Ohren vernommen. Häufig, sehr oft, und so weiß ich, dass ich nicht von zufälligen Ausschlägen im Verhalten spreche, sondern von der Regel! Eine Ehe gehen Menschen ein, die einen Schuldigen suchten und gefunden haben. Denn Schuld gibt Halt. Bei all unseren Familienfeiern mit 30-40 Gästen saßen die Frauen auf dem Sofa und in den Sesseln und schimpften über ihre Männer,

beklagten sich darüber, was diese für dumme, gewalttätige, unsinnliche Trottel wären. Die Männer standen derweil in der Küche, tranken Weinbrand oder Wodka, beschrieben ihre Frauen als frigide, fett und hinterhältig.
Dann kamen die Frauen mit benutztem Geschirr in die Küche und die Männer schoben sich, an die Flurwand gepresst, mühevoll an ihnen vorbei. Die Frauen wuschen gemeinsam ab, riefen dabei Sätze wie:
Meiner stinkt neuerdings... mehr als sonst! Worauf die nächste sagte: Von dem Geld, das meiner nach Hause bringt, kannst'de nicht leben und nicht sterben! Die nächste: Meiner quatscht viel Mist, wenn er gesoffen hat, nüchtern auch! Wenn die Kinder nicht wären, ich wär schon lange... Die Männer saßen nun im Wohnzimmer und redeten über Autoersatzteile. Einer sagte: Was immer an meiner Karre ist, ich kann es reparieren, aber bei meiner Alten ist alles zu spät! Alle nickten. Der nächste: Ich würde ja gerne mal weiter weg in den Urlaub fahren, aber die Doofe will nicht mit: Die haben ja dort nichts Richtiges zu essen, die Klos sind alle dreckig, hamm'se im Fernsehen gebracht! - Ich sagte ihr: Für ihren fetten Arsch gäbe es nirgendwo ein Klo... Der nächste: Die heiße Claudia nahm damals natürlich den Medizinstudenten, hat jetzt ein Zweithaus in der Karibik. Naja und meine war noch frei... war auch in Ordnung anfangs... aber wenn die Kinder nicht wären, ich wär schon lange...usw.
Es gab viele Feiern. Meine Mutter hat 6 Geschwister, mein Vater 5. Alle ver-heiratet, alle 2-3 Kinder. Dauernd hat jemand Geburtstag, Jugendweihe oder erstes oder neues Auto!"

Johannes unterbricht sich, sieht Anne dringlich an, ohne Zorn, ohne Vorwurf.
Er sagt: „Solches Zeug könnte ich jetzt 10 Stunden lang weiter erzählen, ohne mich zu wiederholen."

Anne schüttelt ihren mittelgescheitelten Kopf. Sie wartet, denkt nach... ihr Telefon, das neben dem Eisbecher liegt, meldet einen Anruf, sie entscheidet, wie wichtig er ist. Durch die Tür des Eiscafés stürmt eine Familie, 4 Kinder, Mama, Papa. Papa trägt Bauch, Mama Augenringe. Ein Kind ruft: „Zitrone, Zitrone!" Ein anderes Kind klebt an Mama. Beide setzen sich. Papa macht ihnen tonlose Zeichen, die anscheinend fragen: „Das Gleiche wie immer?"

Anne schaut auf Johannes Hemd. Sie wägt verschiedene Taktiken ab. Dann sagt sie auf sein linkes Ohr blickend: „Johannes, ich glaube dir, dass es so war. Aber das ist alles so traurig."
„Sicher Anne, aber DAS bedeutet Ehe!"
„Ich weiß, was du meinst, aber es gibt auch Menschen, die das anders können!"
„Ja, in unserer Verwandtschaft gab es EIN Paar: Der Mann trank nicht mit, die Frau schimpfte nicht über ihn, erzählte nur einmal eine lustige Geschichte..."
„Johannes! Das sind wir!"
„Nee Anne, wir maulen uns doch auch nur noch an, wenn wir zu viel Zeit zusammen verbringen."
„Nein Johannes, das war nur damals, bei meinen Prüfungen."
„Ehe geht nicht, Anne."
„Doch, auf unsere Art."
„Das Eis schmeckt scheiße," sagt Johannes.
Anne stutzt, schaut in sein Gesicht, seine Mundwinkel lächeln hell.
„Meins schmeckt auch scheiße," sagt sie.
Beide lachen.

WIR – Ein NEUNZIGER FLASHBACK

Von Matthias Heine

„Das gibt es nur bei uns in Gelsenkirchen… herrliche Stadt der großdeutschen Kohlenbergwerksindustrie, das gibt es nur bei uns in Gelsenkirchen in unsrer einzigartigen Brennstoff-demokratie...“, singt der Kreisler und hat Recht.

Hier in Gelsenkirchen gibt es ihn noch und ich habe ihn gesehen. Den Miniplimann, eins fünfzig hoch, mit schwerer, schwarzer Lederjacke, blondem Milieuschnauzer und gelockter Vokuhila-Frisi. Ein zu kurz geratener Rudi Völler mit weißem Pitbull an der Seite, der sicher auf den Namen Fletscher oder Menschenfresser hört. Typen mit Goldkettchen, denen wir Ossifamilien Anfang der Neunziger Jahre auf unseren ersten Urlaubsreisen nach dem Fall begegnet sind, weil unsere Eltern es ja nicht besser wissen konnten. Typen die mit ihren angemalten, gackernden Hausfrauen und den dazugehörigen alternativ verzogenen Kindern an denselben Orten Erholung suchen wie wir.

Typen, wie mein Vater sie immer gehasst hatte und wegen denen er die sozialistische Idee weiter ruhig und sicher im Herzen tragen konnte.

Wie hier in Tunesien am Strand von Hammamet oder den Balearen, der Türkei, den griechischen Inseln, sitzen nunmehr Anfang der Neunziger Jahre Sieger und Besiegte an langen, inklusiven Tafeln und wenigstens die Besiegten wissen nicht, wie das passieren konnte und schämen sich still ob des verschwenderischen Überflusses. Was würden die Kinder in Angola dazu sagen…

Obgleich die Frauen erste Schritte zur Völkerverständigung gehen - die Männer bleiben sich auch nach fünfzehn Bieren fremd und werden sich noch fremder. Dazwischen in der Sonne am Pool eine neue Generation, die nicht Gewinn und nicht Verlust einzuschätzen vermag. Wir!

Sören, Torben, Malte und Merle sollen nun zum ersten Mal mit Jeanette, Anja, Karsten, Stefan und dem Ronny in dasselbe Poolbecken pinkeln, die Billardqueues teilen und die drei Sterne. Rote Halstücher gegen Rote Armee Fraktion und manchmal verliebt man sich und baut nach 1961 erstmals wieder deutsch-deutsche Pärchen-Konstellationen, die den Sommer über Bestand haben und dann vergessen werden, mitsamt den vergossenen Tränen und der heißen, heißen Brust. Die ersten ehrlichen, weil vorsichtigen Einigungsversuche, die haben WIR unternommen.

Alles machen wir so zum ersten Mal. Denken, dass Animateur ein toller Beruf sein muss, zum Beispiel. Wir kannten bis dato ja nur Addi. Und der war eher eine Art Drillmeister, so eine heruntergebrochene Spaßvariante vom Westaddi.

Animateur, ein Traumberuf, wie ihn hier in Hammamet in der Nähe der tunesischen Hauptstadt, Carlos ausübt. Ein großer und dicker Mann mit öligen, schwarzen Haaren und listigen Augen, wie ich sie später nur noch in Scorsese-Filmen gesehen habe, wenn es um‘s nackte Überleben ging, oder bei Bud Spencer. Carlos macht mit uns Morgengymnastik, spielt Volleyball, hechtet in den Sand, macht den Muttis schöne Augen, erfindet eine frühe Variante des Aquawalkings... Er klopft Männerschultern, bedient im Restaurant, empfiehlt Cocktails, empfiehlt sich, spielt Tischtennis mit den Kindern, schnippt den Ball zwischen zwei Fingern, er klatscht ab, singt ein Lied zum Dinner, verbeugt sich, spielt Bingo mit den Alten, geht zur Disko mit den Jugendlichen, gibt einen aus, tanzt bis in die Morgenstunden, verbeugt sich, verschwindet mit Melanie, macht Morgengymnastik am Strand...

Schümnastieck, good morning, good morning... Und Melanie hat einen wunden Punkt an der Wirbelsäule und zwei an den Knien, hält sich aber trotzdem tapfer beim Beugen derselben. Ach Don Carlos, du Kollos, du Naturgewalt, Hans Dampf in allen Gassen… Animateur, das will ich sein, wenn ich groß bin, ohne zu wissen, dass es klappen wird.

Don Carlos führt einen Ausflug nach Tunis an. Auf den großen Basar, der Souk heißt, und mit einer Millionen Farben, Tönen und Gerüchen einen Ostkinderkopf erschlägt und Märchen von Wilhelm Hauff wahr werden lässt oder Geschichten aus tausend und einer Nacht oder dem Mosaik. Taschen, Tücher, Blechkannen, Schmuck, Gewürze, Schatullen, Teller, Hüte, Stoffe und dazwischen das aufgeregte Werben, Rufen, Flüstern und Tasten, Zeigen und zahnlose Lächeln der Basarverkäufer. Ich sehe mehrfach das Bild des 1991 in Ungnade gefallenen Diktators Saddam Hussein an den Ständen. Ich zeige mit dem Finger drauf und sage: „Schau mal Vati, die haben das Arschloch in der Auslage…“ Mein Vater quetscht mir den Finger. Don Carlos bekommt kleine Schweißperlen auf der Stirn und schiebt uns vorwärts durch die Gassen.

Es ist heiß, jemand legt mir eine Schlange um den Hals, ein Foto. Der Ronny haut die Tischtenniskelle auf die Platte und hat nur noch den Griff in der Hand, ein Foto. Ich habe ein blau-weiß gestreiftes, luftiges Hemd an und knote es schwul unter der Brust, ein Foto. Merle Winzer ist ein Mädchen aus Heidelberg: „So ischt des halt…“, ein Foto. Wir tanzen zu Kaoma Lambada, immer noch, leider kein Foto… Wir tragen Radlerhosen, neonfarbene Gürteltaschen, Schulterpolster,

Plastiknuckelketten und überall Badelatschen, Badelatschen in allen Farben…

In den Hotelzimmern gibt es Schaben groß wie Badelatschen. Unser Zimmer bleibt clean, weil meine Schwester es früh und abends mit IMPULS-Spray – dem Duft dieses Sommers – eingast. Das macht einen süßlichen Geruch zur Nacht und verursacht einige Kopfschmerzen, hilft allerdings gegen die sonst so wehrhaften XXL-Insekten. Nachts kann man in den anderen Zimmern die Frauen kreischen hören. Meiner Mutter schwirrt eine Schabe auf die Schulter. Damit ist die Nacht für uns alle vorbei. Die Mutter schlägt das Tier vernichtend mit einer auf dem Basar erstandenen Schmuckschatulle. Der Vater muss den Kadaver des naiven Angreifers entsorgen.

Als die Sonne aufgeht, dämmere ich doch noch weg. Ich träume von der kleinen Kaufhalle neben der ehemaligen Gaststätte, in der man noch platziert wurde. Träume von zu Hause. Dort ist jetzt ein Imbiss und eine Assiplatte, wie unten an der großen Energiekaufhalle… Die Assis saugen hier den ganzen Tag Ottweiler Helles aus Büchsen und wir gehen in den Hofpausen hin und kaufen Tritti-Wassereis im Sommer und Erdbeerlollies, aus denen Kaugummis werden am Schluss. Oder einfach Pommes. Rot-Weiß? Was? Mit Ketschup und Mayo… Mayo kenne ich nicht. Pommes rot. Für fünf Pfennig gibt es Frösche. Erwachsene lügen. Ich muss jetzt oft zum Zahnarzt, weil ich geschlampt habe, sagt Mutti. Und es gibt noch andere Sachen. Wir haben weite Hosen an, die müssen von Witboy sein oder von … Ich hab es vergessen. Nein, von PASH. Und weite Pullover und Adidas Torsion und Adidas Equipment, oder New Balance. Alles muss echt sein. Niemand darf dahinter kommen, dass mein Pullover und die Hose vom Polenmarkt sind.

Wir sind die Kinder in den Säcken. Wir sind die Kinder mit den Böhsen Onkelz. Es gibt Kinder mit Endstufe und Störkraft. Manche haben dazu noch eine Alphabomber. Wenn sie „Kaoma – Lambada“ hören, bekommen auch sie eine heiße Brust, obwohl Neger tanzen und das Mädchen nicht mal dreizehn ist. Todesstrafe für Kinderschänder gilt aber. Mein Vater verbietet die Alphabomber, ohne das sagen zu müssen. Ich wage nicht, ihn danach zu fragen.

Die Sonne scheint und die Assis saufen Ottweiler aus Büchsen und Betonschädel steht auch schon bei ihnen. Betonschädel heißt Betonschädel, weil er seinen Kopf volle Esse gegen die Wand hauen kann. Er macht damit Löcher in Türen. Er zertrümmert unser Schulklo. Wir alle respektieren das. Es ist krass. Wir sind in einem Bauwagen am Sachsendorfer Badesee und trinken Schnaps. Ich habe eine Schreckschusspistole und schieße das ganze Magazin leer. Ich spüre die Rückstöße in meinem Arm. Es knallt sechsmal laut in die Nacht.

Und dann wieder zurück in Gelsenkirchen. Warum? Halt, ich hab noch gar nicht über die BRAVO nachgedacht und über die POPROCKY und die POPCORN. Und Schamhaare. Und außerdem müsste ich doch zuerst wieder zurück nach Hammamet in das Hotelzimmer. Und dort aufwachen…

Der Miniplimann steigt in sein Miniplimannauto ein und fährt los. Er zeigt mir den goldberingten Mittelfinger.

Alles auf Anfang

Von Mathies Rau

An dem Tag, als er vor dem Rechner saß, wurden die Rollen vertauscht. Im Inneren eines brummenden Gehäuses liefen zahllose Prozesse ab, von denen die meisten komplex genug waren, um sie nicht verstehen zu können. Ein Kühlpad hielt seinen HP Pavilion davon ab, unter des Last seines eigenen Denkens zusammenzubrechen und sich in einen Scheintod zu begeben, ehe ein Neustart seine billige Flucht enttarnte. Auf dem Bildschirm flimmerte ein leeres Textdokument und starrte ihm in die Augen. Ab und zu wehrten sich ein paar erscheinende Buchstaben gegen die Leere. Schnell wurden sie wieder gelöscht. Dann war die Maschine am Zug und ließ das Blatt größer werden. Schleichend wucherte das Weiß über die Ecken hinaus und kletterte über sein Sichtfeld. Einen Moment bevor seine Welt alles an Farbe verloren hatte, schüttelte er kräftig den Kopf und tippte eine sinnentleerte Zeichenkette in das Dokument. In „vsdkbjvdb" hatten seine Augen etwas zum Fixieren. Mit neu gewonnener Konzentration zwang er das Blatt in realistische Maße hinein, dann legte er einen Finger auf den Lippen ab. Das half ihm beim Denken.

Dem PC waren die Hände gebunden. Für ihn war die Situation, gleichsam Freund wie Feind zu sein, keine günstige. War eine Seite leer, erwachte auf ihr alles Übel zum Leben, dass den Anwender ereilen konnte. Für diejenigen, denen das „Schreiben" wirklich etwas bedeutete, war es nicht nur eine Chance. Mit jedem leeren Dokument gingen Zweifel einher und das Haus, das sie aus wackeligen Buchstaben errichtet hatten, drohte einzustürzen und einen Teil von ihnen zu zerschlagen. Sie konnten viel verlieren dabei. Mindestens genau so viel, wie gewinnen.

Vor dem PC erhob sich die Gestalt, um in die Küche zu gehen. Dort nahm er eine Tasse Kaffee und stellte sich an das Fenster, von dem aus man den Innenhof sehen konnte. Seine Aufmerksamkeit jedoch schloss schon die große Eiche vor dem Fenster nicht mehr mit ein, sondern klebte an der Spiegelung in der Scheibe. Auf dem Glas war er nur noch ein Schemen mit verwaschenen Konturen. Seine dunklen Haare, die man nicht mehr mit Bestimmtheit schwarz nennen konnte, hingen wie eine Pilzkappe über einem verkrampften Gesicht. Eine Augenfarbe war nicht erkennbar. Für einen Moment legte er wieder den Finger auf der Lippe ab. Dann nickte er, als wäre mit sich selbst übereingekommen und wandte sich mit dem Kaffee vom Fenster ab. Eine Gestalt, von der nicht mehr übrig war, als die konturlose Idee eines Menschen, brauchte keinen Namen.

Im Nebenzimmer wartete der Computer mit ehrlicher Treue. Ein leeres Blatt mit „vsdkbjvdb" darauf flimmerte ohne Ziel in den Raum hinein. Hier stand nicht viel mehr als ein Schreibtisch und eine Stehlampe. Zwischen Decke und Boden schwebten Luft und Licht, angereichert mit Ideenlosigkeit. Auf den weißen Wänden ließen sich manchmal Gedanken angeln und wie auf einer Leinwand entsprangen Geschichten aus einem Projektor.

Die Projektoren dessen, der den Raum mit einem Kaffee betrat, hatten in der Spiegelung in der Fensterscheibe noch nicht einmal mehr eine Farbe gehabt. Er starrte auf die Wände wie auf überfischte Teiche. Dann flog ihm etwas durch den Kopf, dass zu schnell wieder fort war, um es festzuhalten. Sein Blick zog einen Kreis im Raum, um zu sehen, ob er die vogelhafte Idee nicht doch noch finden konnte, aber sie war längst gegen eine Wand geprallt und gestorben. Also setzte er sich und starrte auf das noch offene Dokument. „Wer zuerst blinzelt“, flüsterte er.

Der PC starrte ungerührt in ihn hinein. Die schwitzigen Hände auf der Tastatur. Die Augen, die diese Gestalt auf seinen Schirm richtete. Was er damit bezwecken wollte, war der Maschine egal. Sie wartete nur darauf, dass der Druck, den einer der Finger auf eine Taste ausüben könnte bald groß genug sein würde, um ein sinnvoller Befehl zu sein. Dann gäbe es eine Kette von Strom ein und Strom aus und ein Buchstabe würde erscheinen. Wie in „vsdkbjvdb“; „Jan ist gestorben“ oder „Ich liebe dich“. Ganz egal.

Die Gleichgültigkeit, mit der dieser Computer ihn ansah, machte ihn ein bisschen verrückt. Er blinzelte. „Weißt du, ich habe das Gefühl, du nimmst die Sache nicht ganz ernst. Dich mag es nicht interessieren, ob da etwas steht, aber du bist hier nicht allein“, schimpfte er und wischte sich mit den Lidern die Augen sauber. „Du sollst mir das Denken nicht abnehmen, aber hör bitte auf mich zu fressen.“ Das Rauschen der Lüftung wurde kurz lauter. Es hatte etwas Ermunterndes. Als hätte ein guter Freund „Hey“ gesagt und ihm auf die Schulter geklopft. Blieb noch abzuwarten, was ihm das bringen würde. Aussöhnung war zumindest ein guter Anfang.

Er tauchte in das Blatt ein und machte ein paar Schritte im endlosen Weiß. Irgendwo um ihn herum stand „vsdkbjvdb“, aber er fand es nicht gleich. Es war verflucht viel Weiß, da konnte sich ein Wort, das keins war, gut verstecken.

Großeköpfe

Von Matthias Heine

Gut, wir haben gekifft. Einen uralten Joint, den Uwe uns vor zwei Jahren gedreht hat. Wir hätten nicht damit gerechnet, dass da noch was geht. Aber weit gefehlt.

Plötzlich stehst du auf. Ich frage dich: „Wo gehst du hin?" und du antwortest: „Auf den Rückweg". Da werde ich schon stutzig, weil das gar kein Widerspruch ist, sondern Lyrik. Während die Couch dich verschlingt, sagst du: „Ich würde mich gerne mit dir unterhalten, aber ich kann es körperlich nicht." „Es ist genau andersherum", denke ich, vielleicht auch, weil die Couch mich schon gefressen hat.

Kiffen macht einen großen Kopf. Wodka macht einen kleinen Kopf. Das haben wir schon herausgearbeitet. Du kannst die Lyrik nicht lassen und sagst: Wodka wird kalt getrunken. Ergo, mit einem kalten Herz? Von kalten Menschen? Jedenfalls macht Wodka zu und Kiffen auf. Genau dazwischen wohnt der Whiskey. Natürlich nur guter. Single Malt Scotch. Der macht schwer. Nicht klein und zu, auch nicht auf, sondern gewichtig, klug und bedeutsam.

Gut, aber wir haben gekifft. Einen uralten Joint, den Uwe uns vor zwei Jahren gedreht hat. Wir hätten nicht damit gerechnet, dass da noch was geht. Aber weit gefehlt.

„Kannst du ein Geheimnis für dich behalten?", zischst du in konspirativer Zweisamkeit und beißt einem Pommbären den Kopf ab. „Du scheinbar nicht", denke ich und sage: „Sicher." Du sagst: „Ich hatte einen Traum..."

„Fängt ja schon gut an", denke ich und versuche, deinen Wegen zu folgen.

„Ich hatte diesen Traum von der Frau im Bus. Sie sitzt da mit einem dünnen Ehemännchen und macht ein verunsichertes Gesicht. Der Bus ist voller Menschen, aber nur diese beiden fallen mir auf. Wir fahren und fahren und alle Leute verlassen nach und nach den Bus. Ich sitze den beiden gegenüber und lese in ihren Augen, dass sie mir etwas sagen möchten. Ich frage die Fette, ob ich ihr irgendwie helfen kann. „Helfen Sie sich selbst und steigen Sie aus“, sagt sie den Tränen nah. Sie sagt es so nachdrücklich, dass ich nicht anders kann, als zu folgen. An der nächsten Haltestelle öffnet der Busfahrer die Tür und ich steige mitten in der Pampa aus dem Fahrzeug.

Zeit vergeht in nicht wiederzugebender Dimension. Ich treffe die Frau wieder. Ich stehe erhöht auf einer Terrasse, vor einer Kneipe. Die fette Frau kommt auf mich zu. Sie ist so massig und breit, sie kann sich kaum auf den Beinen halten. Wie eine Boje wankt sie mir entgegen. Ich begrüße sie freundlich distanziert. Ihrem verunsicherten Blick ist ein todunglücklicher gewichen. Wieder schaut sie, als wolle sie etwas sagen. In ihren Augen wohnt der Kummer und als hätte ich nach ihm verlangt, frage ich sie: „Warum sollte ich denn aussteigen an jenem Tag? Was hatten Sie? Sie haben mir Angst gemacht und wo ist denn Ihr Mann?“

Ihre schreckensstarren Augen werfen Anker in meine. Sehr langsam neigt sie ihren Kopf. Deutet sie eine Verbeugung an? „Ich verstehe nicht“, sage ich, „Sie müssen sich nicht verbeugen. Verbeugen Sie sich nicht!“ Die fette Frau verbeugt sich und ich kann auf Ihren Kopf schauen. Sie streicht mit einer langsamen Handbewegung ihr Haar von der einen auf die andere Seite. Die Kahlheit ihres Scheitels offenbart sich mir wie Morrisons Crystal Ship.

In ihre Schädeldecke ist ein Gitter gewachsen aus Knochen, überzogen mit Haut. Sie sagt: „Das wäre dir passiert.“ und schüttelt sich. Zwischen den Gittern werden nun ein paar dünne Händchen sichtbar. Sie greifen nach den Stäben. Ich schaue der Fetten in den Kopf. Ich erkenne ihren Mann, der mich aus elenden Augen anstarrt. „Das wäre dir passiert“, sagt sie wieder, hebt ihren Blick, richtet sich ihr Haar und streichelt mein Gesicht. „Um Himmels Willen: Da steckt einer drin“, schreie ich und wache auf.

„Das ist doch ein merkwürdiger Traum, oder? Kannst du das bitte für dich behalten?“ „Sicherlich nicht“, denke ich und sage: „Türlich, türlich.“ Ich drücke den Joint im Aschenbecher aus. Mein Kopf summt, als hätte ich ein Bienenvolk inhaliert. Du fragst mich: „War das bloß noch der Fuß?“

„Welcher Fuß?“

„Von dem Joint.“

„Der Fuß von einem Joint?“

„Ja, das sagt man so, wenn der Joint zur Neige geht und nur noch der Tabakfuß drüber bleibt.“

„Der Tabakfuß?“

Ratlosigkeit breitet sich aus und wirft einen langen Schatten in mein Kopfhaus. Noch aus dem Fenster streckt sich ihre Dunkelheit an den Horizont heran. Ich will hinaus, doch alle Türen sind mir vernagelt. Kiffen macht einen großen Kopf. Man kann aber auch einen großen Kopf kiffen. Köpfe und Füße und Leute in Leuten. Ich glaub, ich bleib weiterhin besser beim Bier... Darüber könnte ich eine Menge unspannender Geschichten erzählen. Zum Beispiel, wie ich mich siebenhundert Mal selbst betrogen habe. Gut, aber wir haben gekifft. Einen uralten Joint, den Uwe uns vor zwei Jahren gedreht hat. Wir hätten nicht damit gerechnet, dass da noch was geht. Aber weit gefehlt. Wir legen uns ins Bett. Mit letzter Kraft reiße ich mir die Bettdecke an’s Kinn und sickere als Menschenguss in die Matratzen.

Harry und Frau Kowarek

Von Udo Tiffert

Frank rief an und frohlockte: „Harry! Ich hab einen schwarzen Twingo gesehen!“
„Scheiße“, sagte Harry, „wo denn?“
„In der kleinen Stadt S. vor einem Blumenladen.“
Am nächsten Tag brach Harry eine Stunde vorm Feierabend gen S. auf. Fuhr ein Stück Autobahn, dann Landstraße. Frank hatte die genaue Adresse nicht gewusst, den Ort aber gut beschrieben. Harry fand eine Parklücke, warf die Autotür zu und begann zu suchen. Schwarzer Golf, schwarzer Peugeot, schwarzer Nissan, schwarzer A3, schwarzer Polo, schwarzer Panda, schwarzer Koreaner... kein Twingo. Na klar, dachte er: Blumenladen, sie war zu einem Geburtstag hier gewesen, hat noch schnell Blumen gekauft, also kommt sie erst nächstes Jahr wieder hier her. Falls sie es überhaupt war? Oder arbeitet sie im Blumenladen? Er schaute nach. Die Verkäuferin sah nicht schlecht aus, war aber jünger. Harry grübelte: Ich müsste sie fragen, wer hier noch arbeitet und wie diese anderen aussehen, welches Auto sie fahren. Einen Ausweis zücken und rufen: Ein bisschen plötzlich, sonst mach ich Ihnen den Laden hier eins-zwei-fix zu!
Nächster Gedanke: Sie wollte parken, aber es war nichts frei. Harry lief die Nebenstraßen ab. Nichts. Es gab ein Parkhaus

mit vier Etagen. Aber das war nahezu leer. Was tun? Sollte er nun jeden Tag nach S? Eine Stadt, die ein Drittel ihrer Einwohner und dreiviertel der Jugend verlor. Stadt der Reisebüros und Rollatoren. Oder ist sie aus irgendeinem Grund nur an dem Wochentag hier, an dem Frank da war? Er hatte Dietmar natürlich gefragt, drei Tage nach der Beerdigung. Dietmar hatte den Mund offenstehen lassen, seine Zunge zur Seite gelegt und mit diesem wenig schönen Ensemble noch gegrinst, gesagt: „Ja, ein heißes Teil, alles dran an der, hab ich auch gesehen, aber ich hab keine Ahnung wie sie dazugehörte." Harry wusste, warum er Dietmar nach allem gern fragte, nur nicht nach... Er ging noch einmal zum Blumenladen. Die junge Frau verschob die Pflanzentöpfe vorm Geschäft und befühlte mit ihrem rechten Daumen die Feuchtigkeit der Erde in den Töpfen.

„Junge Frau", hörte er sich sagen, „Einen Moment bitte, ich glaube, ich habe beim Einparken einen schwarzen Twingo beschädigt, sie wissen nicht zufällig wem der gehört?"

War sinnlos, aber besser als nach Hause zu fahren ohne überhaupt jemanden gesprochen zu haben.

Die junge Frau wandte ihren Feuchteprüfdaumen zum Nachbargeschäft, sagte:

„Das ist Frau Kowarek, drüben beim Fleischer."

Harry sagte mechanisch und ohne Atemluft: „Danke!" Er tat zwei Schritte beiseite, sah zur Ladentheke, sah sie da drinnen, sofort sah er sie, atmete flach, unternahm weitere zwei Schritte und zwei Türflügel zischten sich aus dem Weg. Ein Handwerker mit fleckiger, blauer Latzhose und einem Schnitzelbrötchen in der Hand kam ihm entgegen. Harry gab den Weg frei. Die Frau, seine Frau, sein künftige, nein, die Verkäuferin fragte den nächsten Handwerker. Und der antwortete: „Hmmm, ja, oooch!"

Eine gewöhnliche Verkäuferin, dachte Harry. Was hatte er nicht alles geraten, was sie sein könnte. Nach dem Friedhofsauftritt, ihrer Art zu schauen, ihren Kopf zu halten, zu gehen, war sie für ihn mindestens Professorin irgendwo, Leiterin einer Krankenhausstation, nein: Eines kompletten Krankenhauses, Chefin eines Instituts für Raumfahrttechnik oder Molekular-irgendwas. Dazu hatte sie einen Mann der Dirigent war, Bürgermeister, Anwalt für die Schwachen, Vorsitzender eines Industrieverbandes oder einen Rockmusiker mit 50 goldenen Schallplatten und ‚ner Stiftung für Trinkwasserprojekte. Sie haben ein Haus, zwei Kinder, ein hochbegabtes und ein kreatives... Harry war gar nicht klar, weshalb er dennoch die Spur verfolgte. Aus Langeweile oder eines kleinen Hangs zur Romantik wegen? Die Koryphäe und der Trockenbauer? Warum nicht, denn ihr Mann reist umher und vögelt eine Sekretärin, Referentin, Assistentin, Hotelangestellte nach der anderen?
Harry betrat den Laden. Der nächste Handwerker ging ab und Frau Kowarek grüßte ihn. Er konnte nicht festlegen, ob sie ihn als Kunden grüßte oder weil sie sich an ihn und die Beerdigung erinnerte?
Im Kittel war sie nicht halb so scharf wie in Trauer-Strumpf-Rock und zarten Knöcheln, aber sie war wirklich und sah ihn an, wie einen Bekannten. Sie schob Messer und Folie vor sich her. Ihre Augen steckten ihm beide Hände und viel Aufmerksamkeit entgegen. Sie gefiel ihm eher mehr als weniger. Harry beschloss es nicht unnötig kompliziert zu machen.
„Arbeiten Sie noch lange? Ich meine, bis zum Feierabend?"
„Eine Stunde."
„Haben Sie etwas Zeit danach?"
„Ja."
„Dann warte ich draußen bzw. bin dann wieder da."
Dann war es still. Sie schauten sich an und Harry steckte beide Hände in seine Hosentaschen. Eine verbliebene Kundin

schaute durch die schräge, gut geputzte Scheibe angestrengt in kleine Salatschälchen und schien dankbar dafür, Zeit zum Auswählen zu haben. Niemand achtete darauf, dass ihr, unter hellen lila Locken dennoch deutlich zu sehen, die Ohren glühten.

Harry nickte kurz, wandte sich um und ging. Der Vergleich Beerdigung-Gegenwart beschäftigte ihn. Eine Stunde Zeit.

Er lief die Einkaufsstraße ein Stück, las Preisschilder, ohne dass diese Zahlen in sein Bewusstsein drangen, schlug mit seinem Knie an ein Fahrrad. Er kaufte ein Bier in einem Lottoladen. Fleischverkäuferin, sprach er leise vor sich hin, besser als Apothekerin. Er stellte sich hinter einen Stromkasten und trank. Die Bewohner begannen ihre Einkaufsstraße zu verlassen, freizugeben für die Abendstille. Er blickte auf sein Telefon: Halbe Stunde noch.

Allwettermenschenkostüm oder Nichts, auf das man sich verlassen kann

Von Matthias Heine

Na und? Wie finden sie's? Ehrlich. Sie dürfen ganz ehrlich sein. Ich trage es heute zum ersten Mal und fühle mich, naja, noch nicht ganz wohl drin. Wohl… Wohl weil's das erste Mal ist. Ist halt so mit ersten Malen. Man fühlt sich nie so ganz wohl am Anfang. Irgendwie körperlos erstmal. Ist eben ungewohnt, oder?

Obwohl es da ja am ehrlichsten ist in der Gesamtsituation, alles. Noch nichts ist bewertet oder angeschaut. Noch kein Kopf dazu bewegt. Nur man selbst hat sich bewegt und das Kostüm. Ich zeige es ihnen nun also zum ersten Mal. Und jetzt sagen sie mal was dazu.

Es ist wie tabula rasa, alles wird unsichtbar. Das ganze Portfolio gelöscht. Alles neu und damit vielleicht auch ein bisschen naiv und vielleicht auch etwas scheu, waldtiermäßig, für den Anfang. Aber dafür sturmsicher auch waldtiermäßig. Hat nichts gegen kleinere Blitzeinschläge in nächster Nähe. Und trotzdem bewege ich mich noch etwas unsicher darin. Das alte Kostüm kannte die Wege, die Straßen, die Gesichter der Leute und manches Mal auch mehr von ihnen, als nur die Gesichter. Das alte Kostüm war beliebt bei den Leuten, wie der Peter Alexander bei den Ommas. Es ist immer herumgelaufen mit mir und hat so gegrüßt. „Hallo" hier und „Huhu" da. Hat freundschaftliche Klapse verteilt, auch auf Popos, und Küsse auf Wangen und Münder und ungefragt Ratschläge. Das auch.

Und dann hatte ich es einmal wechseln müssen. Gegen dieses.

Ja nun, man kriegt es leider nicht jünger. War mir nicht so richtig klar, eigentlich. Probiert hab ich das natürlich. Da haben die im Menschenkostümverleih sehr müde gelächelt und gefragt, was ich mir denn vorstelle und wie ich auf die aberwitzige Idee käme, dass die mir was erneuern, was ich selbst verkackt habe, in den Kneipen und mit tonnenweise Haarspray, extra strong. Beides extra strong.

Ich meine da auch ein bisschen Aggressivität herausgehört zu haben, bei den Leuten vom Menschenkostümverleih. Es ist sicher auch nicht der einfachste Job der Welt dort. Die Schlange war unendlich lang hinter mir. Hat vielleicht auch jemand von euch drin gestanden. Also hab ich eingelenkt. „Schon gut", hab ich gesagt, „welche Verbesserungen gibt es denn? Gibt es welche?"

„Wetterfest!", hat ganz lässig der Typ vom Menschenkostümverleih gesagt und der andere hat gelacht dabei, wie für sich selbst.
„Die Dinger werden von Mal zu Mal wetterfester. Weniger durchlässig, verstehen sie? Nicht wie das Letzte. Das letzte war aus Sand. Sowieso dumm. Das hast du dir einfach selbst abgespült mit Salzwasser. Und dann so nackig rumgestanden, dass die andern schon geguckt haben und hingelangt. Das hier ist robuster. Das robusteste. Da kommt nix mehr durch. Versprochen. Schlüpfen sie rein. Machen sie. Los. Wir wollen hier auch fertig werden."

Dann bin ich reingeschlüpft in das Teil und es war wie fallen und dann bin ich hier aufgekommen sozusagen. Wurde hierher geholt. Zu euch. Ehrlich gesagt, ohne genau zu wissen, warum. Aber ich fühl mich ganz gut zu Hause bei euch, deshalb frage ich auch und möchte eine ehrliche Antwort. Wie finden sie's?

Nur die reine Wahrheit bitte, auf dass sie mir heftig einleuchte und mich zum verstummen bringe oder zum schreien. Irgendwas.
Oh, und ich möchte gerne auch von dem Erdbeerkuchen probieren, das ist doch Erdbeer? Und kann einer den Whiskey rüberreichen? Ist das schottischer? Ausgezeichnet. Bitte… Ich bitte sie. Und verzeihen Sie. Sie da sind schön. Kennen wir uns? „Nicht allein…", fällt mir ein, wenn ich sie sehe.

Jurek oder das, was Jurek gewesen war, verstummte nun endlich und schaute Lena gebannt ins Gesicht. Alle verstummten. Am Tisch war es still geworden. So still, dass man den Würfelzucker in der Dose liegen hören konnte. Würfelzucker auf Würfelzucker. Kristalle, die an Kristallen schabten. Lauter Zucker. Lena hatte es die Sprache verschlagen. Das war sehr neu, also schauten wir alle zu ihr hin. Dann wieder zu Jurek, der ihr immer noch offen in die Augen sah. Und wäre es in der Zuckerdose nicht so schrecklich laut gewesen, hätte man hören können, wie wir uns alle über Lenas Sprachlosigkeit wunderten. Ein murmelndes Wundern.

„Ich verstehe nicht…", sagte Jurek, der etwas durchscheinend über unseren Köpfen in der Mitte des Tisches schwebte und langsam an sich hinab schaute. Dann wischte er sich mit der blanken Hand durch den Kopf und die Brust hinab und sagte zuletzt, wie erschlagen: „Allwettermenschenkostüm…, achso?"

Langsam lösten sich unsere Hände auf dem Tisch, die inein-

ander verschränkt den energetischen Kreis gebildet hatten, der es möglich machte, Jurek aufzuspüren, von dem seit Wochen keiner mehr gehört hatte. Ich kann nicht sagen, wer damit begann, doch es geschah und ich hatte Lena im Verdacht, weil sie zuerst wieder sprach:
„Ich möchte allein sein“, sagte sie tonlos und wir schauten sie an. Es war ihr gutes Recht, das einzufordern. Wir waren Gast in ihrem Haus. Zu Gast bei Lena und… ja, bei … Jurek.

„Also bitte“, sagte Robert, der Lena in den letzten Monaten viel unterstützt hatte, „geben wir ihr einen Moment.“

Und ganz selbstverständlich löste sich die Gesellschaft und mit ihr Jurek in das auf, was sie für mich immer gewesen war. Nichts, auf das man sich verlassen konnte.

Harry im neuen, alten Land

Von Udo Tiffert

Harry fühlte, dass es vorbei war. Dass es bei Melissa dieses Mal keine Laune, kein ungeschicktes Werben um noch mehr Aufmerksamkeit war. Er sah, wie zwei Männer ihre Möbel, die zum Teil sorgfältig verpackt waren, in einen Container trugen. Er wusste, dass ein Truck den Container nach Spanien bringen würde. Zu Melissas neue Liebe: Ein Millionär, Immobilienmakler, Gemüseproduzent, vielleicht auch Waffenhändler, weiß der Teufel was noch!
Harry stand auf der anderen Straßenseite, etwas schräg, kaum zu sehen von Melissas Küchenfenster aus. Er war geschockt und auch etwas schadenfroh. Nun würde der feurige Spanier mit den nachgefärbten Locken zuhören dürfen, wenn Melissa bei irgendetwas „Gar nicht weiß, wie ich damit umgehen soll!" oder „Ich bin mir nicht mehr sicher, ob ich das hier wirklich lustig finde?" Vielleicht nicht gleich? Erst kommen ja die drei, vier Wochen ungetrübtes Anfangsglück. Doch nichts auf der Welt kehrt so zuverlässig wieder, wie die Lust am Nörgeln, Gängeln und Unglücklichsein! Was wird der Millionär und treffliche Flamencotänzer dann tun? Die Kastagnetten ins Aquarium werfen? Ins Privatflugzeug steigen, weil er gottlob einen Termin in Oslo hat?
Oder wird es keine unzufriedene Melissa geben, weil sie endlich da ist, wo sie immer hin wollte?
Würde Harry davon erfahren, Tränen am Telefon gegenüber, oder nicht?

Harry drehte sich um und ging davon. „Nicht mehr meine Baustelle“, sagte er zu einem blauen Verkehrsschild, das über einen geteilten Fuß-Radweg informierte. Er bog in eine Einkaufsstraße und hielt vor einem Drogerie-Grossisten, der vor der Tür für sich warb und vorgab, dass die Leute per Glücksrad etwas gewinnen könnten. Eine junge Frau stellte sich Harry in den Weg, die Melissas Zwillingsschwester hätte sein können:
„Willst du Dein Glück versuchen, junger Mann?“
Das junge, hippe Werbe-Du. Harry fühlte sich auch sofort zehn Jahre jünger, potent und einzigartig. Sagte aber: „Ja klar, ich krieg dann einen Gutschein, den ich nur da drin eintauschen kann oder der nur ab Einkäufen von 300 Euro gilt! Nee, danke.“
„Nein, bar, cash!“ sagte Beinah-Melissa. Sie sah ihn weiter an, als trüge er eine Gitarre, eine Strickmütze, ein Mischpult, Bart und jede Menge Potenz, wirklich jede...
„Gut“, sagte Harry, drehte und gewann.
„Nanu“, sagte Nachfolge-Melissa, lachte auf und holte einen 50-Euroschein von drinnen. Harry nahm ihn, zögerte kurz, beratschlagte mit sich, ob er nach ihrer Telefonnummer fragen oder sagen sollte: „Wollen wir den Fuffi nicht gemeinsam... mal so richtig...?“ Aber die Augen der hochmotivierten PR-Fachfrau hielten schon nach weiteren Kunden Ausschau.

Dann vergingen drei ereignisarme Wochen für Harry. Einen Samstag war er mit Frank zur DTM am Lausitzring gefahren. An einem Freitagabend hatte er in Dortmund ein Konzert der „Fantastischen Vier“ erlebt, fand sowohl das Konzert als auch die Nachtfahrt zurück sehr erfüllend. Seitdem hält ein Magnet das Konzertticket an der Kühlschranktür. Das Nacktbild von Melissa als Bildschirmschoner am Laptop hatte er gegen ein Bild von der bretonischen Küste getauscht. Der St. Michel weit entfernt im Dunst am Morgen.

Harry klickte den Donnervogel an und schrieb ihr eine Email, wünschte ihr Glück, schrieb, dass er die Zeit mit ihr nie vergessen würde, weil... Er löschte die Email bevor er sie abschickte.

Zwei Tage darauf begleitete er seinen Arbeitskollegen Dietmar zur Beerdigung dessen Mutter. Zwanzig Leute waren da, Dietmars Geschwister, Freundinnen der Mutter mit ihren Männern, alle trugen Schwarz oder Graublau mit Armbinde.
Dietmar gab allen Verwandten die Hand. Harry war schon vorn am Tor stehengeblieben, um sich nicht in etwas einzumischen, was ihn nichts anging.
Ein schwarzer Twingo hielt vor ihm. Eine dunkelhaarige Frau, die vielleicht Mitte-Ende Dreißig war, warf die Fahrertür zu, eilte zur Heckklappe, öffnete sie, nahm schwarze Ballerinas aus dem Kofferraum und stellte sie vor sich auf die Straße. Dann tauschte sie ihre Sport-Wanderschuhe gegen diese aus. Harry sah ihre feinen Knöchel, sah wie sich ihre Beine dabei bewegten, die Waden spannten und lockerließen, sich ihre Oberschenkel unter dem schwarzmetallic glänzenden Rockstoff mal versteckten, jedoch nur um mit der nächsten Bewegung über Vollkommenheit Auskunft zu geben. Harry sah ihren Hintern erst Falten im Stoff verschieben, danach den Rockstoff glätten, im Grunde spannen. Vielleicht noch rechtzeitig wandte er sich ab und sagte leise zur Friedhofsmauer: „Verfluchte Scheiße, so was Geiles hab ich noch nie gesehen!"
Dann schritten alle langsam zum Grab und das Heulen ging los. Es steckte an. Harry wischte sich die Augen. Er war Dietmars Mutter nie begegnet. Aber Dietmar hatte ihn gefragt, ob er mitkommt. Vielleicht als eine Art Verstärkung. Gegen was oder wen, fragte sich Harry.
Weil er am Rand der Gesellschaft stand, konnte er sich gut umsehen. Er sah hohe Erlen und Eichen. Einen Ahornbaum. Beobachtete ein Eichhörnchen, das einen Stamm hinablief.

Dachte an seine Eltern, die leben doch noch zehn Jahre mindestens, besser zwölf, warum nicht fünfzehn! Lang genug, um nicht jetzt an so etwas, wie das hier, denken zu müssen.

Während der nächsten Tage träumte er abwechselnd von Melissa und der Frau, die einbeinig stehend ihre Schuhe auswechselte: Er steht ganz dicht dran und hält ihr den Hintern fest. Sie haut ihm dafür einen Schuh ins Gesicht. Und er sagt zu ihr: „Aber ein Anfang ist es."
Schwarzer Twingo, gibt es selten in schwarz die Dinger. Harry hat sich das Kennzeichen nicht gemerkt. Wo kam sie her? Hmmm, Dietmar fragen...

Anders als André

Von Matthias Heine

Anders als André will ich die Fliege tot hauen, die mich böswillig beim Mittagsschlaf stört. Ich will sie mit der wilden Wut, die sich mir um die Brust gelegt hat, platt machen, zerquetschen, ihre simple Zellstruktur zerstören. Ganz einfach ohne großes moralisches Dazwischengeplapper.

„Sumsi, fette olle Scheißhausfliege…", rufe ich ihr hinterher. „Ich hau dir so eine vor den Bahnhof, dass dir die Facettenaugen aus den Höhlen schnipsen…", und wische mit der Hand durch die Luft.

Anders als André sitze ich in diesem Moment nicht neben mir auf der Couch in einem grünen Tofupulli und schnalze kopfschüttelnd „Tzz Tzz Tzz…"

Anders als André komme ich aus Sachsendorf, wo wir gelernt haben, kleine Tierchen zu meucheln und als kleine Tierchen gemeuchelt zu werden. Kernig im Handeln, grob in der Sprache. Da, wo die Opas den Enkeln zugerufen haben bevor sie auf's Klo gingen: „Wenn du es drüben knallen hörst, Junge, dann ist das mein After…"

Stirb und werde, André. Das Gesetz des Härteren, des Stärkeren!

André erhebt sich ruhig von der Couch, nimmt ein Wasserglas vom Tisch, trinkt es in einem manierlichen Zug leer und stellt sich mitten ins Zimmer unter die Lampe, um die Sumsi, die Mistfliege, Kreise zieht.

Anders als André finde ich nicht unbedingt, dass man von Schmeißfliegen was lernen kann über Gelassenheit und das Leben. André sagt: „Schau dir die Calliphoridae an.

Ich: „Oh Mann, wie ich dich hasse…"

Er: „Sieh dir an, was sie tut."

Ich: „Sie fliegt um die Lampe und um deinen hässlichen, aufgeblasenen Kopp."

Er: „Ganz richtig, ganz richtig. Fliegen. Darum geht es, und träumen."

Ich: „Auf Kacke rumsitzen und mit dem Rüssel drin rumbohren auch noch."

Er: „Wenn sie fliegt, ist sie Fliege. Verstehst du?"

Ich: „Und wenn sie ihre Eier in Kadavern, menschlichen Wunden oder anderem Gammelfleisch ablegt, was ist sie dann? Die Eierfee, oder was?

Eine alte Drecksau ist sie und deshalb hau ich da jetzt drauf."

André bedeutet mir mit einer winzigen, eleganten Handbewegung, Platz zu behalten.

Er sagt: „Wir können soviel von ihr lernen."

Ich: „Funktioniert bei der Übertragung von tödlichen Krankheiten schon ganz gut oder bei der Angewohnheit, sich um große Scheißhaufen zu versammeln und sich anschließend von den selben Autogrammkarten signieren zu lassen."

Er: „Sie genügt sich selbst, verstehst du?“

Ich: „Wie sehr ich dich hasse…“

Er: „Wir versuchen, so schrecklich viel Sinn zu ergeben. Wir Menschen. Und am Abend quält uns das manipulierte Gewissen und die Angst, nicht zu genügen. Keinen Sinn zu machen, bringt die Menschen um den Schlaf und um ihr Leben. Calliphoridae fliegt. Sie fliegt um die Lampe. Ganz einfach.“

André hat Sumsi im Visier und ist regelrecht hypnotisiert. Langsam und hochkonzentriert schiebt er die freie linke Hand in den Rücken der Fliege, während er sich, in der Rechten das Glas führend, immer näher auf sie zu bewegt.

Sumsi entwischt, fliegt eine scharfe Rechtskurve und setzt sich mitten auf Andrés linke Wange. Er bleibt regungslos. Sumsi startet erneut, dreht einige Runden und setzt sich erst auf Andrés Hand, dann auf das Glas. (Was für einen wunderbaren Aphorismus man gestalten könnte, wäre das Fliegenfangen mit Trinkgläsern üblich. In der Art „Wenn du meine Hand festhältst, ist deine auch so gut wie gehalten.“) Sumsi hebt erneut ab, setzt sich auf Andrés Schulter und schließlich wieder auf den Rand der Lampe. Das Ganze wirkt wie eine gut trainierte, kleine Choreografie. Sumsi scheint gänzlich angstfrei zu agieren. Sie tanzt mit ihm.

André lässt die Facettenaugen seiner neuen Freundin nicht aus den eigenen und sagt: „Wann hat denn das, was wir zwei so tun, schon mal Sinn ergeben? Ich meine Irgendetwas von Bedeutung bewirkt. Dass Menschen so ungeheuer viel Sinn ergeben müssen, macht sie unglücklich. Ich hör jetzt damit auf! Ich sollte mir ein Beispiel an Calli hier nehmen und fliegen. Also rumlaufen, essen, trinken, Nachkommen zeugen, die wieder rumlaufen, wieder essen, wieder trinken, wieder

Nachkommen zeugen, ohne das ganze Eiapopeia von den Sinnzusammenhängen.

Es ist nichts Großes zu tun, außer Gelassenheit zu geben vielleicht. Die Welt retten? Das Rad erfinden, die Elektrizität und Java? Die Welt richten? Sich Faschismus ausdenken oder Modern Talking? Ich spiele da nicht mehr mit."

„Ich bin mir bei deinen Rettern nicht sicher, ob sich dahinter nicht auch Richter verbergen", sage ich wie ferngesteuert.

„Langsam bewegst du dich…", sagt André.

Ich: „Langsam kannst du mich aber mal."

Er: „Leben und leben lassen. Ich versuche nur, was zu verändern"

Elegant schiebt André die Fliege in das Glas und hält die Hand darauf. Er hat sie förmlich aus der Luft gepflügt. Er öffnet ein Fenster, lässt sie fliegen und schaut ihr lange hinterher.

Ich sage: „Na danke, jetzt bin ich wach. Ich geh auf's Klo und André… wenn du's knallen hörst…" André steht noch immer am offenen Fenster. Ich kann ihn von der Seite sehen. Er hat die Augen geschlossen und hält die Nase in den Wind.

Anders als André rauche ich am Nachmittag kein Gras.

„Ach, schon gut.", sage ich im Weggehen und schließe bald die Tür zur Toilette hinter mir. Ich höre, wie sich André eine Musik anmacht. Udo Lindenberg singt: „Ich lieb Dich überhaupt nicht mehr…" Dann die Münchener Freiheit, irgendwas. Da weiß ich dann wieder, was er eigentlich hat, der André.

Wie wir die Welt zumindest nicht untergehen lassen

Von Mathies Rau

„Warum ist dieses ganze System eigentlich noch nicht völlig in sich zusammengebrochen?“

Gut okay, die Frage ist jetzt ein bisschen naiv und alle Antworten vermutlich noch viel naiver. Auf der einen Seite steht der Islamismus, also der böse, der der nicht Islam ist, sondern Terrorismus, also der, der Terrorismus ist, wenn man die Richtigen fragt, also die Richtigen sind in dem Fall auch wieder abhängig vom Fragenden, jedenfalls steht auf der Seite der Islamische Staat, der ja kein Islamischer Staat ist, weil ja selbst der Islam mit seinen Oberislamisten sagt… also keine Islamisten sondern Muslime, Moslems… Ich weiß nicht mehr, worauf ich eigentlich hinauswollte, aber die Lösung des Problems ist Waffen an Kurden zu liefern, denke ich bei mir. Für mehr habe ich in der Sekunde am Lagerfeuer keine Zeit. Eigentlich schon die erste Verschwendung, jetzt auf die Wärme des Feuers und die Wärme von Anne verzichtet zu haben, um sich das mit dem IS-ISIS-Kurdistan-Irak-Türkei Ding durch den Kopf gehen zu lassen, nur um dann zu sagen „Ich habe keine Ahnung.“

„Gar keine?“, fragt Anne.

Gar keine, ich habe auch noch keinen getroffen, der Ahnung hat. Und es ist so, je weniger Ahnung ich habe, je mehr Informationen ich bekomme und je mehr verschiedene Perspektiven ich sehe, desto mehr Angst habe ich, weil ich langsam verstehe, wieso Menschen sich zu tausenden umbringen. Denn manchmal wird der Schrei im Kopf so laut, dass man denkt, okay, ich kill‘ jetzt alle, die es nicht begreifen wollen. Und dann gibt‘s die, die das halt tun und daneben den guten Westen, der mit ein zwei Transaktionen alle Vorteile äonenlangen Mordens einfach kaufen könnte. Und böse Zungen behaupten, er habe das schon getan, auch wenn ich das persönlich ja…

„Dein Herz schlägt total langsam“, meint Anne. Sie wird das schon wissen, sie liegt mit dem Ohr drauf und es macht schon auch Sinn, weil, ich denke sehr schnell, und wie die meisten anderen Menschen auch, habe ich mich über die Welt das letzte Mal so richtig aufgeregt, als ich sechzehn war. Don Quichote hat gegen Windräder gekämpft, was lobenswert ist, aber heute stehen die überall, es gibt zu viele Windräder allein schon, um sich für eins zum Kämpfen zu entscheiden, und ich muss das wissen, ich bin Brandenburger. Und was machen wir jetzt? Das Lager frisst Holz, weil von nischt nischt kommt, und wenn ich das Holz nicht nachlege, wird‘s Annes Ohr auf meiner Brust zu kalt, ein Zustand, den ich tunlichst vermeiden möchte, und ja klar, auch wenn ich mich dafür schäme, dieses Lagerfeuer hat für mich grad einen höheren Wert als die Rettung der Welt.

„Wir müssen erst mal wütend werden“, flüstert Anne. Sie kichert. „Wir wissen, die Zeiten sind mies, schlimmer als mies, es ist, als ob überall alles verrückt geworden ist.“

Am Himmel funkeln die Sterne. „Ihr könnt mich alle am Arsch lecken, ich lass‘ mir das nicht länger gefallen!“, sag ich mit entschuldigender Mine, weil, wenn da jetzt einer so gar nichts dafür kann, dann bestimmt die Sterne. Der zitierte Film ist von 1976 und wenn man sucht, findet man bestimmt auch einen römischen Senator, der sagte „Die sind alle verrückt, unsere Grenzen sind im Osten nicht sicher und im Süden kommen die andern, Numidier, Wandalen, Daker, Griechen, bla.“ Und wenn man bedenkt, wer Rom alles an die Schlüpper wollte, ist‘s doch‘ n ganz nettes Städtchen geblieben.

„Irgendwas müssen wir doch machen können!“ Annes Stimme klingt analytischer, als der wegwischende Ton, der meine Gedanken dazu färbt - irgendwie lösungsorientiert: „Schreib doch mal ‚nen Text.“

„Was soll ich denen denn Sachen um die Ohren schlagen, die sie selber wissen?“

„Ach, einmal werden die das schon aushalten und dann machen sie sich Gedanken. Bei der Lesebühne zum Beispiel. Die ist kostenlos, die müssen allein aus Höflichkeit zuhören.“

Mein Lachen muss das ganze Gewicht ihres Plans auf meiner Brust auf- und abstemmen. „Nur zu reden scheint mir sinnlos“, sag‘ ich.

Anne seufzt „dann ist es das auch. Warum denken alle immer, dass Reden und Denken sinnlos ist? Warum glauben die Leute, sie würden nichts tun, wenn sie nicht nach Afrika fahren und Ebola heilen. Weißt du, was ich glaube?“

Dann wartet sie, dass ich sie frage, als sei das eine erste Lektion darin, was Worte bewirken könnten. „Was glaubst du?“

„Ich glaube: Jeder, der etwas tut, hat vorher etwas gedacht. Und ich glaube, es gibt Ärzte, die haben dreißig Jahre gehadert, um dann entschlossen zu sein. Es gibt Minister, die haben ewig geredet und plötzlich gemerkt, dass es nicht reicht. Und ich glaube, es gibt Menschen, die haben ein Buch gelesen, ein Bild gesehen, Musik gehört oder einem der ewig witzig lamentierenden Satiriker zugehört. Und dann am Ende ist ihnen etwas passiert und das hat etwas bewirkt und dann haben sie etwas gemacht und am Ende war es nicht mehr ganz so sinnlos, dass die Erde sich dreht."

Das Feuer ist schon fast erloschen. Vielleicht werd' ich es nicht am Leben halten können, aber wenigstens versuchen sollte ich das schon. So lange wie ich Windräder zu Feuerholz zerkloppe, mach ich mir Gedanken über einen Text. Und wenn ich groß bin und ihn fertig habe, rette ich damit die Welt. Denn alle die ihn dann hören, die retten die Welt einfach mit.

Golden Days of Jazz

Von Matthias Heine

Couch, Kaffee und Jazz. Signale des Guten. Der fabelhafte Kurt Elling gibt mir seinen „Nature Boy".

„There was a boy, a very strange enchanted boy. They say he wandered very far, very far, over land and sea. A little shy and sad of eye. But very wise was he.

And then one day, one magic day he came my way. And as we spoke of many things, fools and kings, this he said to me…"

Scheiße, Dreckscheiße, verfickte, räudige Dreckfuckscheiße, Mistkacke doofe...

Ich bin zu spät. Ich laufe die Treppen runter. Bin immer etwas vor mir. Es ist knapp. Zehn vor. Zehn vor Ankunft der Geliebten an den Gleisen. Wenn sie nicht abgeholt wird, nimmt sie es einem krumm. Das heißt, es kommt drauf an, wie es gerade läuft. Im Augenblick kann ich mir jedenfalls keine Verspätungen leisten. In acht Minuten bin ich am Spreewaldbahnhof am Tunnel. Ich höre lautes Geschrei. Johlende Männerchöre höre ich. Vielleicht weht der Wind aus der traurigen Richtung des Stadions der Feindschaft. Jede Woche kann man die Fans des, sagen wir mal Drittligisten, Energie Cottbus, singen hören. Texte wie: *Döp Döp Döp Dödö Döp Döp Döp, Dö Döp Döp Döp Dö Dö Döp Döp Döp.*

Fussball und Jazz schließen sich aus. Sie schließen sich absolut aus. Oder?

Gibt es auch Musiker, die diese Mischung auf perfide Art verinnerlichen? Die aus Fussball und Jazz bestehen? Spontan fällt mir Lena Meyer-Vorhaut ein…

Da entschlüsselt es sich mir plötzlich an den Ohren. Da entschlüsselt sich mir alles. Vor mir geht ein Punkermädchen. Sie kann schon in den Tunnel hinunter schauen. Steht, sieht, dreht um und läuft so schnell sie die offenen Boots tragen können davon. Ihr hastiger Blick klebt sich für einen Moment an meinen und fleht „Renn, Bruder!“ Die Gesänge werden deutlicher. *„Türke, Türke was hast du getan? Türke, Türke warum machen du mich an? Tötet ihre Kinder, schändet ihre Frauen, vernichtet ihre Laster und lehrt ihnen das Grauen.“*

Das ist nicht Kurt Elling und schon gar nicht Satchmo. Es ist ein Rudel Faschisten. Stücka vierzig schätze ich. Für mich ist es zu spät. Jede falsche Bewegung ist eine unerhörte Provokation. Heißt hier: Jede Bewegung. Ich habe es verdrängt. Ich habe den Männertag verdrängt. Himmelfahrt. Dieses Mal vielleicht die eigene. Die vollgesoffene Horde hüllt den Tunnel in wandelnde, taumelnde, zu allem bereite Symbole. Blut und Ehre, 88, endlich 18, white pride, Sturm Cottbus, Landser und die Anderen sind nicht weniger als fünf Meter von mir entfernt, während sich Fred Perry im Grabe einmal mehr den Tennisschläger zwischen die Augen haut. Mein Outfit verrät mich etwas. Zur Abholung der Geliebten trage ich mein „Golden Days of Jazz“ Shirt und mein Samtjackett. Die müssen mich also schlagen. Das ist Prophylaxe. Ach was, mehr noch. Das ist vorbeugende Prophylaxe. Es gibt kein Zurück. Die Liebste nicht abzuholen hätte ähnliche Konsequenzen. Komme, was wolle! Es kostet meinen Kopf. Was übrig bleibt, ist, den Spießrutenlauf erhobenen Hauptes und bis in den Tod zu laufen. Gerade als ich die Augen schließen will. Ich habe sie schon fast zu. Sie sind jetzt ganz schmal und stellen das Bild kurz noch einmal scharf. Da plötzlich erkenne ich den Anführer der Maximalkonservativen. Es ist der Sänger einer überaus erfolgreichen Naziband, der, so will es die Fügung, in meinem Viertel aufgewachsen ist. In: Na bitte... Sachsendorf. Nennen wir ihn der Einfachheit halber Joseph.

Ich so: „Hey Joseph.“ oder Sepp.
Er so: „Hä?“
Ich so: „Joseph, alte Haut. Seppl.“
Er: „Heinnn...“
Ich so: „Na, ihr hier so am feiern. Männertag und so…“

Auf die Schnelle fällt mir kein rassistischer Witz ein, mit dem ich dieses illustre Publikum begeistern und kaufen könnte.

Er so: „Na Heinn... alter Jude.“
Ich so: „Jaaa, Jude. Hehe. Joseph, du, ich muss.“
Er so in die Affenhorde: „Durchtreten lassen...“

Ich bin begeistert und hoffe, dass auch alle das „lassen“ gehört haben. Die Kameraden blicken mich finster an und bilden eine schmale Schneise, durch die mein lebloser Körper tänzeln darf. Ich habe keinen Blutdruck mehr als ich die hintere Front erreiche, die sicher nicht alles mitbekommen hat. Sie wundern sich, dass es so eine Gestalt bis auf ihre Höhe geschafft hat. Einer reagiert und brüllt mir „DYNAMO“ ins Gebälk. Ich weiche der folgenden Ohrfeige aus, weil ich die Matrix in diesem Moment beherrschen kann. Die Horde zieht weiter. Der nächste normale Mensch wird platt gemacht. Soviel ist sicher!

Erst am Gleis finde ich in meinen Körper zurück. Die fünfzehnminütige Verspätung gibt mir die Möglichkeit, verschiedenste Bewusstseinsebenen zurück zu erkämpfen. Ich stecke eine Zigarette in Brand und eine freundliche, silberhaarige Frau erklärt mir die Bedeutung des gelbumrandeten Raucherquaders. „Gute Frau“, sage ich, „das ist wirklich ausgesprochen nett, dass Sie mich darauf hinweisen. Beim „Bund deutscher Mädel“ hat man Ihnen wirklich Anstand beigebracht. Man soll auf seine Mitmenschen achten. Tat Ihnen eigentlich auch der rechte Arm so weh vom Grüßen? Ich habe gehört, dass das unerträglich war und dass mit links immer gestützt wurde. Das durfte man nicht, oder? Ging das? Durfte man den Arm stützen?“

Die Alte zieht Leine, weil sie es unerhört findet, das NSDAP Fässchen aufzumachen, ohne vorher ihre Stasivergangenheit abgehandelt zu haben. Alles der Reihe nach. Gelernt ist gelernt.

Als nun endlich die Blonde quietschenden Metalls in den Zielbahnhof einfährt, mache ich die Kippe aus und weiß noch nicht, dass ich morgen in der Zeitung lesen werde, dass ein Rudel Neonazis ein ganzes Dorf gestiefelt hat.

So viel Glück bietet eben nur der Männertag selbst. Als wir zu Hause aus den Kleidern steigen, singt Kurt Elling.

„The greatest thing you'll ever learn, is just to love and to be loved in return.“

betrunkener mund

von Matthias Heine

so viel grün und kein land,
so viel wüst und kein sand,
so viel ding und kein und,
rückwärts im Zug, ein betrunkener mund.

ich halte meine kindheit fest,
das ekzem in meiner seele,
stimmt es wirklich, mama?
ich war allein, alle sind allein

ich halte meine kindheit fest,
die chemie in meiner lunge,
wunderlicher, geschwollener Junge, mama
eine kindheit ist ein krankenhaus,
ein duft von lebensmüdigkeit
und wieder alleinsein
die stunden bauen ein viel zu großes ich,
für gar kein du

ich halte meine kindheit fest,
nässende wunde kann nie schlafen,
neuroderma schuppenknabe,
küchenschabe, fische in den sternen, mama
kiemen, wenn die lunge zur kur fährt,
der amphibienmensch, weißt du noch?
das ist deine lieblingsgeschichte, meine geschichte

ich halte meine kindheit fest,
wenn die fingernägel abgehen,
winkt keiner mehr zurück
fast alle fassen sich an,
alle sind allein

ich hab die ameisen angespuckt, mama
und sie verkohlt mit der lupe,
wenn sie es geschafft hatten,
sturzjubelnd aus dem speichelmeer.
das tat immer so schön leid.
ein Junge schlägt mir auf dem spielplatz
ins geschwollene gesicht.
ich will elliot sein und bin E.T.
ich bin immer bei dir… mama
kannst du das sagen, mama, E.T.?
ich bin immer bei dir… kindheit

flechte zwischen den synapsen
ich salbe dich mit chemosalbe gesund
das klingt nicht nur wie vergiften
wo ist die vergiftung? was das gift?
die salbe oder das leben, mama
ich krieg schlecht luft
ich krieg schlecht

ich krieg

So viel grün und kein Land,
so viel wüst und kein Sand,
so viel Ding und kein und,
rückwärts im Zug, mein betrunkener Mund.

Sandra und Gabriel – Eine Elefantengeschichte

Von Matthias Heine

Sandra liegt auf ihrem Bett und streichelt ihre Brust. Sie tut weh. Wenn sie angespannt ist, wenn etwas nicht stimmt, tut ihr die linke Brust weh. Ein Ziehen, das sich aus dem Gefühlszentrum, dem Bauch, direkt in ihre linke Brust wühlt. Sandra weiß, dass sie diesem Ziehen trauen kann. Bis jetzt hat sich dieses unangenehme Gefühl immer an der Wirklichkeit bestätigt. Ein Kriterium der Wahrheit. Zum Beispiel als Rene Tänzer vom Klettergerüst fällt und sich einen Halswirbel bricht, oder als ihre erste große Liebe, Martin Lehmann, mit den Kumpels zum VW-Treffen fährt und ihr im Zelt kompliziert das Herz bricht, dreimal mit wechselnden Partnerinnen, oder als ihr die Mädchen aus ihrer Klasse auflauern und ihr die Nase brechen wollen, wegen der Sache mit der unechten Witboy. Alle gegen eine mit Stuhlbeinen aus Holz. Sie weiß es bereits vor dem Aufstehen. Ein Schmerz in ihrer linken Brust, der ihr ein wenig den Atem nimmt. Der bis in den Hals anschlägt. Es ist vier Uhr morgens. Eine unangemessene Zeit. Sandra hat einen Termin um acht Uhr fünfundvierzig. Sandra ist jetzt Anfang dreißig und hat noch immer keinen Führerschein. Nach dem Abi studiert sie deutsche Literatur und Philosophie an der Humboldt. Philosophie gewählt zu haben bereut sie nach dem zweiten Semester. Literatur bleibt ihre große Leidenschaft. Mit ihrem Freund Gabriel, dem Gelegenheitslyriker und Hobbyfotografen, ist sie seit sieben Jahren zusammen. Das verflixte siebte Jahre haben sie hinter sich, erzählt Gabriel seit Neuestem jedem, den er trifft, ob er es wissen will oder nicht. Das Schlimmste wäre geschafft, sagt er dann und lacht wie eine Hyäne. Sandra bekommt einen säuerlichen Geschmack im Mund. Er ist ihr seit einiger Zeit peinlich. Sie hat ihm das gesagt, bevor er gefahren ist. Gabriel ist in der Schweiz. Er macht allein Urlaub. So ist das jetzt. Jetzt hat sie sich den Fernseher noch einmal angestellt. Irgendwas stimmt nicht. Den Timer auf sechzig Minuten. Eine Sendung über Wasserschildkröten... Sie raucht.

Im Schweizer St. Gallen sitzt Gabriel und schaut auf die Uhr. Halb fünf Uhr morgens. Die Barfrau stellt die Hocker hoch und macht damit unmissverständlich klar, dass jetzt Feierabend ist. Schade, es hat nicht gereicht. Gabriel hat sich an dem trüben Schweizer Appenzeller berauscht, immer mal rübergesehen und was gesagt. Was in der Schweiz passiert, bleibt auch in der Schweiz, hat er gedacht. Eine Zeit lang ist es ganz gut gelaufen. Sie hat gelächelt, geantwortet, wohl auch ein wenig zwischen den Zeilen, aber jetzt ist Schluss. Das war zu wenig. Er war zu wenig von Allem. Zu wenig unterhaltsam. Zu wenig attraktiv. Zu wenig charmant. Das kann er besser. Aber nach dem vierten Bier hat er sie kaum noch verstanden. Alles zu klein. Seine Ohren sind lahm geworden, wie seine Zunge. Der Fokus hat sich eingeengt. Zu deutsch eben, obwohl alles deutsch ist in diesem Teil der Schweiz. Die Werbung, die Straßenschilder, das Fernsehen, die Karten im Restaurant: Nur die Leute nicht. Die sind nicht zu verstehen. Sein Handy klingelt. Er macht es aus ohne draufzuschauen. Er denkt an Sandra. An letzte Woche Mittwoch.

Sie kommt rein und schließt die Tür. Sie setzt sich und sieht ihn an. Sie sieht aus dem Fenster und sieht ihn an. Sie raucht und sieht ihn an. Sie schaut auf die Bücherregale und sieht ihn an. Er plappert wie ein Äffchen. Sie sieht ihn an. Sie nimmt das Glas, trinkt und sieht ihn dabei an. Sie unterbricht ihn an einer wichtigen Stelle. Sandra sagt: „Wollen wir endlich mal über den großen rosaroten Elefanten sprechen, der hier zwischen uns sitzt?" Gabriel ist beim besten Willen ratlos und das ist diesmal nicht gelogen. Er weiß gewöhnlich, was sie meint und tut nur so, als würde er nicht verstehen, was sie von ihm will. Er weiß es immer. Er kennt sie wie kein Anderer. An diesem Mittwoch erkennt er sie nicht. Er sieht, wie sich ihr Mund bewegt. Sie sagt etwas. Der Elefant bleibt stumm. Gabriel bleibt auch stumm, bewegungslos, reglos, angeschissen rechts ran, verraten, verkauft, losgemacht, festgehalten, festgehakt. Die Widerhaken tun vielleicht nur kurz weh. Es zieht doll. Er will loslassen, losreißen, dranbleiben, anfassen, zudrücken, bitten, beten, hoffen, wissen. Will sich groß machen. Ist klein und summt Kinderlieder im Kopf. Singt. Will effektiv sein, die Schnauze halten... Will die Körperhälfte, den Mieter in der Mitte kennen, trennen. Einmal sterben und „Schatten sein, ihres Schattens Schatten sein". Egal sein. Alles, nur nichts richtig machen...

Er will „ich wollte dir noch sagen, dass das ein schwacher Moment war, dass ich nachgedacht habe, dass ich dich liebe, dass mich nichts von dir trennen kann, niemals" hoffen und auch hoffen, endlich gehen zu können. Den einen Weg beschleunigen können. Kind sein, beschleunigen... Das war am Mittwoch. So unmerklich geschieht ihm das Größte, was er bisher erlebt hatte.

Ein einfacher Satz, ein Elefant und ein fremder Blick.

Sandra streichelt ihre linke Brust, drückt die Zigarette im Aschenbecher aus und steigt aus dem Bett. Es schmerzt immer noch. Sie läuft im Zimmer auf und ab. Vorbei an den Bücherregalen zum Fenster. Sie schaut hinaus. Es ist finst're Nacht. Sie wählt seine Nummer. Es klingelt, dann ist besetzt. Sie ruft noch einmal an. Er ist nicht mehr erreichbar. Sie schaut aus dem Fenster. Gabriels Auto steht vor der Tür. Er ist mit dem Zug gefahren. Sandra rechnet: Von Berlin über Ulm nach Innsbruck Österreich. In Lustenau den Grenzübergang in die Schweiz nehmen. Von da ist es nicht mehr weit. Acht, neun Stunden, doch es gibt ein Problem.

Gabriel verlässt die Bar und wandert hinauf in die Berge. Ein Trübes in der rechten Hand. Er ist nicht mehr erreichbar. Ganz oben steht eine Bank und man kann auf den Sonnenaufgang warten. Den Bodensee sehen, Österreich und Deutschland.

Oder auch nicht...

2

Wie ein Geist taumelt mir die letzte Honigbiene entgegen.
Ich lasse sie auf meine Kehrschaufel kriechen
und kippe sie vorsichtig aus dem Fenster.
Sie fällt wie ein Stein.
Ich schaue ihr hinterher und schaue auch, ob es reicht.
Es wird Herbst.

Matthias Heine

Der Ralfo will ins Wasser gehen

Von Matthias Heine

previously beim Ralfo

…und die Oma sagt: „Ralfo, mein Junge, schreib einen Brief. Und den gibst du der Anna dann. Mach das nicht vor den Anderen. Und schreib einen Brief. Gib ihr den Brief, wenn ihr allein seid und mach das nicht vor den Andern.“

Manchmal sagt die Oma vom Ralfo Dinge dreimal, aber gute Ratschläge hat sie immer parat. Der Ralfo nimmt seine Tasche, küsst seine Oma und sagt:

„Tschüssi Oma.“ Und die Oma: „Hallo!“

Zuhause rennt er an der Mudda vorbei, die in der Küche Klopse macht, feuert sein Zeug in die Ecke und setzt sich an den Schreibtisch.

„Huhu Anna, ich bin's, der Ralfo…“

Das nächste Mal hat der Ralfo die Anna dann beim Schwimmunterricht inner Schule gesehen. Vielleicht, hat der Ralfo gedacht, kann er sie danach allein vor der Schwimmhalle abfangen und ihr den Brief geben. Die Oma hat immerhin mehrmals gesagt, dass er das alleine machen soll. Den Brief und so…

Im Schwimmunterricht muss der Ralfo dann vom Fünfer und alle glotzen ihn an. Der Ralfo hat sich schon bis an den Rand des Brettes getraut mit den Zehenspitzen und ist dann so voll mit Kerze in das Wasser reingenadelt. Am Beckenrand ham alle Mädchen rum gesessen, auch die Anna. Da hat der Ralfo natürlich versucht, 'ne gute Figur zu machen, obwohl er ja ganz dünn is'. Wie'n Strichmännchen eigentlich.

N' Strichmännchen mit 'ner hellgrünen Badehose, die mehr wie'n Schlüpper aussieht und noch so'n altes Teil von Mirko, dem befeuerten Klippenkuckuck, is', das der Ralfo auftragen muss, weil die Mudda meint, dass da nix dabei wäre. Die Mudda muss sich ja ooch nicht vor dem Marlon und dem Hansen, den Intelligenzallergikern, inner Umkleide tanzend die Kordhose runterziehen, während die beiden Rhythmuspräsidenten „Call me maybe…" von Carly Rae Jepsen singen und dem Ralfo dabei die ganze Zeit feste so'n Handtuch auf den Arsch zwiebeln.

Na also jedenfalls 'ne grüne, bisschen enge, weil bisschen alte Badehose vom Mirko, der Evolutionsbremse… „Geiles Ding, danke Mudda…", denkt der Ralfo und dass von der Erzeugerfraktion heute eben ooch nüscht mehr zu erwarten ist und dass man nur hoffen kann, dass das bei denen Einweggehirnprothesen sind, die keener mehr auftragen muss.

Bevor der Ralfo dann abgesprungen ist, hat er noch gewunken und der Anna rüber gerufen „Huhu, Anna…" und „Yolo! Ich springe…" und die Anna Fackinger hat sich wieder total geschämt, dass der Krötensack sie über das Becken hinweg anquatscht. Zur Samantha hat sie sich rübergelehnt und gesagt: „Boah der Vollassi, da kriegt man ja Augenkrebs." Und was der Yolo-Scheiß soll, das wäre voll 2009. Letztens beim Festnetzen hat der Nils so zum Ralfo gemeint: Yolo ist das carpe diem für Coole. „You only live once, Ralfo. Das klingt nicht nur fresh, das stimmt auch noch. Yolo ist zum swaggen unverzichtbar." Und der Ralfo hat natürlich gedacht, dass da was dran ist. „Isses aber nicht…“, singt son Herbert, bis der Autor denkt: „Hier stimmt doch wat nich… “

Dann die Samantha endlich wieder so zur Fackinger: „Nee, Facki, nee nee, du kriegst nisch Augenkrebs, du kriegst’n Tinnitus im Auge.“

Und die Anna so „Hä?“

Und die dicke Samantha so: „Na Tinnitus, vastehste? Im Auge… det Piepen watte sonst in Ohr hast… Facki, weil man den ganzen Tag nur Pfeifen sieht…, vastehste?“ und klatscht sich vor Freude auf die dicken Schenkel und der Autor denkt sich stirnrunzelnd, dass ihm jetzt hier irgendwie die janze Geschichte um die Ohren fliegt… Und das ganze Gespreche und Gedenke hat sich ungefähr abgespielt, sagen wir, als der Ralfo inner Luft war. Und dann isser volle Esse in’s Wasser rinjenadelt. Man hat nüscht jehört und nicht ein Tropfen is‘ in irgendeine Richtung gespritzt. Wie’n eingeölter ganz dünner Hering is‘ der Ralfo in die See gestochen, als würde so’n Spartaner aus Dreihundert volle Pulle een Speer in’s Wasser feuern oder Tom Hanks in „Cast Away“, als er schon jelernt hat, zu fischen und nicht mehr jelacht hat. Egal, is ’ne and‘re Geschichte.

Als der Ralfo so mit’m Kopp aus’m Feuchten kommt, fühlt er, wie ihm sein Herz bis zum Hals klopft. Er klettert aus dem Becken und stolziert wie ein Spanier an den Mädchen vorüber. Die Mädchen kriegen den Mund nicht zu und schauen Ralfo wie gebannt hinterher. Der Ralfo denkt noch: „Jaaa… Nee. So isses Leute. Da könnta mal sehen, ich kann euch auch ganz schön zupowern, ihr aufgebitchten Sachsendorfer Beckenrandhasen. Vorm Fünfer hab ich null Angst.“ Und erst, als er an allen vorbeimarschiert ist, merkt der Ralfo, dass es ziemlich frisch wird da unten und dass ihm die ganze Zeit een Ei aus der grünen Schlüpper vom Mirko, dem Hasenhirn, rausquillt und wie hinter ihm alle laut anfangen zu lachen. Die Anna und die Samantha krümmen sich am Beckenrand und halten sich den Bauch.

Da ist der Ralfo schnell in die Umkleide, hat sich ein Handtuch in den Schoß gelegt und ein bisschen geheult, bis der Hansen und der Marlon gekommen sind und von ihm Sackgeld verlangt haben. Da hat der Ralfo sein Essengeld rausgerückt, hat sich angezogen und is‘ mit nassen Haaren vor die Tür. Im November. An der Ecke hat er sich versteckt und gewartet, bis alle raus gekommen sind. Er musste doch noch den Brief loswerden und hat gedacht, dass es ja viel schlimmer nicht werden kann.

Dann endlich stehen die Anna und die Samantha vor der Schwimmhalle.

Und die Samantha so zur Anna: „Gib mal'n Lungenbrötchen."

Da traut sich der Ralfo aus der Defensive und sagt: „Ähm, huhu? Das ist aber nicht gesund, jetzt nach'm schwimm'."

Und die Samamtha: „Was willst du jetzt, Eierkneifer? Das ist 'ne Sportzigarette und jetzt halt dein Maul."

Und der Ralfo nimmt seinen ganzen Mut zusammen und sagt: „Anna, kann ich kurz mit dir sprechen? Dauert nicht lang…"

Die Anna ist ganz steif geworden und schaut die Samantha jetzt mit ganz großen Augen an und versucht, ihr Zeichen zu geben, dass sie auf keinen Fall gehen darf, doch die dicke Samantha lacht bloß und sagt: „Oh bitte, Anna du kannst ja ruhig mit Peter Lustig hier schlafen, ich geh solange was dönieren…", schnippt dem Ralfo die Kippe vor die Füße und schiebt sich gackernd aus der Szene.

Der Ralfo und die Anna stehen voreinander. Und da ist auch der Brief, der unter Ralfos schwitziger Hand schon etwas wellig geworden ist. Hier am Ende seines ausgestreckten Armes unter schwimmenden Augen und vor ihm die Anna, die jetzt ausatmen kann, weil keiner mehr da ist, vor dem sie sich kompliziert maskieren muss.

„Ich hab einen Brief für dich und ein Gedicht, Anna." Der Ralfo setzt mit einer kleinen Bewegung nach und möchte, dass ihm die Anna endlich diese Last aus den Händen nimmt, aber die Anna sieht den Ralfo nur an und sagt mit ruhigem Atem: „Lies. Das Gedicht zuerst." Und der Ralfo öffnet den Brief in der flatternden Hand und faltet das Papier auseinander. Er hat jetzt keine Spucke mehr und schon einen ganz kalten Kopp…

ohne dich

bin ich auch nur allein
und lache wo ich schreien will
allein ist der palast
aus dem ich alle kraft zieh
in dem ich wohne

ohne dich

will ich ins wasser gehen
wie kurt cobain
den lauf im mund und lachen
den finger krumm machen
und als schatten auf satten wiesen steh'n

ohne mich

Hamsterplakate

Von Mathies Rau

Erschöpft steigt Kanzlerkandidat Hamster aus dem Laufrad einer Gewerbefläche in der Parzellenstraße. In diesem Jahr ist die Bundestagswahl der Tiere in Deutschland dran. Klar, dass der Spitzenkandidat der Sozialen Kleintiere ab und zu mal im Laufrad seinen Frust loswerden muss.

„Was wollen diese Vögel eigentlich vor dem Fenster?“, schimpft er.

Parteisekretär Frettchen zieht die Jalousien nach unten. „Diese Pressegeier von der BILD, Genosse, Sie wissen ja wie das ist!“

Das Image der Partei muss gut werden dieses Jahr, viel zu lange mussten sich die Kleintiere anhören, Politik nur für Großkatzen zu machen. Hamster hat deswegen beschlossen persönlich an der Plakatgestaltung mitzuwirken und einen dreiköpfigen Aufsichtsrat für Plakatgestaltung eingerichtet. Sozialisten wissen, ohne Politiker in der Aufsicht taugen auch keine Experten was. Jahrelange Verzögerung kann sich Kanzlerkandidat Hamster bei den Plakaten nämlich nicht erlauben. Alle anderen Parteien haben die Plakate bereits fertig.

Parteisekretär Frettchen hat die Papiere auf dem Tisch, nicht um Wahlversprechen zu klauen, aber inspirieren lassen darf man sich ja wohl noch!

„Gib mal den Wisch von den Konservativen“, meint Kanzlerkandidat Hamster mit betont missmutiger Stimme. „Ja kein gutes Wort über den größten Gegner. Nur weil die per se das Gleiche wollen, heißt das ja noch nicht, dass man zu denen nett sein darf. Konstruktiv mit Gegnern reden bringt schlechtes Karma und das kostet alles Wähler, Wähler, Wähler, und die Sozialen brauchen jeden Wähler."

„Vorsicht, nicht rein steigern", mahnt Parteisekretär Frettchen, mit Verweis auf das soziale Gewissen im nach Wichtigkeit geordneten Parteibuch auf Seite 1325.

Hamster rückt ein bisschen erregt seine Krawatte zurecht.

Pressesprecher Lemming applaudiert „Da geh ich mit", sagt er.

In einer hinteren Ecke sitzen zwei Experten für Plakatwerbung und versuchen seit einer halben Stunde ungehört einen Vorschlag vorzubringen.

Kanzlerkandidat Hamster zieht das Plakat der Konservativen heraus. Darauf steht kurz und bündig „Keine Experimente". Mist, Deutschlands beste Parole ist damit weg. Vielleicht reicht's den Kleintieren noch für eine große Koalition.

Der Hoffnungsträger der Sozialen holt das nächste Plakat hervor. „Auch du hast einen Angelhaken". „Was is'n das für 'ne Scheiße?" Parteisekretär Frettchen winkt ab. „Ach die, das sind die Fische, so 'ne neue Partei, die sich auf Netzpolitik eingeschossen hat, nimm die nicht für voll, da fressen sich bloß die Kandidaten gegenseitig auf. Ein Hecht toller als der andere, und irgendwie kommt man schon in die Presse."

Kanzlerkandidat Hamster schüttelt irritiert den Kopf. Waren die Plakate schon immer mit solchen Dämlichkeiten bedruckt oder hat sich der Trend in den letzten Jahren entwickelt. „Für eine Neuorganisation des Staates: In Sekten." Parteisekretär Frettchen zuckt mit den Schultern. „Heuschrecken-Partei, so religiöse Spinner."

„In Sekten. Das sind keine Spinner das sind Fundamentalisten, die wollen die Demokratie abschaffen."

„Ach du", man schätzt Parteisekretär Frettchen für seine Ruhe, „wenn wir jeden verbieten würden, der die Demokratie abschaffen will."

„Stimmt auch wieder“, sagt Kanzlerkandidat Hamster.

„Da geh‘ ich mit!“, sagt Pressesprecher Lemming.

Zwei Experten für Plakatwerbung versuchen seit einer Dreiviertelstunde ungehört einen Vorschlag einzubringen.

Hamster schnappt das nächste Plakat. „Ne“, sagt er.

„Was‘n?“, fragt Frettchen.

„Wir waren vor euch hier, Mehrzeller raus aus Deutschland!“, sagt Kanzlerkandidat Hamster. Auf dem Plakat der Nationalen Einzeller drücken ein paar Pantoffeltierchen ein verdutzt schauendes Gnu aus dem Bild. „Das Gnu geht aus dem Bild.“

„Da geh‘ ich mit!“, meint Pressesprecher Lemming.

Hamster zieht die Stirn kraus. „Wie ist der eigentlich Pressesprecher geworden?“

Frettchen lächelt. „Ist doch schön, wenn Gewissensfreiheit und Parteidisziplin deckungsgleich sind.“

Da kann Hamster nicht viel gegen sagen. Er nimmt ein gelbes Plakat vom Stapel. „Wachstum durch wachsen.“ Liberale Großkatzen. „Mit sowas bekommt man Wähler?“, fragt Hamster und überlegt, wie man den Spruch für eine Soziale Partei zweckentfremden könnte. „Kinder durch Geburten“, „Kitaplätze durch Kitas“, „Arbeit durch Arbeitsstellen“, irgendwie fehlt diesen grundsätzlich nicht falschen Aussagen der Pep.

„Ach verdammt“, seufzt Hamster, „so kommen wir nicht weiter, ich fürchte wir müssen selber denken.“

Pressesprecher Lemming guckt ein bisschen ängstlich, sagt dann aber, „Da geh‘ ich mit!“

Hamster, Frettchen und Lemming gehen zum Flipchart, um mittels Brainstorming einige innovations zu clustern, damit das Think to win ein bisschen ins Rollen kommt. Jaaaaa, die Sozis sind ‚ne alte Partei, aber nicht von gestern!

Hamster hat die erste Idee. „Sagen Sie mal Frettchen, irgendwo bei der Kleintierpartei in Hamburg gab's doch so ,ne süße kleine Mau, könnten wir die nicht einfach in ,ner Totale auf das Plakat drucken."

„Klar", sagt Frettchen, „am besten noch in Unterwäsche, wie die Sozis das bei den Polen gemacht haben! Nee, Hamster: Inhalte, Inhalte, wir brauchen Inhalte."

Inhalte, denkt sich Hamster, fragen wir den Wähler doch, ob er sich beim Stadtbummel auf zweihundertfünfzig Mal den Plakaten das Mäuschen aus Hamburg angucken will oder ,nen runzligen Hamster, unter dem dann „Kraft durch Freude" oder irgend so ein Scheiß steht. Dass man sich bei der politischen Werbung immer durch Seriosität behindern lassen muss, wo das Mäuschen doch so werbewirksam wäre.

„Was halten Sie davon, wenn wir auf Bildung gehen? So wie, Bildung für alle'", schlägt Frettchen vor.

Hamster schüttelt den Kopf, „Nein, nein, nein, wir wollen die Wahl gewinnen, wir müssen was bewerben, was die Leute verstehen. So „Steuern runter" oder so."

Frettchen gibt sich empört. „Genosse, wir wollen aber keine Steuern senken. Das wäre gelogen."

Kanzlerkandidat Hamster versteht das Problem nicht. „Naja, es wäre halb gelogen, wir wollen die Steuern schon senken, wir wissen bloß, dass wir's nicht können!"

Zwei Experten für Plakatwerbung versuchen seit einer Stunde ungehört einen Vorschlag einzubringen.

Parteisekretär Frettchen weiß nicht, was er Schlaues erwidern soll. „Steuern runter" klingt schon ganz nett. „Aber ist das nicht ein bisschen zu phrasenhaft?"

„Och wissen'se Genosse Frettchen, das Mäuschen ist ihnen zu sexistisch, die Steuern zu phrasenhaft, mit ihnen macht Werbung gar keinen Spaß!", sagt Hamster.

Pressesprecher Lemming sagt. „Da geh' ich mit!"

Schweigen macht sich breit.

„Wir könnten Scrabbel spielen“, sagt Kanzlerkandidat Hamster. „Die drei Wörter mit den höchsten Punkten werden unser Wahlspruch.“

„Och Scrabbel“, meint Frettchen, „jetzt ist aber mal gut. Wir müssen doch noch andere Optionen haben.“

Der eigens für die Plakatgestaltung gegründete Aufsichtsrat diskutiert noch eine ganze Stunde. In den darauffolgenden Tagen gehen 2,5 Millionen Plakate in Druck, auf denen sich ein Mäuschen in Dessous räkelt, unter dem „Zypern Xylophon Ypsilanti“ steht.

Die Soziale Kleintierpartei gewinnt die Wahl mit der überwältigenden Mehrheit von 66%.

Und die Moral von der Geschicht,
nach Wahlplakaten wählt man nicht.

Fanta

Von Matthias Heine

Ich weiß noch, wie wir alle vor dem Fernseher sitzen, an dem Tag, an dem sich für mich gar nichts verändert hat. Mein Vater ist ganz still und ich kann sehen, wie seine Augen einstürzen. In seinen Pupillen tanzen Menschen und stecken sich gegenseitig Süßigkeiten zu, dass ich vor Neid ganz unruhig werde. Ich muss ins Bett gehen. Entschuldigung, ich bin elf. Ich muss nicht ins Bett gehen. Ich muss ins Bett gehen. „Entschuldigung, dass ich lebe", sage ich heute zum ersten Mal. Zum letzten Mal sage ich es mit Achtzehn. Der Satz begleitet mich in sieben unruhigen Jahren. Im Bett überlege ich mir eine Bestrafung für meine Eltern, doch am nächsten Morgen habe ich ihnen schon verziehen. Alles ist wie immer an diesem Morgen. Das Stullenpaket in die Brottasche. Die Brottasche unter die Kellertreppe, bevor ich das Haus verlasse und das Fresspaket in den Sportbeutel stopfe. Mutti weiß es nicht besser, sie ist nicht elf, sondern ungefähr erwachsen. In der Schule ist heut einiges los. Die Putzfrau, Frau Zech, läuft durch die langen Gänge und plärrt, wie von der Tarantel gestochen, die Namen einiger Lehrer in die nachhallenden Flure. Wir lachen uns kaputt. Sie dreht völlig durch, mit weit aufgerissenen Augen. Im Klassenraum rennen Kalli und Schwenk genauso bekloppt durch die Gegend. Kalli zieht eine Fahne aus der Jacke und schwenkt sie durch den Raum. Die Jungs und ich denken, wir sehen nicht richtig. In die Fahne ist in der Mitte ein rundes Loch geschnitten. Die ist vollkommen kaputt gemacht worden. Hammer, Zirkel, Ährenkranz rauszuschneiden geht uns zu weit. Sie brüllen „Stasi in die Produktion". So was haben die noch nie gesagt. Wer soll da wohin? Uns reicht das jetzt. Wir fangen sie und hauen ihnen auf's Maul, bis Frau Kreisel kommt. Die Mädchen feuern uns an und sind plötzlich ganz ruhig. Sie haben nichts gesehen und nichts gehört. So sind unsere Mädchen. Frau Kreisel sagt: „Setzt euch hin", bestraft uns aber nicht. Die Stunde beginnt. Wir stehen auf. Der Gruppenratsvorsitzende, die hässliche Bianca, hat das Klassenbuch und sagt, wer fehlt. Heute fehlen fünf Leute. Das ist 'ne Menge. Bianca, die Kuh, sagt: „Für Frieden und Sozialismus. Seid bereit!". Und wir sagen im Chor: „Immer bereit!" und hauen uns die Daumen an die Stirn. Frau Kreisel sagt: „Setzen." Wir setzen uns und die Kreisel macht Unterricht wie immer. In der Pause trinkt Kalli, auch wie immer, Fanta aus einer Pappschachtel. Sein Vater ist Ungar und bringt so was aus Ungarn mit. Wie jeden Tag kloppen wir uns, wer die Reste aus Kallis Pappschachtel zutschen darf. Für uns sieht es heute schlecht aus, weil wir ihm auf's Maul gehauen haben. Ich kam noch nie in den Genuss. „Ab heute", sagt Kalli großzügig, „könnt ihr alle Fanta trinken. Ab heute sind wir auch Westen." Zu Hause sage ich meinem Vater, dass wir ab heute alle Westen sind und dass ich Fanta trinken will. Immerhin gucke ich auch schon eine Weile Colt Sievers, obwohl ich sofort aufstehen muss, um umzuschalten, wenn Vati kommt. Er sagt, dass wir es ihm nicht übel nehmen sollen, aber er hält diese Scheiße einfach nicht aus. Ich verstehe überhaupt nicht, was an Howie, Jodie und Colt Scheiße sein soll.

Im Fernsehen tanzen die Leute noch immer und der Nachrichtensprecher sagt, dass wir Geld kriegen. Hundert Westmark. Wir müssen sie bloß abholen. Es dauert ein paar Wochen, bis wir Vati überzeugt haben. Mutti will, meine Schwester und ich wollen auch. Drei gegen einen fahren wir nach Berlin. Nach Westberlin. Die langen Schlangen aus dem

Fernsehen gibt es zu der Zeit schon nicht mehr. Wir gehen zu einer Bank. Ein ganz freundlicher Mann gibt uns lächelnd das Geld und begrüßt uns im Westen. „Das hat Kalli gemeint", denke ich und dass die Chancen auf den Genuss einer Fanta am heutigen Tage schwer gestiegen sind. „Was mach ich denn nun mit den ganzen hundert Mark?", sage ich laut, dabei wollte ich es nur leise denken. Vati sagt: „Du hast wohl'n Knall." Ich will nicht streiten. Zu gefährlich ist die Möglichkeit, alles zu verlieren. Vati sagt: „Jeder darf sich was aussuchen." Wir gehen in eine große Kaufhalle. Die ist viel schöner, als die zu Hause. Überall gibt es bunte Süßigkeiten, die ich vorher nur im Intershop mit Oma oder in Westpaketen gesehen habe. Ich frage, ob ich, bevor ich mir was ausgesucht habe, auch noch was Kleines haben darf, greife Vati am Arm und drücke meinen Kopf an ihn. Er streichelt mich und erlaubt: „Was Kleines…"

Ich renne aufgescheucht mit weit aufgerissenen Augen, wie die Zech, durch den ganzen Laden und finde endlich das Objekt meiner Begierde. Eine Fanta. Und nicht so 'ne billige Pappschachtel, sondern eine richtige Dose. „Das willst du?", fragt Vati. „Ja, das will ich!", sage ich stolz. Wir verlassen die Kaufhalle, die Anderen haben sich auch was gekauft, aber darauf achte ich nicht. Draußen halte ich die Dose in den Händen. Das müssten der scheiß Kalli und der Schwenk sehen! Alles ist wie in der Werbung vom Ersten Deutschen Fernsehen mit der Tagesschau. Die Dose ist ganz kalt und der Schmelz perlt an ihr herab. Ein Wunder! Meine Eltern und meine Schwester schauen mich gespannt an. „Mach endlich auf!", sagt meine Schwester fordernd und haut mir ein bisschen auf den Oberarm. „Ja doch. Kauf dir selber was", sag' ich und führe die Situation in die ihr gebührende, würdige Ruhe zurück.

Jetzt. Ich fasse den Metallnippel und kippe ihn wie im Fernseher. Zack, es knirscht und spritzt erfrischend. Auch wieder genau wie im Fernseher. Meine Fanta ist nun offen und prickelt und blubbert mir was von dem, was gleich hier passieren soll. Ich führe das Wunder an meine Lippen und nippe einen sparsamen und dennoch gierigen Schluck. Ich will nicht begreifen und schaue meinen Vater groß an.

Der sieht wie meine Augen einstürzen und fragt: „Und?"

„Das ist ja Orangenlimonade", sage ich hoffnungslos.

„Genau!", sagt er, für meine Begriffe etwas zu fröhlich und dann laufen wir einfach weiter.

Ich kann mich noch genau an diesen Tag erinnern. Da hab' ich etwas begriffen, etwas über Vati, aber auch etwas über Kalli und Schwenk. Weiter hat sich gar nichts verändert, außer dass ich seitdem weiß, was eine Überraschung auch sein kann.

Dass das Unwahrscheinliche sehr wahrscheinlich sein kann. Das ist mir bis heute geblieben.

Unwahrscheinlich ist ein Programm mit dem Titel „Michel Friedmann singt deutsche Märsche". Ich sage, warten wir die Zeit ab... Wer weiß schon, was drin ist.

Jason und die Argonauten

Von Mathies Rau

“Dieser scheiß Regenschutz, gar nicht funktioniert der!“ An der Haltestelle dreht sich ein Kind durch den Regen. Es ist etwa fünf Jahre alt. Es heißt: “JÄSN! Mach die Jacke zu!” Unter der blauen Jacke ist das T-Shirt völlig aufgeweicht, dunkelgrau dort, wo es vollgesogen ist mit Regenwasser, und ranzig weiß, an den Ärmeln. “Alle Dokumente sind nass, wegen dem Scheiß- Regenschutz, so ein Dreck!” Jason macht die Jacke zu. Der Regen hämmert ihm in langen Fäden auf den Kopf, schwemmt sein dichtes blondes Haar auf, es verfärbt die Tropfen, die in sein Gesicht laufen, braun. Jason, ein Kind wie ein räudiger Köter mit abgewetzten Pfoten und schmuddeligem Fell, tollt glücklich im Regen und ist Papas Gebrüll, scheint‘s, gewöhnt. Er lächelt, als er unter das Dach der Haltestelle geplärrt wird, lächelt auch, als er mechanisch eine übergezogen bekommt, als wäre es ein zu hastiges Streicheln. Der Papa sitzt neben mir auf der Bank. Er steckt sein I-Phone weg. I-Phone und Stara-Bier, Adidas-Schuhe und der Schmutz eines ganzen Jahres, ein Kind und ein heiser geschrie‘ner Hals. Bestimmt kein einfacher Patron, dieser Jason, seine Fähigkeit, sich zu konzentrieren ist so abgewetzt wie Vaters Stimme. Zu seinen Füßen ein Rucksack. Durchnässt am oberen Rand, dass man ihn auswringen könnte, der Sockel ist in einen Regenschutz gehüllt. Nur der Sockel, quietschgelb und trocken. Es gibt kein Wort, um diese Dämlichkeit zu beschreiben! Die Fähigkeit zur Sprache an sich sollte eigentlich schon klug genug machen. Eigentlich! “Idiot” nennt der Vater sein Kind, einfach so, für nichts eigentlich, vielleicht kennt er einfach kein

Wort, das hier passt. Er ist kaum älter als ich. In Deutschland herrscht Chancengleichheit. Gleich mit der Geburt hat man die Chance, zu gewinnen oder zu verlieren. Jason hat verloren. Diese ganzen Märchen von harter Arbeit und Lernwillen, von Disziplin und Toleranz und davon, dass er die Welt verändern kann, wird er vermutlich nicht mal hören. Die erzählt man sich nicht in den Kreisen, denen er nicht entgehen kann. Da gibt es einfachere Geschichten. Geschichten, die erklären können, warum sich ein Möbelpacker SS-Runen auf die Hand tätowiert, obwohl alles, wofür diese Runen stehen, mit dem System, in dem er lebt, völlig unvereinbar ist.

Die Bahn rollt an. Mobilmachung für Jason und seinen Vater. Für mich natürlich auch. Als Sachsendorfer habe ich in meinem Charakter einen sehr schmuddeligen Lokalpatriotismus verankert. Das ist ein heiterer, ironischer, weil meine Mutter mich zu einem logisch denkenden Menschen erzogen hat. Ich glaube, ohne meine anerzogene logische Stärke wäre ich bestimmt ein sehr guter Faschist geworden. Ein Hang zu einfachen Lösungen und, zumindest teilweise, zur Tradition, da geht man schnell in die Richtung "ich bin ja kein Nazi, aber...". Das geht nun nicht mehr. Faschismus und Intelligenz schließen sich kategorisch aus. Nicht, weil alle Nazis unsympathische Wichser sind, das sind sie eigentlich gar nicht, sondern, weil Intoleranz nicht logisch ist.

Im Kindergarten habe ich Dominik kennen gelernt, als er Hakenkreuze an Papierflieger malte. "Das hat Papa auf so 'ner Fahne", hat er gesagt. Ein trauriges Kind! Zwei Wochen habe ich ihn vom Kindergarten nach Hause gebracht, dann war mein Praktikum vorbei. Als er so um die zwölf war, hatte ich ihn vor dem Marktkauf gesehen, mit zwei Jungs auf einem Kasten Oettinger. Da hilft die Schule einen Scheiß, selbst wenn unsere Gesellschaft Lehrerinnen und Erzieher nicht wie Straßendreck behandeln würde. Vielleicht wird Dominik irgendwann mal ein Möbelpacker mit SS-Runen auf der Hand, mit dem ich dann einen Schrank in die Wohnung meiner Eltern schleppe, sollten die nochmal umziehen und ich werde mich dabei fragen, ob ich was sagen soll. So, wie ich bei Jasons Vater überlege, ob ich was sagen soll. Dazu, dass er um 09:40 Uhr Bier aus der Flasche durch seine losen Zahnreihen schüttet oder seinen Sohn wahlweise vollgröhlt oder mit 150 Sachen streichelt. Bringt das was? Wenn mir einer kommt und sagt, "Ausländer nehmen uns die Arbeitsplätze weg" oder "ein Kind braucht halt mal ordentlich Dresche", denke ich "Spinner!". Zu erwarten, dass es andersrum anders sein sollte, erscheint mir dann vermessen. In der Konsequenz müsste ich jetzt sagen, ich habe das Richtige, als das Richtige erkannt, weil ich intelligenter bin als du, deswegen musst du mir zuhören und aufhören, Jason eine zu latten. Kein Mensch würde sich dieser Arroganz beugen, ob man es nun so formuliert oder sagt: "Sie können doch nicht ihr Kind schlagen!" Aber dann drehe ich mich im Kreis. Wenn ich als Anspruch habe, tolerant zu sein, wenn ich immer davon ausgehen muss, mich irren zu können, und das macht Skepsis ja aus, wie komme ich dazu, Dinge als richtig anzunehmen. Wieso ist zum Beispiel das Abschotten europäischer Grenzen nicht richtig? Weil da Menschen sterben? Wieso ist falsch, dass irgendwo für irgendwas Menschen sterben? Moralische Positionen können sehr schnell sehr schwierig werden, wenn man sich auf sie zurückzieht. Und so richtig ich es auch finde, das Leben als ein schützenswertes Gut anzusehen, stellt diese Ansicht doch eigentlich viele Dinge von meiner Kleidung über meine Ernährung bis hin zu meiner politischen Teilhabe (oder vielmehr Nicht- Teilhabe) sehr in Frage. Krieg und Sklaverei ist Scheiße, aber mein persönliches Glück ruht nun wirklich nicht auf den Schultern eines gesunden fairen Mittelstandes. Am Ende ist es vielleicht einfach ein Gefühl. Das Gefühl, hinter einer Glaswand zu sein, auf der Gras grüner ist. Ich lege die Hand an die Scheibe und auf der anderen Seite stehen Jason und sein Vater. Vielleicht stehen sie dort genauso, sehen mich in der Bahn sitzen und denken irgendwas über mich. Oder ich irre mich damit und mit allem anderen auch. Vielleicht täuscht auch das Gefühl, dass mit der immer größer werdenden Ungleichheit eine ganze Generation einfach weggeschmissen wird. Schließlich gab's ja auch Experimente mit absoluter Gleichheit, die liefen, positiv ausgedrückt, beschissen. Am Ende ist alles, worauf ich mich mit mir einigen kann, dass mich die Glaswand stört, ungeachtet der Tatsache, dass dort vielleicht sehr viel mehr liegt, als ich auf meiner Seite des Rasens gerne hätte.

Wir kommen an der Thierbacher Straße an, Diskussion mit mir selbst beendet. Ein bisschen beschleicht mich der Verdacht, dass die Zeit, die ich zum Straßenbahnfahren, Duschen oder vor dem Einschlafen aufwende, nicht ausreicht, um die Welt zu einem besseren Ort zu machen. Eigentlich reicht die Zeit ja noch nicht Mal, um mir überhaupt zu erklären, wo ich mit diesen ganzen Gedanken hinwill, und dennoch... Wenn man die Augen aufmacht, es gibt überall Jasons. Es gibt die dicke Frau vor dem Netto, die zum achten Kind sagt "und dann wieder schön Kindergeld kassieren". Es gibt Dominik, der mit zwölf Oettinger säuft, oder die Frau, die ich in drei Jahren noch nie ohne Bierflasche gesehen habe. Und wenn ich vom Balkon weiter in die Welt gucke, sehe ich entstehende Kalifate, Muskelspiele, die man nach dem Mauerfall eigentlich nicht mehr machen wollte, das größte Artensterben seit ein paar Millionen Jahren und die Tatsache, dass die Welt eigentlich auch nicht abgedrehter ist als früher. Je fester man die Augen verschließt, desto weniger hat man das Gefühl, dass alle und alles bekloppt geworden sind. Dummerweise wird man selbst umso bekloppter, je fester man die Augen schließt. Nicht gerade die klassische Win-Win-Situation!

Der Ralfo hat abgeliefert

Von Matthias Heine

previously beim Ralfo:

„Ich hab einen Brief für dich und ein Gedicht, Anna." Der Ralfo setzt mit einer kleinen Bewegung nach und möchte, dass ihm die Anna endlich diese Last aus den Händen nimmt, aber die Anna sieht den Ralfo nur an und sagt mit ruhigem Atem: „Lies. Das Gedicht zuerst." Und der Ralfo öffnet den Brief in der flatternden Hand und faltet das Papier auseinander. Er hat jetzt keine Spucke mehr und schon einen ganz kalten Kopp…

ohne dich

bin ich auch nur allein
und lache wo ich schreien will
allein ist der palast
aus dem ich alle kraft zieh
in dem ich wohne

ohne dich

will ich ins wasser gehen
wie kurt cobain
den lauf im mund und lachen
den finger krumm machen
und als schatten auf satten wiesen stehn

ohne mich

Bäm, jetzt ist es raus… Der Ralfo hat abgeliefert, Lyrik versenkt, Poesie abgesondert und voll reingehämmert. Die

Anna und der Ralfo steh'n sich vor der Schwimmhalle die Beine in den Bauch. Das Gedicht hat gesessen, soviel steht fest. Der Ralfo hält es noch immer in der zitternden Hand und ist jetzt nicht ganz sicher, ob das stimmt, was er sieht, denn die Anna hat bisschen feuchte Augen. Soviel nette Sachen hat sie dann doch noch nicht gehört, denkt der Ralfo, obwohl die Anna immer so elodings wirkt. Hinter ihr hängt ein buntes Plakat, mit lauter wasserrutschenden, grinsenden Gesichtsfünfen drauf. „Kristallnacht im Aquadrom" am 22. November ab 20.00 Uhr. Da is' wieder einer in der sechsten aus 'm Geschichtskurs geflogen, denkt der Ralfo, aber er weiß ja, was ungefähr gemeint ist. Nämlich nachts rutschen und baden für 'n bisschen mehr Knete. Könnte ja sein, dass er die Anna jetzt dazu einlädt. Könnte ja sein, dass der Ralfo Mut hat, jetze nach seinem Kurt Cobain Gedicht. Könnte sein. Jetzt oder nie.

Das letzte Gedicht, das die Anna von einem Jungen bekommen hat, war nicht so lieb gemeint und vom Mirko, dem verkackten Sockensortierer, als der noch bisschen jünger war und die Anna noch bisschen dicker und ging irgendwas mit.

„Dralle Anna, du Pulloverschwein,
looks like Ayman Abdalla,
du feister Hundescheißmagnet,
zieh Leine... Yalla, Yalla."

Das hat der Mirko, der Sitzenpinkler, ihr bei FB auf die Pinnwand gepostet, als die Anna da noch ganz neu war und völlig shitstorm- unerfahren.

Jetzt aber steht sie vor dem Ralfo, dem absoluten Schlusslicht in der Schulhierarchie, und denkt für einen Moment darüber nach, ob sie die rote Laterne nicht gemeinsam mit ihm über den Pausenhof schlenkern möchte. In diesem Augenblick könnte der Ralfo einer sein. Einer, der liebt und liebenswert ist. Einer, dem ihre ganze Zuneigung zuteilwerden könnte. Einer, der zuverlässig, fürsorglich und verantwortungsvoll mit ihr umgehen könnte. Einer, bei dem sie sich geborgen fühlen könnte. Zu Hause. Einer, der anruft ohne Grund.

Aber die Anna weiß nicht, wie das gehen soll. Dem Ralfo passieren halt dauernd so Sachen. Gerade eben noch jedenfalls is‘ er hier wie'n ganz dünner Hering und mit akkurater Kellerbräune vor versammelter Mannschaft im Aquadrom rumgerannt und die ganze Zeit hat ihm een Ei aus der grünen Schlüpper geguckt, die er vom Mirko, dem Hirnblockierer, auftragen muss, weil die Mudda meint, dass da nix dabei ist.

Das muss man dann erst mal mittragen.

Der Ralfo steht immer noch wie angewurzelt vor ihr und schafft es nicht, den Mund aufzumachen. Das ist wie als er das erste Mal einen Granatapfel gesehen hat. Den hat der Ralfo auch erst 20 Minuten angeglotzt, dann sicherheitshalber ein Tutorial auf youtube angeschaut und dann erst ein Messer geholt und alles vollgesaut. Aber so ein Tutorial gibt's hier gerade nicht, denkt sich der Ralfo und dass er verdammt noch mal allen Mut zusammennehmen muss. Er muss jetzt was sagen, bevor die Anna das tut oder gleich abhaut.

„Huhu… ähm Anna, darf ich dich zur Kristallnacht einladen, nächste Woche?“, sagt der Ralfo und hält der Anna das Gedicht hin.

„Was denn für eine Kristallnacht?“, fragt die Anna und nimmt es ihm aus der Hand.

„Na dreh dich doch mal um!“

Die Anna dreht sich um und erschrickt sich über das Plakat, wie alle Menschen, die einigermaßen bei Bewusstsein sind.

„Da hat wohl einer in der dritten Klasse aufgehört sich zu melden, wie?" Der Ralfo und die Anna lachen.

Im selben Augenblick fliegt die Schwimmhallentür auf und schlägt dem Ralfo volle Esse an 's linke Knie, dass ihm davon ein bisschen schlecht wird. Der Marlon und der Hansen stehen in der Tür und machen große Augen.

„Der Ralfo und die Anna.", singsangt Hansen und der Marlon sagt:

„Was 'n hier? Gammelfleischparty oder was? Glaubst du, dass du wegen deiner Hodenparade hier dein Affensperma los wirst, du Gesicht? Geh woanders ablaichen, Gollom!"

Er tritt dem Ralfo lässig in den Hintern, macht Handbewegungen, wie um ein Insekt zu verscheuchen und sieht in Richtung Anna. Die Anna faltet ruhig ihren Brief zusammen und schaut sich dabei lange auf die Hände. Die letzte Falte zieht sie mit Daumen und Zeigefinger so schnell und fest, dass ihr die Fingerkuppen ganz weiß werden vor Anspannung. Anna schaut den Jungs ins Gesicht.

„Hört mal zu, ihr Affenköppe. Ich lass mir von euch schon lang kein Kotelett mehr an die Ohren quatschen. Marlon, von dir sowieso nicht. Wenn ihr jemanden anreuden wollt, macht das zu Hause bei euren Eltern, wenn da welche sind, aber nicht hier! Was habt ihr überhaupt so lang gemacht in der Umkleide? Gab's denn da rektale Disharmonien zwischen euch, die ihr jetzt hier projizieren müsst? Soll 'n wir mal einen Kreis machen? Drüber sprechen?"

Marlon lacht die Anna an. „Der Terrorkrümel hier will uns anfucken. Anna, mach was du willst mit dem kleinen Hodensack-Radikalo. Du wirst sehen, was du davon hast! Komm Hansen, wir schnicken noch im Fummelbunker vorbei und lassen die hier noch ein bisschen die Schöne und das Biest spielen."

Im Vorbeigehen gibt Marlon dem Ralfo eins auf den Kopp, der noch immer ein bisschen feucht vom Baden ist. Hansen und Marlon verziehen sich lachend und der Ralfo steht vor der Anna. Hinter der Scheibe im Aquadrom legt ein dicker Junge eine saubere Arschbombe hin.

Die Anna hält dem Ralfo die Hand hin. „Am besten find ich ins Wasser gehen wie Kurt Cobain… Komm mit!"

Hexen

Von Matthias Heine

So wie Herpes ein Wanderpokal ist, ist auch die Liebe vergänglich und verschenkt sich weiter und weiter. Das ist Lena klar, als sie sich auf dem Klo die Hosen in die Kniekehlen schiebt und ihren Hintern fünf Zentimeter über der Brille balanciert. In der Kneipe setzt sie sich nie hin und bleibt vor lauter Ekel besser in der Schwebe. Auch zu Hause hat sie mehr und mehr Skrupel.

Sie konnte Micha in drei Jahren mühevoller Beziehung nicht dazu bewegen, sich zu setzen. Zu Hause sieht das Klo deswegen seit einiger Zeit aus wie Sau. Micha reinigt die Toilette nicht, weil er keine Brüste hat, wie er es Lena jedes Mal versichert, wenn sie sich beschwert. Lena denkt auch nicht mehr dran, den Lappen in die Hand zu nehmen. „Einen emanzipierten Streik", nennt sie den Vorgang auf Nachfragen von Freunden und Gästen. So wird im gemeinsamen Liebesnest der beiden seit einem Monat fröhlich und unumwunden daneben gestrullt. Am Anfang ihrer Beziehung war der Micha ein zuvorkommender Freund und ein perfekter Liebhaber. Morgens hat er mit Lena in der Küche Walzer getanzt und abends hat er sie nach allen Regeln der Kunst verführt. Ein guter Koch war er nie. Aber die einfachsten Speisen schmeckten, wie in einem guten Restaurant, weil sie mit Liebe zubereitet und mit Kerze und unbeholfenen Servietten serviert wurden. Micha hat dann Menükarten ausgedruckt und mit Flyern den gemeinsamen Videoabend beworben. Sehen Sie heute in Michas Filmpalast „The man who wasn't there" oder „Things we lost in the fire". Im Anschluss daran konnte sich Lena über eine erotische Massage mit Happy End freuen. Wann hatte das aufgehört?

Die Erinnerungen an diese Zeit verschwimmen Lena vor den offenen Augen, wenn sie ihm morgens einen Kaffee kocht, so wie er ihn mag, schwarz mit ein wenig Zucker, den Kaffee dann vor seinem Platz abstellt und nach einer versonnenen Pause seine kalte, scharfe Stimme hinter der Zeitung

„Is‘ noch was?“ fragen hört.

Erschrocken vor so viel selbstverständlicher Arroganz hört sie sich selbst

„Nein, nein, schon gut. Bin schon weg.“ sagen.

Heute hier auf dieser Toilette, in seiner Stammkneipe, wo ihn alle nur Mike nennen und ihm freundlich auf die Schulter klopfen, während Lena wie ein Palästinenser ignoriert wird, ist Schluss damit! Wenn sie jetzt wieder rein geht, wird sie es ihm sagen. Direkt und ohne lange zu fackeln.

Micha schaut aus dem Fenster. Einige erleuchtete Räume, ein paar Bäume. Mehr ist nicht zu sehen. Es ist dunkel. Draußen führen die letzten Hunde ihre Frauchen Gassi. Micha stellt den bekritzelten Bierdeckel auf eine Ecke und dreht ihn zwischen den Fingern. Wenigstens darf er Bier trinken. Mal einen Abend zu zweit weggehen, so wie früher. Das hat Lena zu ihm gesagt, obwohl sie weiß, dass er Donnerstag mit den Jungs trinkt. Das macht sie mit Absicht, die alte Hexe. Gefühlte hundert Jahre hat sie ihm keinen mehr geblasen und die Wohnung sieht aus wie Sau. Was soll das denn? Irgendwie scheint sie auch nichts mehr aus sich zu machen. Lehmann hat vorigen Donnerstag zu ihm gesagt: „Lena sieht seit einiger Zeit aus wie Berti Vogts nach einer missglückten Schönheits-OP.“ Dann haben sich alle eins ins Fäustchen gelacht und irgendwann musste auch Micha lachen. Da kam er sich schon irgendwie vor wie ein Verräter.

Lena ist jetzt schon zehn Minuten auf dem Klo. Ihm ist das Recht, die vergangene halbe Stunde war sowieso nur befremdliches Schweigen. Es ist kompliziert. Andauernd hat sie was zu meckern oder will irgendwas einkaufen. Jeden Morgen ein Faberge-Ei zum Frühstück, wenn's nach ihr ginge.

Gegenüber an einem Tisch sitzen die Jungs und stecken die Köpfe zusammen. Immer wieder prosten sie sich zu und lachen laut. Wodkarunden und jeder ist mal dran. Manchmal schauen sie zu ihm rüber. Micha antwortet dann mit Verlegenheitswitzen, zieht die Schultern hoch und macht die international anerkannte Geste für Brüste. Die Jungs lachen und wenn sie aufs Klo gehen, klopfen sie ihm anerkennend auf die Schulter: „Du hast es auch nicht leicht, Mike." Micha dreht den Bierdeckel zwischen den Fingern und legt ihn auf den Tisch. Mit einem Kugelschreiber hat dort jemand etwas drauf geschrieben: „Wie erkennt man eine Hexe?" Micha zieht einen Stift aus der Innentasche. „Sie steht zwischen zwei Birken.", schreibt er darunter. Micha hat sich mit heidnischem Brauchtum ein bisschen beschäftig. Jedes Jahr ist er nämlich Mitorganisator des großen Osterfeuers und bewacht über Nacht das aufgetürmte Feuerholz auf dem Sportplatz. Gerne fackeln die Jungs der umliegenden Dörfer das Holz schon vor dem Osterfeuer ab, um möglichst viele Menschen für ihre eigenen Feuer zu gewinnen. Ein altes, blödes Jungsspiel, aber immer eine spannende, alkoholgeschwängerte Nacht mit den Freunden. Hier hat Micha das erste Mal davon gehört. Man fängt Hexen, indem man Birken aufstellt. Grund dafür ist die Liebe der Hexen zum Zählen. Eine Hexe kann, so glaubte man früher, nicht einfach an einer Birke vorbei gehen. Sie verfällt ihrer Zählsucht und will all die frischen kleinen Birkenblätter zählen. Dabei kann man sie fangen und wenn man sie schon mal hat, auch gleich verbrennen.

Die Klotür fliegt auf und im Rahmen steht, entschlossen und wie mit Superkräften ausgestattet, Lena. Alle Männer im Raum verstummen und ziehen ihre kleinen Schwänzchen ein. Auch Micha ist ein bisschen mulmig zu Mute.

Kleinlaut wagt er sich vor: „Das war aber lange. Was hast 'n du gemacht..."

„Ich habe nachgedacht.", fällt sie ihm ins leichtfertige Wort.

Ihre Lippen bewegen sich und Worte wandern nur in eine Richtung und wie in Zeitlupe über den Tisch. Micha kann sie nicht verstehen. Er sieht sich selbst dabei zu, wie er sein Ohr zu ihrem Mund wendet. Schutzlos sitzt er ihren großen Gesten gegenüber. Offene Hände, angespannte Muskulatur. Lenas Augen sind groß, kalt und klar. Von seiner Nase, seinem Kinn und seinem Ohr tropft Bier auf den Tisch. Der dumpfe, schwere Aufprall der Tropfen ist das erste, was er wieder hören kann. In seinen Augen brennt der Alkohol. Micha kann sie nur vorsichtig öffnen. Er erkennt Lena, die in einer Bewegung aufsteht, mit den Kniekehlen den Stuhl nach hinten schiebt, schwungvoll ihre Jacke von der Lehne nimmt und das Bierglas abstellt, so dass die Lache auf dem Tisch unter dieser Wucht in alle Richtungen spritzt. Nur eine Bewegung, wie getanzt. Noch immer ist er unfähig, etwas zu sagen, zu reagieren. Micha schaut aus dem Fenster. Einige erleuchtete Räume, ein paar Bäume. Mehr ist nicht zu sehen. Es ist dunkel. Draußen sieht er Lena zwischen den Bäumen laufen. Sie läuft, ohne sich umzusehen. „Dreh dich um.", flüstert Micha, ohne zu wissen, ob er das wirklich will. Sie wird immer kleiner. Ist nur noch zwei Zentimeter groß, zwischen Michas Fingern. Micha nimmt ein Feuerzeug aus der Tasche. Er lässt das Auge zugekniffen und verbrennt Lena in der Flamme zwischen Daumen und Zeigefinger.

„Ist es nicht eine geographische Wahrheit, dass jede Frau irgendwie zwischen zwei Birken steht?“, denkt er auf dem Weg rüber zu den Jungs. „Das ist das Drama der Spätgeborenen“, sagt er und klopft auf den Tisch. Eine Runde auf Micha.

Was von der Nacht übrig bleibt, ist eine Luft, wie mit Seife gewaschen. Frische aufgehangene Wäsche, wolkenweiß in jedem Millimeter des Äthers, wie in einer neunziger Jahre Werbung. Micha fühlt sich wie Meister Proper und kann das erste Mal wieder Atem fassen. Er ist so frei und lebendig, wie das beschützte Patriarchat seines Jahrtausends.

An der Bahnschranke

Von Udo Tiffert

Die Waggons sind viel höher als der Kindskopf, die Eisenräder
kann er gut sehen, die Wagen zählen, unterscheiden offene,
geschlossene Waggons, Tankwaggons.
Der Lärm, das Schlagen des Eisens,
das Zischen und Fauchen läßt ihn zwinkern, Angst haben,
sich fürchten, zurückweichen. Wir sind zu nah, wir
stehen so nah dran.
Waggon nach Waggon zerschlägt den Boden, hämmert
durch die kleine, helle Stirn, es ist ein Zug, ein richtiger
Güterzug! Einunddreißig Waggons.
Die Schranke hebt sich, die Schienen zittern.
Der letzte Waggon verkleinert sich, bleibt ganz allein.
Die Erde repariert sich, verheilt wieder.

Assis tun schrei'n

Von Matthias Heine

Marcel sitzt an der Straßenbahnhaltestelle. Es ist fünf Uhr in der Frühe. Er wartet auf den Nachtbus, der ihn endlich nach Hause bringen soll. Eine halbe Stunde noch. Die Gedanken sind müde und es ist scheißkalt. Wieder hat er keine Unterhosen angezogen. Die Hoffnung stirbt eben zuletzt. Falls es doch dazu gekommen wäre, hätte Marcel mit einer Unterhose natürlich kacke ausgesehen. Das kann man auch nicht wegdiskutieren in so einer Situation. Bei Unterhosen hört sich alles auf. Aber es ist nicht dazu gekommen. Es ist wieder nicht dazu gekommen. Es ist lange nicht mehr dazu gekommen. Vielleicht muss er an seiner Taktik arbeiten. Vielleicht reicht es nicht, sich mit Bier und Schnaps voll zu saufen und dann erst mutig genug zu sein, aber leider nicht mehr sprechen zu können. Da hilft auch das olle Che Guevara Shirt nicht weiter und die neue Jeansjacke. Das halbvolle Becks, das ihm jetzt zu abgestanden und zu kalt ist, hat er aufwendig aus dem Club geschmuggelt. Es steht neben ihm und pfeift einen Suicidesong in Moll vom Comandante, der Schweinebucht, Fidel und Santa Clara. Marcel reinigt seine dunkel geränderten Nägel, angewinkelt mit den Vorderzähnen und spuckt Haut und das Dunkle in das Dunkle. Das Dunkle antwortet lässig und lässt vor ihm eine Gestalt grau werden.

Der Mann wankt auf ihn zu. Er ist klein und schmächtig, soweit man das erkennen kann. Es geht erst mal keine Gefahr von ihm aus. Trotzdem wünscht sich Marcel, dass er ihn einfach passiert. Nichts wäre jetzt nerviger als irgendein Fremder.

Der Mann kommt trotzdem näher. Er hat ein aufgeschlagenes Gesicht. Er ist alt, ausgemergelt und verdroschen. Ein Assi.

„Assis tun schrei'n", denkt Marcel und erinnert sich, dass er bei dem Böhse Onkelz Song „Ach, sie suchen Streit" immer „Assis tun schrei'n" verstanden hat. „Es ist wieder mal soweit... Assis tun schrei'n", singt es in seinem Kopf. Der Mann setzt sich schweigend neben ihn. Marcel rückt schweigend weg. Der Mann atmet schwer und stöhnt in kurzen Intervallen.

„Trinkst du das noch?", fragt er nach einer endlosen Weile. Marcel reicht ihm unwirtlich das halbleere Bier und sieht ihn dabei nicht an. Der Mann nimmt einen zittrigen Schluck.

„Das tut gut", sagt er. Beide schweigen und die Kälte macht in einem Bushäuschen, in dem größten Stadtteil der kleinen Stadt, zwei sachte, gleichmäßige Atemwölkchen sichtbar.

„Hast was auf's Maul gekriegt?", fragt Marcel irgendwann.

„Ick fahr zu mein Sohn", antwortet der Alte.

„Besser in's Krankenhaus."

„Ick fahr zu mein Sohn. Wenn der mich rein lässt."

„Warum nicht. Ist dein Sohn."

Der Mann trinkt einen Schluck, starrt in das Dunkle und beginnt zu weinen.

Marcel ist das unangenehm. Er verschränkt die Arme und lehnt seinen Rücken an das Bushäuschen.

„Was'n passiert?", fragt er nach einer Weile.

„Ach", stößt der Mann hervor, so dass man das A gar nicht hören kann. „Ch", zischt er und verbirgt das Gesicht in seinen blutigen, schmutzigen Händen. Er zittert vor Kälte und Erschöpfung.

„Wer war'n das?", fragt Marcel nun doch behutsamer und beugt sich zu ihm hinunter. Der Mann weint. Glasige Rotze sickert in die Ärmel seiner dreckigen, alten Jeansjacke.

„Du kannst mir das doch erzählen, Alter. Da ist nichts dabei. Hab auch schon was auf's Maul gekriegt." Der Mann zieht sich die Ärmel der Jeansjacke über die Hände und wischt sich damit durch das Gesicht. Er versucht, Fassung zu atmen.

„Zigarette?", fragt Marcel freundschaftlich, zündet ihm die Kippe an und reicht sie ihm rüber. Der Alte nimmt ihm zitternd die Zigarette aus der Hand. Die Glut berührt kurz Marcels Handinnenfläche.

„Ich fahr zu mein Sohn. Der is alles, was ich noch hab. Ich hab nüscht mehr. Nüscht mehr." Der Mann weint wieder.

„Nu beruhige dich und erzähl, was passiert ist." Marcel legt ihm die Hand auf den Rücken. Der Mann nimmt einen Schluck aus der Flasche.

„Kann ich dir nicht erzählen, Mensch."

„Klar kannst'de. Ich erzähl dir auch was, ok? N' Witz? Ok, pass auf! Frauenfußball is' wie Pferderennen mit Eseln." Der Mann starrt bewegungslos in das Dunkel.

Marcel versucht es erneut: „Was willst'n wissen? Dass ich heut wieder keine abgekriegt hab? Ich hab seit 'nem halben Jahr nicht gefickt. Zumindest nicht kostenlos, wenn du verstehst."

Der Mann starrt Löcher in den Beton und sagt:

„Das ist nie kostenlos."

„Auch wieder wahr", entgegnet Marcel.

„Also was ist?" Der Mann zieht lange an der Zigarette und fährt sich mit der anderen Hand ausführlich über den Kopf.

„Det is' ... wegen meine Olle, Mensch."

„Hast'de dich geprügelt wegen se?", klinkt sich Marcel ein.

Dem Mann bleiben die Worte im Halse stecken. Wieder weint er.

„Mensch jetzt beruhige dich mal bitte. Is doch jut", beschwichtigt Marcel.

„Det is' wegen meine Olle, deswegen muss ich zu mein Sohn. Wenn der mich rein lässt. Mensch, der is' alles, was ich noch habe."

„Hat se dich betrogen?“

„Det wär nich schlimm... Die is‘ so... Naja, mal so und dann so... Die is‘ auch einiges mehr als ich.“

„Wie, mehr?“

„Na ja..., die is‘ dicker.“

„Na und wenn schon? Dick kann och schön sein.“

„Ich liebe die ja och. Aber manchmal da...“ Der Mann weint und trinkt einen Schluck Bier. Er wischt sich mit dem Ärmel der Jeansjacke über Mund und Nase und stöhnt.

„Manchmal was?“, insistiert Marcel.

„Manchmal... rastet die einfach aus... und ich kann nüscht machen... Die haut ma'n Paar inne Fresse... Und ich kann nüscht machen... Die legt sich mit ihr'n ganzen Gewicht auf mich ruff und haut zu... Die weeß nich mehr, was die macht. Dit kannst‘de och keen erzählen. Ich bin doch der Mann. Dit kannst‘de keen erzählen... Ich liebe die doch so, wie 'se is‘... Ich fahr jetzt zu mein Sohn, wenn der mich rein lässt. Der is‘ alles, was ich noch habe.“ Der Mann weint.

Marcel kann jetzt nichts mehr sagen. Er schaut seine Hände an. Dann starren beide in das Dunkel und das Dunkel starrt zurück. Keiner kann etwas sagen und erst recht kann keiner sagen, wie lange sie so sitzen und starren. Dann steht der Mann auf.

„Ich geh jetzt zu mein Sohn, ja... Danke noch mal... Für die Kippe und alles... Trinkst du das noch?“ Marcel schweigt. Der Mann hebt die Bierflasche auf, taumelt ins Dunkel und das Dunkel lässt ihn ergrauen und schluckt ihn runter.

Schulkinder lachen, als sie Marcel auf der Bank sitzen sehen. Sie schleichen sich an ihn heran, posieren und machen Fotos mit dem Handy. Ein Junge wirft Marcel eine Pistazie an den Kopf. Marcel öffnet die Augen und sammelt sich. „Ich muss eingepennt sein", denkt er. Sein Schritt ist klamm. Die Kinder ziehen sich zurück. Neben ihm steht die halbvolle Flasche Becks. Marcel schaut die Flasche an. Lange. Marcel schaut sich um. Lange. Hat er das geträumt? Er kuschelt sich in seine Jeansjacke. „Jetzt das Bier in den Müll gießen, oder wie?", denkt er und muss lachen. Er hebt die Flasche auf und taumelt ins Helle. Er trinkt den Rest des schalen Bieres in einem Zug und steigt zusammen mit den Kindern in den Bus ein. Er lehnt den Kopf gegen die Scheibe, zieht sich die Ärmel der Jeansjacke über die Hände und der Bus fährt los. Die Helligkeit tut seinen Augen weh.

Hufelandstraße setzt sich ein Mädchen neben ihn und lächelt ihn an. Marcel kann das kaum glauben und versucht zurückzulächeln, so gut es eben geht. Sie reicht ihm ein dickliches Händchen. „Ich bin Monika."

Nur Quatschen

Von Mathies Rau

Gerechtigkeit, Demokratie, Demokratie, Freiheit, Kampf, alternativlos, Gerechtigkeit, Demokratie, lieber sterben als, keine Wahl, niemals niederknien, Demokratie, keine Tyrannen, Demokratie, alternativlos, Freiheit...

"War der im Kino auch schon so scheiße?", frage ich Justine, die ist aber noch ganz rattig von den ganzen Spartiaten.

Sind wir mal ehrlich. "300" war ein großartiger Film, den man nur wegen Gerard Butlers schottischem Akzent und Lena Hedays Titten schon lieben musste.

Aber „Dreihundert 2" kann man mit Ton einfach nicht gucken. Da kann Eva Green sich ausziehen wie sie will! Die Dialoge klingen, als hätte sie eine besoffene Angela Merkel geschrieben "Ein Sturm wird losgehen meine Brüder ein Sturm der Aufopferung ein Sturm der Freiheit ein Sturm der Gerechtigkeit, ein Sturm der Vergeltung" - kommt, das klingt wie Russlandpolitik!

Und der Regisseur beweist, dass Sexismus ganz gut in beide Richtungen funktioniert.

Justine springt auf, als hätte sie eine Trireme gerammt. "So demonstrieren wir in Athen!", jauchzt sie, als fünf photogeshoppte Muskelgriechen sich durch 'ne halbe Million Perser und alle geltenden Gesetze der Physik durchmetzeln. Sie zieht sich ihren Schal ins Gesicht.

“Friedlich demonstrieren wollen wir”, sag‘ ich. “Die Polizisten schützen die Meinungsfreiheit, unsere Demokratie und das Recht zu demonstrieren.”

Justine packt ihr I-Phone mit den griechischen Historienfilmen weg und brüllt “Ohne Helme habt ihr keine Chance, ohne Helme habt ihr keine Chance”. Es ist wieder Februar, wir sind wieder Antifaschisten. Nicht, dass wir zwischen März und Januar Faschisten wären, wir nehmen es nur nicht so genau mit dem immerwährenden Kampf gegen Rechts. Ich, weil ich irgendwie nur Linke kenne, und Justine, weil sie sowieso nur auf Krawall aus ist. “Das ist gute Tradition bei uns Athenern”, sagt sie. “Wenn sich die Bullen so rausputzen, müssen wir Krawall machen. Wir wollen schließlich nicht unhöflich sein.” Sie hält ein rohes Ei neben meinen Kopf und schüttelt es. Es klingt widerlich. “Willst du auch eins?”

“Ich hab schon gefrühstückt”, erwidere ich “und die Beamten auch.” Warum ich mich dieses Jahr darauf eingelassen habe, hier bei bunten Fähnchen mit zu latschen weiß ich nicht. Wir wollen uns den Nazis in den Weg setzen, okay, aber immerhin dürfen sie demonstrieren, genau wie wir, und dass sie kaum 50 auf die Beine bekommen und wir 1500 sollte die Mehrheiten doch klar ausdrücken. “Langweiler, was willst du denn hier?”, fragt Justine.

Meine generische Antwort “ein Zeichen für Toleranz setzen und Miteinander.”

“Indem du dich Personen, die keine Straftat begehen, in den Weg setzt, und sie bei der Ausübung ihrer Grundrechte störst?”

“Ich setz mich gar niemanden in den Weg!” sag‘ ich dann und fange an zu laufen. Die Nazis umgehen die angekündigte Route, die Polizei verfällt in‘ Laufschritt, inmitten von knapp hundert Demonstranten rennen Justine und ich an. Das Rennen ist verloren, als es anfängt, trotz Rüstung sind die Polizisten zu schnell, sind ja auch keine Asthmatiker.

“Botte botte, die packen wir!”, Justine kloppt ein Ei irgendwo in die Walachei und zieht los. Langsamer zu sein als die Polizei wär okay, aber hinter meiner radikalanarchischen Mitbewohnerin zurückbleiben, ich glaube nicht. Jagdinstinkte, rennen, schneller sein, das macht Spaß, ich geb‘s ja zu. Wir rennen die Thiemstraße runter, knappe Geschichte, kaum zwanzig Schritt vor uns besetzen ein Dutzend Beamte die Straße, mit der Idee einer lockeren Reihe. Wenn wir alle weiterrennen, dann halten die gar nichts auf, das wissen wir, das wissen die. Ich bremse ab, denn wie hält man eine Masse auf, die man körperlich nicht aufhalten kann. Moralisch. Ein paar düsen weiter, die Polizisten werfen sie zu Boden. Justine schlägt einen Haken, ein Beamter muss ausfallen, um sie zu kriegen. Mit beiden Händen schmeißt er sie auf den Bordstein, verliert das Gleichgewicht, läuft über sie drüber und beachtet sie nicht weiter. “Man fick dich!”, brüllt sie, es klingt ein bisschen wie ein schlechter Verlierer beim Schulsport. Ich schüttle den Kopf, okay das war’s mit den Achtundsechzigern, dann eile ich hin, komme aber nicht weit. Vor mir brüllt ein Gehelmter “Zurück!”, ich geh zurück, er schreit „Zurück!“, ich sag „ich geh‘ ja“, schon flieg‘ ich nach hinten und steh‘ in den gerade noch Rennenden. “Deutsche Polizisten schützen die Faschisten”, Justine schleppt sich zurück, ihr Knie blutet ein bisschen.

“Alter so knapp!” lacht sie. Eigentlich ging das alles voll schnell und jetzt stehen wir da. Also wir hier, sie da. Drei Meter dazwischen. “Das war so überhaupt nicht Sparta!” mein ich.

“Doch, voll umgespartat hat der mich, eins zu null, der ist gut, der Scheißbulle!”, sie fummelt ein Pflaster aus ihrer Tasche.

“Willst du nach Hause?”, frag‘ ich sie.

Sie schüttelt den Kopf. “Gibt viele Wege am Klinikum vorbei.” Wir trotten los, rennen ist Quatsch, die stehen viel zu dicht, denke ich und halte Justine am Kragen, weil sie da nicht meiner Meinung ist.

“Langweiler!”

“Es geht nicht um Krawall.”

Sie lacht. “Wenn‘s dir nicht um Krawall geht, studier Sozialpädagogik. Das hier ist Messerarbeit. Wir sind Miteinander, die sind Miteinander, da gibt‘s keine Überschneidungen.”

Ob wir das meinen mit einem toleranten Miteinander. Mit denen reden, mit denen wir einer Meinung sind. “Ich verachte Ihre Meinung, aber ich gäbe mein Leben dafür, dass Sie sie sagen dürfen.” Hat Evelyn Beatrice Hall gesagt, nicht Voltaire, aber hätte schon gepasst zu ihm. Da studiert man Philosophie, um sowas zu wissen. Und trotzdem erzieht man sich die Skepsis, zu der man ausgebildet wird, ab. Ich brüll zweimal Alerta, einmal Antifacista, weils alle machen und wünsche mich in einen Moschpit auf ein ZSK Konzert, Hauptsache nicht hier; steh’ plötzlich in der ersten Reihe, fächere die Arme auf, alles schützt alles, geschlagen wird auch, Polizei und Demonstranten kämpfen gegeneinander für das Gleiche und irgendwo latschen 50 Nazis durch die Stadt und es wird ein Aufriss betrieben, als müssten wir das Auenland gegen Orks verteidigen. Als Faschist in diesem Land käme ich wohl vor Lachen nicht in den Schlaf. Die könnte man in sieben Taxen zum Bahnhof fahren und unsere Gesprächskultur erleidet den Totalausfall!

Justine kriecht mir zu den Füßen. “Der hat sich auf mich draufgeschmissen.”

“Kannst du laufen?”, frag ich.

Sie weint ein bisschen, ich gebe das Transpi weiter (Was stand da eigentlich drauf?) und stütze sie. “Warum bist‘n du überhaupt hier?”, will sie wissen.

Es ist nicht so, dass ich das nicht wüsste. Im Gegenteil

ich weiß genau, was ich hier will: “auf deinen Arsch aufpassen”, sag‘ ich, “hat aber nicht geklappt!” Jetzt haben Polizisten meine Mitbewohnerin verbeult, dafür, dass nicht einer dieser beschissenen Faschos seine Meinung überdenkt. Was wird eigentlich gemacht, nachdem wir ein Zeichen gesetzt haben für Toleranz und Miteinander und gegen Ausgrenzung? Demos blockieren gegen Ausgrenzung? Das ist wie ficken für das Zölibat! Und alles was jetzt kommt, sind Gedächtnisprotokolle um Polizeigewalt zu dokumentieren und ein Artikel in der Lausitzer Rundschau.

Bis es vorbei ist, kommen wir nicht mal in die Nähe der Nazis. Justine kann schnell wieder laufen, aber klettern ist nicht drin.

“Du hast dich zurückgehalten”, sag ich.

“Fuß verstaucht, drei blutende Schrammen und einen Fleck auf dem Oberschenkel, der aussieht wie die Milchstraße, das reicht, dass ich mich nicht blamiere”, sie lächelt. “Der Bulle, der sich auf mich geschmissen hat, war übelst heiß. Wie die bei dreihundert. Ich steh ja schon so ‚nen bisschen auf Prügelstaffel.”

Einem jungen Mädchen haben sie vier Knochen gebrochen. Da steckt schon ein gewisses polizeiliches Engagement dahinter. Da würd‘ ich sogar das Wort übereifrig gebrauchen. Dagegen ist Justine gar nix passiert. Was doch gut passt zu einem Tag, an dem einfach gar nix passiert ist.

keiner weint

Von Matthias Heine

alle wissen BGB
alle stiere angst OLE
jeder übt trompete nie
jeder haut und haut und wie
jeder ist im glück vereint
und keiner weint, und keiner weint

alle haschen keinen traum
alle pflanzen zauberbaum
jeder rettet keine welt
jeder hat ein bier bestellt
jeder ist im glück vereint
und keiner weint und keiner weint

alle zeigen lieber gott
alle jubeln rauchverbot
jeder trinkt den letzten schluck
jeder sitzt im selben zug
jeder ist im glück vereint
und keiner weint, und keiner weint

mein herz hat einen schlafanzug angezogen,
und mein kopf spielt draußen noch federball,
komm rein, wir sind vereint,
und einer kommt, und einer weint.

Warum eigentlich

Von Mathies Rau

"Die Generation Why heißt Generation Why, weil es erstens der englische Name des Buchstaben Ypsilon ist und zweitens, weil Why englisch für Warum ist."

Es gibt so Sätze in großen Tageszeitungen, da fragt man sich wirklich, ob wir das mit der Pressezensur nicht nochmal überdenken sollten. Ich meine, ab wie viel Prozent Idioten unter Journalisten ist Pressefreiheit denn noch ethisch vertretbar? 65, 75, 85, müssen wir die 90% Marke in Deutschland wirklich erst noch erreichen? Generation Y. Mit diesen ganzen gestellten Titelbildern mit Agenturmodels, die sie als Hipster zusammengezimmert haben. Ja genau, diese ganzen jungen Leute sind alle so fokussiert auf sich selbst, interessieren sich nicht mehr für die Welt, nicht mehr für Politik, haben kein Plan, was sie tun sollen, sind überfordert mit der Globalisierung. Da stellt sich ein Journalist einer staatlich subventionierten Intelligentenzeitung hin, ist nicht in der Lage, vernünftig zu recherchieren, ist nicht in der Lage, klar zu formulieren, ist nicht in der Lage, logisch zu schließen, geschweige denn, sachlich zu argumentieren... Da stellt sich der Vertreter einer Generation hin, die eine Wirtschaftskrise nicht in den Griff bekommt, die Energiewende vergeigt, seit fünfzehn Jahren die

Geschichte geopolitischen Totalversagens schreibt und die von ihren Lieblingsbegriffen Digitalisierung und Globalisierung nicht mal eine vage Idee hat, und der wirft allen 20-30jährigen vor, dass sie egozentrisch und planlos sind. Weil Generation Why, das englische Wort für Generation Warum ist. Alter, wenigstens können unsere Leute Englisch!

“Ich find‘ dein kaltes Kriegs-Getue nicht gut”, meint Justine, “hör mal auf, das alles so in Blöcke einzuteilen, dieses Generation Why, Vorgängergeneration.” Sie schlürft ihren Cocktail.

“Hör auf damit!”, sage ich.

“Hör du auf damit! Du wolltest bloß was zu Ende lesen und brüllst jetzt schon wieder eine Minute völlig sinnlos den Bildschirm an. Schreib morgen ‘nen empörten Leserbrief, jetzt ist Summerrevival!”

Die Januarsonne knallt durchs Fenster, die Heizung läuft auf voller Pulle und wir haben Liegestühle im Wohnzimmer aufgestellt. Aus den Boxen dröhnt Relaxation Sounds Meeresrauschen, während wir trotz erst nachmittäglicher Uhrzeit schon bedenklich nahe an den alkoholbedingten Kontrollverlust schippern. Justine in Sonnenbrille und Badeanzug schlürft ihren Plunters Punch, ich leg‘ mich daneben. “Mich regt das so auf.”

“Ist mir gar nicht aufgefallen.”

“Regt dich das nicht auf?”

Sie seufzt. “In zwanzig Jahren werde ich mit einem immer noch ziemlich geilen Arsch die Straße entlangwackeln, während er am Fenster seines Alterssitzes liegt, mit einer runzligen Omma im Bett und die ganze Zeit denkt Why why whyyyyyyy. Und dann gehört diese Welt mir, egal ob mit oder ohne russische Grenze an der Oder.”

“Und deinen Kindern?”

“Den sag ich, so Kinder, Oppa und Omma haben das ein

bisschen verkackt, aber Mutti biegt euch die Welt schon wieder gerade und wenn wir fertig sind, übergeben wir euch ein tolerantes, friedliches Land mit sauberer Energie und ohne Staatsschulden."

"Wie viel hast du getrunken?"

"Drei oder fünf Punschters Plunsch", kichert sie.

So wirklich aufmunternd wirkt das aber nicht. In den letzten zwei Wochen gab es 7 Artikel zum Thema Generation Why. Nicht mal auf den Begriff Generation Porno haben sich die Journalisten so eifrig einen runtergeholt. Die letzte Überschrift war "Ist die Generation Why doch nicht so schlecht wie wir denken", in dem dann die erstaunliche Erkenntnis kam, Holla es gibt junge Menschen in Deutschland, die, haltet euch fest, tun tatsächlich was. So richtig aus eigenem Antrieb und in Einzelfällen sogar nicht nur des eigenen Vorteils wegen. Nicht nur. Regt man sich dann darüber auf: Betroffenheitskeule! Beschwert man sich: Getroffene- Hunde-Bellen-Keule! Ist es einem egal: Ignorantenkeule! Rettet man die Welt, zumindest ein bisschen: Einzelfallkeule! Es ist ein richtiger Keulenjournalismus geworden. Unser kategorischer Imperativ ist verkommen zu einem „der Klügere gibt nach".

"Man, ich will doch bloß, dass endlich nicht mehr absolut alle von diesen dummdreisten Borderlinejournalisten unzulässig verallgemeinern", heul ich aus meinem Liegestuhl.

"Merkst'de was?", fragt Justine.

"Wa?s", frag' ich.

"ALLE Journalisten verallgemeinern", sagt sie.

Ich sag: "Sag ich doch!"

"Oh man, du bist ein hoffnungsloser Fall mit deinem Journalistenhass!"

"Ich hasse sie nicht. Ich kenne sehr angenehme Journalisten, ich finde nur, es ist ein wertebefreiter unmoralischer unreflektierender Berufsstand, den es mit allen Mitteln zu bekämpfen gilt. So ähnlich, wie du das mit Polizisten siehst."

Justine springt auf. "Ich liebe Polizisten! Das sind wichtige Staatsdiener. Die müssen nur immer mal richtig gefordert werden, damit die im Training bleiben. - Wo wir gerade dabei sind, kommst du morgen mit zu diesem Naziaufmarsch."

"Auf welcher Seite", frag ich.

Sie kichert. "Am allerliebsten auf meiner Seite, aber dafür bist du zu sehr 'ne Pussy. Also auf der Seite der Guten."

Aus dem Schrank holt sie zwei DVD's Twilight und Dirty Dancing. "Boah, ich kann kein Plunschter Puns mehr, lass Mädelsabend machen und Sekt saufen, Film gucken."

Ich nicke, antworte auf Ihre Frage nach dem Film mit "ist mir egal."

Justine schüttelt den Kopf. "Das ist sehr unsexy", sagt sie.

Da hat sie recht, dieses "egal" ist wirklich sehr unsexy, gerade bei Männern. Meistens kommt das elitärphilosophische Desinteresse an der Marginalität realweltlicher Bezüge nicht rüber und wird vom Laien als Unentschlossenheit missverstanden. Da fallen dann schnell Worte wie unsexy.

"Was findest du denn sexy?", versuche ich mein Glück.

"Intelligenz, 'n Sixpack, 'n guten Job, am liebsten in Uniform."

Ich schau auf meinen Bauch, Justine winkt ab. "Nee, 'n richtiges Sixpack, so wie die in 300, den müssen wir auch mal wieder gucken."

Ich freue mich, schlage vor: "Dann gucken wir doch den!" Werde aber übergangen. "Twilight oder Dirty Dancing, es ist Mädelsabend, kleine Bitch!"

"Dann bleibt es bei egal."

Man könnte natürlich einfach eine der Alternativen sagen. Ich versuche mir zum Beispiel redlich anzugewöhnen, immer wenn mir etwas egal ist, und mir ist wirklich viel egal, einfach irgendwas zu sagen. Dann sieht man so aus, als ob man einen

Plan hat, als ob man Vorlieben hat. Aber welches Signal würde ich senden, wenn ich mich zwischen Edward und Patrick Swayze entscheiden könnte?

"Weißt du, was ich befremdlich finde?", ein Sektkorken knallt, "du überlegst seit fünf Minuten, was weniger schwul ist, aber als ich fragte, ob du mitgucken willst, hast du gleich ja gesagt."

...

"Twilight also"

Justine kichert, aber ernsthaft, wenn ich noch einmal „mein Baby gehört zu mir" höre, dann werde ich wohl unangenehm ausrasten. In diesem Moment wird mir klar, dass ich Dirty Dancing zitieren kann. Obwohl ich den Titel nur einmal gesehen habe und das 10 Jahre her ist. Wie muss mein Unbewusstsein strukturiert sein, dass dieser Film sich festsetzen kann, ich bin nicht erfreut... Das war doch der Film, in dem man Patrick Swayzes Arsch gesehen hat, gar nicht lange, nur kurz aufgeblitzt, als meine Mitbewohnerin mir eine gescheuert hat.

"Alter, bist du tot?"

Die Realität hat mich wieder. "Sorry, war mein Kristen Stewart Cosplay."

Die wäre eine perfekte Pokerspielerin. Wie Phil Ivy, bloß in weiblich und weiß. Keiner sieht, wenn sie blufft. Sie dürften nicht mal mitbekommen, das Kristen mit ihrer Gesichtslähmung am Tisch sitzt...

"Eddie Redmayne hat jetzt für die Darstellung einer Gesichtslähmung einen Oskar bekommen. Aber ich glaube, die Stewart wäre ein besserer Stephen Hawking gewesen."

Justine bedeutet mir zu schweigen. "Ich weiß, du stehst auf Redheads, aber jetzt nicht!"

Auf dem Bildschirm verwandelt sich ein minderjähriger Muskelindianer in einen großen flauschigen Hund. Naja immer noch besser als dieser Vampir mit Lametta.

“Was willst du morgen eigentlich auf der Straße demonstrieren?” frage ich dann.

“Ach demonstrieren!”, sagt Justine. Erdward zerlegt auf der Mattscheibe ein Auto. Meine Mitbewohnerin gröhlt dazu. Das verspricht heiter zu werden.

Regen

Von Mathies Rau

Es war ein Großes an Überredungskunst gewesen, sie in den Sommerregen zu bekommen. Aber ich wollte jemanden besuchen. Und ich musste einfach in diesen Regen.

„Und er gehörte dazu?“, fragte mein Mädchen.

„Gehört“, sagte ich und nahm ihre Hand, „er gehört dazu.“ Tess hatte sich mit ihren Großeltern nie verstanden. Ich glaubte, sie hatte dies auch mit ihren Eltern nie getan. Selbst ihre Brüder waren wie Freunde. Vielleicht wusste sie nicht, wovon ich sprach.

Ich fühlte meine Hand. So wie sich ihre zarten Finger darin versteckten und meine Haut mit einem kalten Schauer überzogen, wurde mir wieder einmal wirklich bewusst, was an meinem Körper so alles herumhing.

Der Sommerwind rollte den Gewürzduft trockener Kiefern über den Friedhof. Hätte die Sonne dem Rasen nicht den Schopf versengt, dann hätten sicher die Kinder auf ihren bunten Decken gelegen. Bei diesen Temperaturen taten sie dies oft, so ganz unschuldig, auf den Wiesen, die an den Gottesacker grenzten. Großvater hatte diesen Begriff immer verwendet, weil er ihm einleuchtender erschien. Mir ging es genauso. Ein Friedhof, war der Platz zwischen unserem Haus und dem quietschgelben Quadratwürfelverhau der Suhrbiers. Ein friedlicher Hof, wo die Kinder gemeinsam aufwuchsen und mit dem Studienbeginn ihre alten Freundschaften begruben, neben dem Traum Ritter zu werden oder Astronaut. So lagen auf dem Friedhof zwischen unserem Haus und dem der

Suhrbiers zwei gebrochene Kiefernäste und kreuzten einander. Mutter hatte den Fortgang des letzten Spatzen im Nest damals schlecht verwunden. Ich meinte mich zu erinnern, dass es bei Frau Suhrbier ähnlich war. Wir hatten es nie für nötig gehalten sie wegzuräumen.

„Liebling", sagte Tess und zog das „i" in die Länge, bis ich reagierte. Sie bewegte die Finger in meiner Hand und lächelte „Denkst du an ihn?"

„An wen?", fragte ich und kam nur schleppend ins Hier und Jetzt zurück.

„An deinen Großvater. Mensch, du bist heute auch nicht ganz auf der Höhe. Vielleicht bekommt dir die Hitze nicht?" Tess deutete in den Himmel und beschrieb mit dem Finger einen Bogen, der in den Wipfeln der Kiefern endete. Ich mochte den Klang ihrer Stimme. Selbst wenn sie spöttelte lag etwas freundliches darin.

„Du hast ihn doch gesucht", sagte sie, „die ganze Zeit siehst du Löcher in die Baumkronen."

„Mag sein", gab ich zu. „Aber bestimmt habe ich ihn nicht in den Kiefern gesucht, ich denke bei ihm nie an Kiefern, er ist mehr wie...", eine ganze Weile überlegte ich, ehe ich gefunden hatte, wie mein Großvater war. „Himmel. Ja, ich denke, er ist wie Himmel, schon immer gewesen. Kiefern haben eher etwas von meinem Bruder... etwas weniger noch, als meine Schwester etwas von Birken hat, aber vielmehr ist er wie Kiefern, als meine Mutter wie Sand ist und am meisten ist Großvater wie Himmel."

Sie lachte. „Du bist süß, Liebling!" Ich wusste nicht, wie oft sie mir das schon gesagt hatte. „Ein bisschen verträumt, ein bisschen kitschig vielleicht an diesen heißen Sommertagen. Aber sei ruhig so, ich mag das", fügte sie noch hinzu. Dann küssten wir uns.

Die drückende Schwüle hatte sich mit der Sonne hinter den Horizont gesellt und das Feld einer angenehmen Milde überlassen. Wir waren Zuhause. Tess hing mit zittrigen Händen auf meine Schultern gestützt über mir. Ihr langes Haar streichelte mein Gesicht. Sie kam zu mir hinunter und legte ihren Kopf auf meine Brust.

„Wer gehört noch dazu?“, fragte sie und ihr Atem wurde langsam regelmäßiger.

„Noch?“ Ich brauchte einen Moment mich zu sammeln, doch Tess begann aufzuzählen: „Mutter, Vater, Bruder, Schwester, Großeltern allesamt...“

„Nur ein Teil“, unterbrach ich sie, „ich brauche keine Leute zählen, die ich nie kannte.“

Sie nickte. „Großeltern nur ein Teil, Neffen, Nichten.“ Sie zog uns die Decke über die Hüften. Am liebsten hätte ich sie zurückgeschlagen. Obwohl das Fenster weit offen war, hatte die Nacht den Tag nicht kalt werden lassen. Nur wenn eine Brise hereinwehte und uns über den Schweiß strich, durchfuhr uns ein leichtes Frösteln. Ich legte meinen Arm über Tess Schulterblätter. „Onkel und Tanten?“, fragte sie.

„Nein“, sagte ich, „das sind eher Freunde. Die drei Cousinen noch nicht einmal Bekannte. Ich würde sie freundliche Menschen nennen. Verwandtschaft.“

„Wer gehört also noch dazu?“ Für ihre Verhältnisse war sie heute sehr geduldig. Eine ganze Weile war schon vergangen, da hatte sie die Frage erst wiederholt.

Meine Antwort hatte ich jedoch schon parat, seit mir klar war, dass ich nicht um sie herumkäme. „Klint gehört noch dazu und Julia. Die Mark auch.“

Mit der Nase stieß sie einen warmen Luftschwall aus, was wohl ein erschöpftes Lachen war. „Das sind deine Freunde“, meinte sie ungläubig. Ihr Kiefer rieb an meiner Brust, wenn sie sprach.

„Das ist mehr Familie, als die Cousinen die ich zweimal gesehen habe, wenn es überhaupt zweimal waren. Es geht um ein Gefühl von Verbundenheit, Einheit, bei der es nicht auf Eltern, Freunde, Heimat ankommt... Ich habe einen Stammbaum, aber das ist der Baum zu dem ich wohl am wenigsten Bezug habe“, lachte ich und die Vibrationen meines Oberkörpers mussten Tess aus ihrer zufriedenen Trägheit geweckt haben. Sie drehte ihren Kopf in die Senkrechte und sah mir in die Augen. Ihre blaue Iris erinnerte mich an den Brunnen aus dem Märchen. Auf dem Grund ihrer Seele lag eine goldene Kugel. Immer wenn sie mich anschaute tauchte ich danach und verlor mich so tief in ihr, dass ich am liebsten dort geblieben wäre. „Schau nicht so gierig“, sagte sie, weil ihr das Funkeln in meinen Augen noch nie verborgen geblieben war. Ihr Lächeln wirkte einladend. Doch sie legte ihren Kopf wieder ab. „Wer ist die Mark? Einer deiner Homokumpels?“

Ich lachte. „Nein, da habe ich nur Joseph. Die Mark ist die Mark, Brandenburg eben.“

„Okay“, sagte Tess und zog das „O“ so lang, dass man darauf balancieren konnte.

Ich streichelte ihren Nacken, massierte ihn, soweit das mit einer Hand ging, doch außer zu schnurren tat sie nichts.

„Und du willst mir erzählen, dass du einen Haufen Sand in deiner Familie hast, ja?“, zwitscherte sie.

„Ich liebe dich auch“, krähte ich zur Antwort und obwohl ich es so ernst meinte wie immer, ließ ich sie hören, dass meine Familie mir viel bedeutete, mit all den Brüdern, Müttern, Freunden und endlosen Sandflächen, die ich dazu zählte.

Sie nahm mir meinen Ton nicht übel. „Du bist süß, Liebling!“, sagte Tess und gab mir einen Kuss auf mein Schlüsselbein.

Ich schloss die Augen.

Tess hörte nicht auf. Als sie an meinem Ohr angekommen

war, hauchte sie schon mehr, als das sie sprach. „Gehöre ich auch dazu?“, fragte sie leise, kleinlaut, beinahe scheu. Ihre Augen glänzten, als sie mit dem Kopf vor mein Gesicht schwebte.

Ich legte meine Hände auf ihre Wangen und küsste ihre Lippen. Das Rehleinhafte verschwand aus ihrem Blick und machte einem Glanz Platz, der von Glück bis Selbstgefallen alles hätte spiegeln können. Das war es also gewesen, worauf mein Mädchen hinaus wollte!

Sich wohl zu fühlen war Tess nie schwer gefallen. Manchmal war sie mit Gefühlen so voll, dass sie sich regelrecht austoben musste, ehe sie ihre Ruhe wiederfand. Was mich bei diesem Mal jedoch noch mehr gereizt hatte, war ihre Neugier, die noch immer nicht verflogen schien. Die Art, mit der ihre Hände über meine Haut fuhren, war wie eine Frage, die sie sich zu stellen nicht traute. Ihre Finger prasselten auf meine Schulter, als mir einfiel, was sie wissen wollte.

„An Regen, Tess“, sagte ich und spürte wie das Prasseln zu einem Festhalten wurde. Ich packte sie bei der Hüfte. „An einen wundervollen Sommerregen.“

Mal als Hund gedacht – Eine Explosion mit kalter Schnauze

Von Matthias Heine

Also schön. Gut. Mein Name ist Martin. Martin Hesse und ich bin 52 Jahre alt. Ich habe niemandem etwas getan. Ich habe zwei Kinder. Jurek ist 12 und Marianne 14 Jahre alt. Vor zwei Jahren hat sich meine Frau Susanne nach 20 Jahren von mir getrennt. Ein überraschendes Geburtstagsgeschenk könnte man sagen. Ich weiß nicht, warum ich hier bin. Ich finde es auch ziemlich hoch, unter uns gesagt.

Ich lebe in einem Bauwagen vor meinem eigenen Haus, um bei den Kindern sein zu können. Ich arbeite nicht mehr. Jedenfalls nicht mehr im herkömmlichen Sinne. Ich war Schreinermeister, früher. Jetzt bin ich sozusagen der Hofhund. Meine Frau, also Susanne, lebt mit dem dummen Schwein, das ist der neue Mann, in meiner Küche, meinem Schlafzimmer, meinem Bad, mit meinen Kindern. Da gibt es diesen Grönemeyer-Song mit den Schuhen vor dem Bett und dem Aftershave in der Luft. Stellen Sie sich das so vor. Also, was soll das, frage ich mich jede einzelne lange Nacht.

Ich versuche, kein Drama zu machen wegen der Kinder. Einmal aber haben sie, Susanne und das dumme Schwein, die Gardinen im Schlafzimmer... Wir haben lange Gardinen im Schlafzimmer und die sind eigentlich immer zu. Aber eines Nachts haben sie die Gardinen offen gelassen und das Licht an. Da war alles noch ganz frisch. Da bin ich barfuß aus dem Bauwagen, durch die Beete und habe mich schwarzen Fußes ans Fenster gestellt. Dann habe ich geschrien. Ich habe laut und lange geschrien. Das tat gut und mir heute sehr leid wegen der Kinder. Die haben das natürlich mitgekriegt und ich musste nachher lange, lange Gespräche führen.

Jedenfalls sind seither die Gardinen wieder zu. Punkt für mich.

Ich bin nicht naiv. Ich weiß, dass das Leben so spielen kann und dass ich nicht der einzige Mensch auf Gottes Erde bin, dem so etwas passiert. Ich habe Susanne nie angefasst und auch die Kinder nicht. Ich habe niemandem was getan. Ich hatte nur Pech und jetzt bin ich ausgetauscht worden. Ich werde auf dem Hof geduldet. Meine Frau, also Susanne, und ich reden nicht. Ich darf die Kinder sehen, wann ich will. Ich finde das selbstverständlich und Susanne auch. Mit dem dummen Schwein rede ich nicht. Ich muss mich morgens sehr zusammenreißen, dass ich nicht aus dem Bauwagen springe und ihm die Kaffeekanne über den Kopf ziehe. Oder einen Spaten. Einen Hammer. Ich sehe ihn, wenn er am Bauwagen vorbei zur Arbeit geht.

Ich habe mein Schicksal akzeptiert und auch keine Hoffnung mehr. Ich heule darüber nicht. Ich bin der Hofhund. Ich fühle, denke und lebe danach. In meinem Leben gibt es nur noch Jurek und Marianne. Ich möchte ihnen ein Vater sein und habe dafür jetzt auch viel mehr Zeit.

Als Susanne sich getrennt hat, zog sie kurz in eine kleine Wohnung in der Stadt, bevor sie mit dem dummen Schwein wieder zurück in das Haus kam, dass ich mit eigenen Händen gebaut habe, für uns vier. Vier minus drei. Das ist meine Situation. Nachdem mir Susanne ihre schilderte, in der kleinen, neuen Wohnung in der Stadt, habe ich mich zwei Wochen lang betrunken. Ich hatte Sex und ich habe plötzlich Songtexte verstanden. Zum Beispiel „Autumn leaves“ oder Gloria

Gaynors „I will survive“. Ich habe mich weiter um sie bemüht und mich in dieser Zeit das erste Mal wie ein Hund gefühlt. Der Hund, der ich jetzt bin. Ich habe ihr einen Brief geschrieben, in dieser Zeit. Die Abschrift lese ich in jeder einzelnen, langen Nacht, bevor ich den Mond anheulen gehe.

„Susanne, als Hund gedacht ist es immer so, als würde man barfuß in die Scherben latschen und jeder kann die armseligen Wege sehen, die… die ich hinterher gelaufen bin. Immer die Augen zu. Immer hinterher, und mit einer Augenklappe links. Und hinter der Augenklappe manchmal blinzeln in alle Richtungen, wie ein Verrückter. Das ist genauso bescheuert wie Spannbettlaken mit Socken zusammen zu waschen. Du weißt das. Und so unsexy wie kleingeldbezahlende Männer an der Bar oder irgendwo in Polen. Eins zu Null, Spiel ohne Gegner. Als Spielball. So wenig selbstverliebt, wie man es sich nur vorstellen kann. Gute Nacht Marie, ich zahle bar mit diversen Körperteilen. Körper teilen.

Wir haben gestern dagesessen in dieser neuen Wohnung, die keine Wände hat und kein Dach und kein Herz und dann hast du eine Tüte gedreht und ich wollte wieder witzig sein. So witzig, wie ein Hund nur witzig sein kein. Wie wenn man heimlich mit auf die Couch kriecht. Erst die Schnauze drauflegen und schnaufen, dann vorsichtig die Vorderbeine und dann die Hinterläufe… schön slowmo… Zum Mausetotlachen. Und dann knurre ich so ein: „Du hast wohl die Tüte gedreht und an Gras gedacht, was?“ Ein Knaller!

„Nein, ich hab an dich gedacht…“ hast du nicht gesagt und doch fühlt sich alles so an, wenn du an mich denkst. Ich weiß das, weil ich mindestens genauso klug bin hinter der Augenklappe und dem Maulkorb, wie vor zwanzig Jahren. Eigentlich schade drum! Du weißt ja, meine Augen und so. Kann man so und so reinschauen. Und du hast reingeschaut. Du hast wirklich immer reingeschaut. Ist wie bei Rio: „Ich hab kein Auto, aber du kannst es fahren...“, aber nicht weitersagen. Ich wein‘ dir nicht mehr nach… außer immer.

Und weißt du was? Ich bin dann nach Hause gerannt an dem Abend und hatte plötzlich auch kein Asthma mehr. Ich brauchte es nicht mehr. Vielleicht auch, weil es auf vier Beinen weniger anstrengend ist. Und als ich dann da war, hab ich überall das Licht angemacht und dann noch gedacht: „Mehr Licht“. Und der alte Goethe hat sich wieder so schlimm missverstanden gefühlt, das olle Sensibelchen. Weißt du, wenn ich zu Hause bin, lasse ich einfach gern die Lichter in allen Räumen an, weil ich mich selbst gern wie einen Gast behandle... Ich mich selbst. Als Gastgeist oder Geistgast. Aber so wenig Zuhause, wie gerade, war noch nie. Das ist dumm und an vielen Stellen ein doch sehr privater Text. „Eine komische Unterhaltung“, hab ich noch gedacht, als du nichts dazu gesagt hast.

Kann mal einer das Licht ausmachen bitte? Zu Null und alles in Scherben. Vielleicht ist noch was zu kitten. Auf meiner ersten großen Lebenskrise lacht dein verständnisloses Gesicht mein saublödes an. AUS. AN. AUS. AN...

AUSser, du hast Lust auf ein Tischtennismatch mit meiner Selbstachtung. Du gegen das dumme Schwein und meine Selbstachtung sei der Spielball,

und ich führe deinen Schläger und du die Schläge... AUS.

Aus, Außen, am Äußersten... Rand.
Dieser Rand und so viel Angst darum. Und DARUM:
Loslassen. Ausgehen lassen und ausgehen!
Mal wieder ausgehen...

Aber als Hund bist Du dem Spielball hinterher, kann ich dir sagen. Da ist das Lassen nicht so leicht und das Hassen noch schwerer. Da beiß ich mir mal sprichwörtlich in den Schwanz, so als Hund gedacht. Ich warte nur darauf, dass die Autotür aufgeht und der Ball rausfliegt.

Glaub mir, ich werd dich gehen lassen, wenn du willst. Auch wenn das irgendwie großzügig klingt. Es gibt keine Wörter mehr, die beschreiben könnten, was das für mich bedeutet.

Aber weißt du noch, mein gelbes Universum, ich möchte es an den Schluss setzen, nur noch das... „Weißt du noch, wir hatten uns so nach dir gesehnt..."

Das war's! So, wie geht es jetzt weiter? Was wollen sie von mir, mitten in der Nacht? Warum kann ich das Dach da sehen? Wie bin ich hier hoch gekommen und warum um alles in der Welt sagen sie nichts?

Mein Name ist Martin. Martin Hesse und ich bin 52 Jahre alt. Ich habe niemandem etwas getan. Ich habe zwei Kinder. Jurek ist 12 und Marianne 14 Jahre alt.

Ich weiß nicht, warum ich hier oben bin...

Die fürchterlichen Fünf

Von Matthias Heine

Ich schmettere „Gottes Tod, Gottes Tod, Gottes Gottes Tod." gegen den Kinderzimmerspiegel und mache dabei das fürchterliche Gesicht des Rettungslosen. Halb weinend, halb schreiend, halbseitig gelähmt, als mein Vater die Tür aufreißt und fragt: „Willst du auch Tomatensalat, Dracul?" Sofort verfliegt der rauschartige Zustand und weicht einem Gefühl tiefster Peinlichkeit. Der Spiegel ist jetzt wieder fünf Jahre alt. Der im Spiegel könnte ich sein, befürchte ich. Muss aber nicht sein, weil sich die Selbstwahrnehmung von der objektiven Wahrnehmung unterscheidet, was jeder weiß, der sich damit beschäftigt hat. Manchmal wüsst ich gern, wer ich wirklich bin und was objektive Wahrnehmung sein soll. Gebert sagt immer: „Mann gegen Mann. Wenn du das erste Mal richtig eine eingeschenkt gekriegt hast, dann befindest du dich im Bereich der objektiven Wahrnehmung."

Er kann viel erzählen. Ich sollte bald mehr darüber erfahren. Der Tomatensalat und die Buletten sind verspeist. Ich verabschiede mich von meinem Vater mit den Worten: „Die Todgeweihten grüßen dich..." in die Nacht. Der Prophet.

Wir fahren nach Sedlitz, Feindgebiet, und sind dort über Dritte auf eine Geburtstagsfeier eingeladen. Doch irgendwie scheint niemand mit uns gerechnet zu haben. Wir sind eine große Gruppe und fahren mit zwei Autos. Gebert, ich und zwei andere pressen uns zu Viert auf die Rückbank von Hartwigs altem Jetta. Die Anlage im Auto setzt den Kinderzimmersong laut fort und wir singen Waynes-World-mäßig hinten mit. Bier dazu und Versuche, Asche aus dem Fenster zu schnippen, die einem, egal wie man's macht, immer im Kragen landet und die Hemden versaut.

Auf der Party sind wir zehn Fremdkörper und benehmen uns aus lauter Unsicherheit auch dementsprechend. Die Stimmung ist gereizt. In der Luft bezieht unterschwellige Aggression in aller Ruhe alle Räume der Party. Wir sind zehn angetrunkene Jungs, davon fünf, die zum Faustkampf neigen, gegen acht harmlose Dorfdödel, ihre fünfzehn angemalten Mädchen, die ihre Ehre, so gut es eben geht, verteidigen möchten. Überzahl und Übermut formen Menschen nach ihrem Bilde. Solche, die man bitte wieder loswerden möchte. Als es zu den ersten Handgreiflichkeiten kommt, springe ich als der Liebe, der Gute, der Kluge, der Schlichter dazwischen, um Eindruck auf ein paar umstehende Mädchen zu machen. Alles kühles Kalkül.

Auf Klassenfahrten bin ich beispielsweise häufig bis zum Schluss in den Bungalows der Mädchen geblieben und habe im Schlaf reden gespielt. Die Mädchen haben dann gesagt: „Pscht... seid mal still. Er sagt irgendwas." Und die volle Aufmerksamkeit war mir sicher. In dieser Situation kann man dann alles murmeln. Es wird nicht objektiv bewertet, sondern mit dem Herzen. Man sagt, was man eben gerade möchte. Sowas wie: „... Anja... ich will nur..." und dann wieder undeutlich werden. Es schindet mit fünfzehn Jahren unter Fünfzehnjährigen großen Eindruck. Heute, mit dreißig unter Dreißigjährigen, würde das anders aussehen. Genau so wie jetzt vielleicht. Aber eben alles Lüge, alles Kalkül.

Eben wie der pseudo-zivilcouragierte Versuch, den Sedlitzer Jungs beizustehen.

Doch die höhere Gerechtigkeit schickt ein Prügelkommando auf die halbeingenommene Party. Wir sind telefonisch darauf vorbereitet. Wegrennen kommt angeblich nicht in Frage, obwohl ich schwer dafür plädiere. Natürlich nicht aus Angst, sondern nur, um Eskalationen zu vermeiden. Ich bin überstimmt. Irgendwoher holt Hartwig in erschreckender Geschwindigkeit Schlagstöcke und Knüppel und stattet uns alle damit aus. Im selben Moment fliegt auch schon die Tür auf und fünf zu allem bereite, schlagkräftige, junge Sedlitzer Landwirte stehen im Rahmen.

Die fürchterlichen Fünf. In ihren Augen schwimmt der irre Blick gestreckter Amphetamine. Einer von ihnen sagt mit aufgerissen Augen: „Waaaassss geht hier aaaab? Wo sind die Pisser?“ Dann geht alles schnell. Chaos und Prügel in allen Ecken. Ich schaffe es gerade noch, den Schlagstock im Ärmel meines schwarzen Samtjacketts verschwinden zu lassen, mich auf eine Couch zu pflanzen und total harmlos auszusehen, als einer der fürchterlichen Fünf vor mir steht, auf mein Jackett zeigt, aus dem der Griff eines Schlagstocks ragt und mit hochgezogenen Augenbrauen fragt: „Was'n das?“

Überrascht blicke ich in den Innenbereich meiner Jacke. Wie kommt der denn jetzt hier herein? Leider funktioniert das ganze Häschenspiel nicht bei meinem Freund mit den Agrarpfoten. Er greift sich die Waffe aus meinem Ärmel und zieht mir eine drüber. Dunkel.

Als ich wieder zu mir komme, kümmert sich ein Mädchen um mich. Die Musik ist abgestellt. Im Saal ist es jetzt ruhig. Aufräumstimmung.

„Wo sind die Cottbuser?“, frage ich das Mädchen.

„Draußen oder schon weg“, antwortet sie ruhig und fährt mir zart mit dem Daumen über die Schläfe. Das fühlt sich sehr verlockend an, aber die Angst, vergessen worden zu sein, ist größer.

„Ich muss nachsehen. Ich bin gleich wieder da." Sie lässt mich aus ihren paritätischen Händen und drückt mir ihre Lippen auf die Wange.

Draußen glaube ich meinen Augen nicht zu trauen. Die fürchterlichen Fünf machen sich über Hartwigs Jetta her. Als sie die Frontscheibe mit Steinen und Knüppeln zu Bruch schlagen, fällt mir meine Sonnenbrille ein. Die liegt noch im Auto. Sie schlagen alle Scheiben ein, hinterlassenen bleibende Eindrücke in der Karosse und treten die Seitenspiegel ab. Final werden die Vorder- und Rücklichter zertrümmert, bis ihre Wut endlich am Volkswagen verrauscht ist. Sie ziehen ab. Unglaublich. Ich gehe zum Auto und nehme meine Sonnenbrille aus dem Handschuhfach. Sie ist ok.

Was jetzt geschieht und warum es geschieht, entzieht sich ganz und gar meinem Selbstverständnis. Die Motive dieser Tat bleiben mir bis heute im Unklaren. Ich sehe meine Sonnenbrille an, meine Hände. Ich gehe einmal um das Auto herum. Die fürchterlichen Fünf sind nur noch eine Silhouette am Ende der Straße. Ich öffne meinen Mund und ohne dass ich es will, ruft er ihnen nach: „Das könnt ihr bezahlen!"

„Das könnt ihr bezahlen?" Wie jämmerlich... Für diesen selbstzerstörerischen Akt hätte mir ruhig etwas Anständiges einfallen könne. Etwa:

„Begegnet eurem Schicksal..." oder „Ich bin wie Gott und Gott ist wie ich. Ich bin so groß wie Gott und er ist so klein wie ich. Ich kann nicht über ihm und er nicht unter mir stehen." Aber „Das könnt ihr bezahlen..."?

Sie drehen sich auf dem Fuße um und ihr sich beschleunigender Dauerlauf in meine Richtung weckt mich aus meinen größenwahnsinnigen Phantasien. Der Traum von Kraft des Friedfisches, der Traum von Macht des Fluchttieres ist augenblicklich ausgeträumt. Ich laufe weg, doch Wut ist ein besserer Läufer als Angst.

Sie haben mich auf einer Wiese. Wie wahnsinnig treten sie auf meinen Körper ein, während der Gastgeber, dem ich heute schon beigestanden habe, nun auch mir beisteht und versucht, zu schlichten, obwohl kein Mädchen weit und breit zu beeindrucken ist. Ein Mensch mit Charakter.

Die fürchterlichen Fünf sind außer sich. Sie rufen: „Du Faschoschwein." Wäre ich nicht genug damit beschäftigt vor Angst keine Flecken zu machen, hätte ich mich beleidigt gefühlt. Also Faschoschwein? Was haben die genommen?

Ich trage schwarze Lederhosen, ein schwarzes Samtjackett (was mir Jahre später noch zum Verhängnis werden soll) und ein Shirt mit der Aufschrift „Einsamkeit". Ich fühle mich unverstanden, weil eindeutig subkulturell zugeordnet. Zu allem Unglück glaubt der Gastgeber, mir zu helfen, indem er parallel zu den Unterstellungen der fürchterlichen Fünf ruft: „Nein, lasst ihn. Das ist ein Demo. Das ist ein Demo." Ich möchte sie unterbrechen und klarstellen: „Freunde, stopp mal, haltet ein und Obacht: Was ihr hier vor euch liegen seht, ist ein astreiner Gothic, ist das klar?", aber ich ahne schon, dass das vielleicht nicht der richtige Moment ist.

Sie lassen sich bald vom Gastgeber überzeugen und der Spaß, jemanden wie mich zu verprügeln, hält sich auch in Grenzen. Sie ziehen ab. Diesmal halte ich meine Klappe. Ein paar von den Jungs sind aus ihren Verstecken, gar nicht weit von mir entfernt, aufgetaucht. Gut, ich habe ja auch nicht Hilfe geschrien.

Wir teilen uns ein Taxi. Wir reden nicht mehr über die Sache. Zu Hause dusche ich heiß und esse kalte Klopse mit Bautzner Senf im Kinderzimmer.

Frauen - Vater - Kind

Von Udo Tiffert

1. Deutschlands unzufriedene Frauen

Deutschlands unzufriedene Frauen parken
den Transporter mit Kindersitz vorm Konservatorium,
werfen die Tür mit Schwung, schieben ihre Sonnenbrille
über die Stirn hinweg ins Haar

Bioladen, Buchhändler, Hausaufgaben kontrollieren,
dann zum Sport und Tanzen, Kräuterkurs.
Deutschlands unzufriedene Frauen füllen das leere Gefäß
nicht wie die Männer mit Schaum und Melancholie,
sondern mit Sinn, Fensterpflanzen, Tangoschritt und Bitter-
keit

Denn am Ende des Lebens steht der Wärter, die Wärterin
mit dem eigenen Gesicht.
Zeig nicht deine Kinder vor, höhnt die Wärterin:
Fortpflanzung ist keine Leistung!

Das Ende des Lebens: Mitte Vierzig, Haare ab,
Charme weg und alle Chancen. Da kauft sich ein Mann
ein Motorrad und einen hellgrünen Kapuzenpullover.
Und die Frau Anfang Fünfzig, also kurz nach ihrem Tod,
sitzt auf einer Wiese in der Toskana, denkt:
Wie war ich dumm und ehrgeizig, stumpf und hastig!

Dann kehrt sie in den kalten Norden zurück und macht so weiter. Telefoniert den Großgewordenen hinterher, kauft ihnen Möbel, die sie nicht... Bis zum Krankenhausaufenthalt. Die Klinik mit der schönen Parkanlage. Dort sitzt sie im Park am Zierteich, denkt: Was bin ich dumm und ehrgeizig, stumpf und hastig!

Kommt gesund wieder und macht weiter. Etwas Kreatives muss her. Das leere Gefäß Leben mit dem kalten Echo, das leere Gefäß. Füllt man es nicht, ist nichts da, kein Vogel auf dem Baum, keine Muschel am Strand. Kein Lachen im Handinneren. Wer nichts tut, wer die Leere nicht füllt...
„Ach du, ich mag es gar nicht zu Ende denken!“

Immer mal bietet sich ein Liebhaber an, auch jetzt noch,
dem dritten gibt sie nach. Sex mit noch jemandem.
Also peinliche leise Worte, dann dieses Geschiebe,
Gepresse und Eindringen. Und eine jugendliche Zufriedenheit. Nein, wer wirklich durchblickt, ist unzufrieden.

Was hatte die Jette im Krankenhaus gesagt?
„Mama, es ist schön, wenn du krank bist.
Da kann man endlich mal was für dich tun.“
Frech war die schon immer. Hat die Doktorstelle
bekommen.

Die wird es besser machen mit ihrem Felix. Erst mal keine Kinder.
Naja: Die sitzt auch bis tief in die Nacht hinein...

2. Der Mann in Elternzeit

Kommt die Frau von der Arbeit. Stellt ihr Täschchen an den Türrahmen. Sitzt der Mann auf dem Boden, spielt mit dem Kind. Auf dem Herd steht Essen, es duftet. Mann erhebt sich, richtet das Wort an die Frau. Sie beugt sich zum Kind, knuddelt es, schüttelt es, drückt es an sich. Hat sie doch den ganzen Tag darauf gewartet. Mann erzählt etwas von einem Anruf. Sie umläuft ihn wie eine Säule, die seit 800 Jahren in der Wohnung steht.
Dann zieht sie das Kind an, dann sind sie beide fort.

Der Mann klappt den Laptop auf, öffnet einen Chat. Fragt zwei alte Freundinnen, ob sie nicht Lust auf einen Latte hätten, bei dem Wetter!
Oh toll, daß Du Dich meldest, wahnsinnig gern, jederzeit, aber heute paßt es echt schlecht, aber sonst, jederzeit. Gerne! Wahnsinnig gern.

So läuft er allein durch die Straßen. Hält seine Stirn in die Sonne. Dann checkt er mit dem Ellenborgen eine Radlerin, die ihm auf dem Gehweg überholte, vom Rad. Die steht wieder auf, legt die Kette neu auf, setzt ihren Weg fort.
Er beginnt stoßweise zu schreien. So wie sein Puls. Niemanden stört es.

Er schlägt einen Mann nieder. Der steht wieder auf, putzt sich die Nase, geht weder zornig noch anderweitig beeindruckt weiter. Er überfällt eine Sparkassenfiliale, hält seinen Zeigefinger drohend vor sich.
Die Frau hinterm Schalter stöckelt hin und her,
füllt zügig eine Plastetüte mit Geld.
Wieder auf der Straße laufend, folgt ihm niemand.

Tags darauf steht nichts im Stadtteilblog, nichts in der Zeitung. Niemand klingelt an der Tür.
Er geht, als das Kind mittags schläft, zur Mützenablage im Flur, öffnet die Plastetüte, schätzt, daß es 80/90 000 sind. Er legt es zurück.
Er denkt: Jetzt nichts überstürzen!

Ein Feiertag am Donnerstag. Die Frau sagt: „Ich fahre mit dem Kind zu Mutter, Brückentag, verstehst Du! Du kannst machen, wozu Dir letztens immer die Zeit fehlte! Was Männer so tun..."
Er bringt sie zum Bahnhof. Als der Zug abgefahren ist, trinkt er einen Kaffee in der Halle. Schaut sich die Leute an, eilige und gelassene.
Zuhause erkennt er an der gefalteten Plastetüte, daß offensichtlich niemand dran war. Er nimmt ein Bündel 200Euro-Scheine geht zum Bahnhof zurück, steigt in die S-Bahn zum Flughafen. Am Flughafen liest er die Angebote: Fuerte Ventura, Ibiza, Antalya, die Azoren? Was tun Männer? Angeln in Schweden. Fein einen trinken!
Kann er hier auch. Aber das Saufen reicht so weit in den nächsten Tag.

Er nimmt die Rolltreppe zur Aussichtsplattform, geht an einem Café vorbei. Anzugmann, Blümchenrockfrau und Kleidchentochter verabschieden sich. Anzugmann winkt mit seiner Brieftasche der Bedienung zu.
Der Mund der Frau will lächeln, ihre Augen bestehen ausschließlich aus Zweifeln, das Kind will weg.
Der Anzugmann bezahlt. Geht ihnen dann doch nach.
Der Mann mit dem Geldbündel in der Tasche fährt die Rolltreppe wieder herunter, geht zum Backstand, kauft eine Bockwurst, das is'ne sichere Sache!
„Geben Sie mir bitte zweimal Senf!" Er ißt, als gelte es dem Tod zu entrinnen.
Plötzlich schaut er den letzten Bissen der Bockwurst an, den mit Knoten und Zipfel, und fragt sich, wann die Liebe zu Ende war? Ob sie sich wie nach getaner Arbeit abschaltete oder einfach versiegte? Im Sand verschwand, geräuschlos. Und der Sand noch einige Tage lang naß blieb, etwas feucht. Heute beweisen es noch die weißen Salzränder.

Ein Kind ist da, also viel Freude. Der Mann steckt eine Hand die Hosentasche, befühlt die Geldscheine. Wo jetzt hinfahren, ohne Liebe?

3. Das Kind

Nun läuft er also. Seine Augen befinden sich auf der Höhe von Autoreifen, Fahrradpedal, Kellerfenster. Ich lass ihn laufen, hebe ihn an Straßenkanten hoch, von Pfützenrändern oder wenn wir auf dem Heimweg sind und er 180 Grad gedreht hat, um weiter in die Ferne zu schweifen, hebe ich ihn an, um die 180 Grad rückgängig zu machen.

Ich kommentiere ihm jedes Hochheben, Wegheben, weil ich es mir schlimm vorstelle:
Angehoben, Abgehoben, Fortgenommen zu sein, plötzlich aus dem Nichts gedreht zu werden, ohne irgendeine Frage oder Ankündigung!
Er ist ein Tragling. Er liebt es sehr getragen zu werden. Er vertraut meinen Armen. Vertraut der Stimme. „Achtung, Kleiner Mann... und jetzt hebe ich dich und jetzt..."
Ob es Menschen gibt, die sich ihr Leben lang ausgeliefert fühlen, angehoben, enthoben? Und nennen es Schicksal: Das Schicksal setzt dich per Geburt auf ein Gleis und du musst es entlang gehen, nur dieses, in dieser einen Richtung! Und wenn du die Richtung änderst, dann nur, weil das Schicksal so... ach, vergessen wir's!
Der Kleine Mann wirft gern Steine oder winzige Steinchen in Gullys. Es stört ihn nicht, dass er das Wohin nicht erkennt. Fliegen fort ins Dunkel.
Ich hocke mich neben ihn, schaue in sein Gesicht, da stolpern Gentechnik, Medizin und Chemie um die Ecke. Sie schreien durcheinander: „Was da neben dir hockt, sind fünf Sechstel Wasser, Gene, Hormone und Kohlenstoff!"
„Ihr Ärsche!", antworte ich sachlich und beherrscht, „das ist ein Palast, schöner als Versailles, und die Gentechnik ist nicht mal der halbe Abtreter vorm Dienstboteneingang."

An anderen Tagen werfen wir Ahornblätter in einen Bach. Der Kleine Mann schaut dem forttreibenden Laub nicht lange nach. Fordert neue Blätter.

nachts, die Liebe

Von Udo Tiffert

das Regengeräusch das Tropfengeräusch, Wassertropfen rinnen, kleine und volle Tropfen im Fallrohr, Tropfen vom Rand der Dachziegel in die Blechrinne fallen knallen fließen rauschen Trost Trost Trost finstere Fruchtbarkeit draussen Ausharren wie Rost unter rissigen Farbschichten Eisenoxid Regen aufs Gebüsch Halme glänzen schnelle Bahnen Es ist nur das Fallrohr schlaf weiter regnet‘s auch im Traum? nur das Fallrohr Tropfen rennen bleibt Glanz zurück Glanz auf Stiel Lichttropfen auf geschlossener Blüte Tropfen landen auf kleinem Teller dem neben der Haustür löst sich im Wasser Staub

Der tote Punkt des Todes oder wie mir Justine das Schwert polierte

Von Mathies Rau

„Wuaaaaaaäh“, brüllt Justine.

Das ist immer so. Am Anfang tun sie so, als sei es ein lächerliches Hobby für Nerds, aber drückt man ihnen so ein Ding in die Hand, rasten die völlig aus. Gerade die Frauen! Manchmal frage ich mich, ob diese unbändige Lust darauf, mir so richtig wehzutun bei meinen FreundINNEN auch besteht, wenn sie keine Waffe in der Hand haben. Die Männer sind da auf jeden Fall zurückhaltender.

Justine führt ihre Klinge brutal gegen mein Bein und ich bin mehr als glücklich, ihren Hieb pariert zu haben. Mit dem Schwung, nach so einem Gewaltstoß ist ja reichlich davon da, lass ich mein Schwert über ihres laufen und bringe es kurz vor ihrem Hals zum Stehen. Ich grinse: „Du bist tot.“

Jetzt will ich nicht sagen rücksichtslos, aber auf jeden Fall so hart wie sie nur irgend kann, rammt sie mir ihr Schwert in den Bauch, ich geh‘ direkt zu Boden. Triumphierend stellt sie ihren Fuß auf meinen nach Luft bettelnden Körper. „N‘ Scheiß bin ich, du Pussy!“

Das war nicht sehr ritterlich, aber bei den Rittern waren die Frauen sooooo wenig emanzipiert, wo soll's denn auch herkommen. Mir wird's ein bisschen schwarz vor Augen.

Justine sinkt erschöpft neben mich. „Boah, das ist ganz schön schwer, phew.“ Sie legt die zweieinhalb Kilo Stahl ins Gras.

Ich sag: „Röchel“.

Was für ein schöner Tag, um Sport zu machen. Bewegung ist gesund. Da ich als alter Nerd joggen zu langweilig und sozial akzeptiert finde, spiele ich eben mit Schwertern. In den ersten Jahren habe ich versucht, das zu rechtfertige: „Das ist Sport, das ist technisch anspruchsvoll, das hat eine historisch künstlerische Komponente“, mittlerweile musste ich jedoch einsehen, dass Schwertkampf ähnlich sozial rechtfertigbar ist, wie das Schreiben von Fantasyliteratur oder das Hören von modern Talking. Nicht das ich modern Talking hören würde, es gibt schon genug Gründe, mich Abends an der Bar zu mobben.

„Das macht voll Spaß“, sagt Justine und atmet hastig und vollmundig. Ich atme noch immer eher flach. „Meine Güte, nun steh schon auf, ich will eine Revanche!“, sagt sie, ihre Bäckchen sind noch ganz rot vor Aufregung.

Einen Moment wünsche ich mir, sie wäre bei ihrem „Ehh nee, das ist doof“, geblieben. Aber seitdem Game of Thrones kommt und Justine ein bisschen rattig auf Jon Snow ist, hat sie auf einmal Interesse an meinem großen Schwert, wie es stahlhart mit strammer Klinge im Zimmer steht und nur mal hin und wieder poliert wird. Mit den Trainingsdingern hat sie sich nicht abspeisen lassen, klar, und ich Idiot hab‘s ihr gegeben, als gäb‘s keine Gründe dafür, dass man Kinder nicht auf ein Motorrad, sondern auf ein Dreirad setzt. Allmählich kann ich mich wieder bewegen.

„Na Prinzesschen, ausgeschlafen?“ Vor Jahren hat mir ein Kumpel mal mit dem gleichen Schwert das Schlüsselbein zertrümmert, dann einmal die Oberlippe bis zur Nase aufgeschnitten, vergleichsweise könnte ich wirklich aufhören zu heulen, aber was willst‘e machen? Außer Puste ist eben außer Puste! Ich sitze wieder aufrecht.

„Was mache ich mit den Metalltitten ohne Nippel?“, fragt Justine.

„Das sind Faustschilde“, sage ich, da der Begriff „Buckler“ jetzt nur unnötige Erklärungen für die Metalltitten nach sich ziehen würde.

„Hä?“

„Na Schilde für die Fäuste“, sage ich.

Justine schüttelt den Kopf: „Warum sollte ich nach deiner Faust schlagen?“

Das ist der Geist, den es braucht, denk‘ ich. Alles Nicht-Tödliche kommt als Ziel nicht in Betracht! Wir stellen uns Aug‘ in Aug‘, Schild und Schwert in der Hand, beide unter den Augen spazierender Mitbürger, die aussehen, als ob sie überlegten die Polizei zu rufen. Justine fällt aus, es gibt ein befriedigendes „Kling“, als ich mein Faustschild zwischen ihr Schwert und meine Stirn bekomme. Ich habe Angst und um diese zu überspielen, scherze ich: „Nicht so ausfällig, junge Dame!“ Und stelle betrübt fest, dass ich in Stresssituationen so witzig bin, wie mein sechzigjähriger Vater. Meine Mitbewohnerin entfesselt einen Hagel von Hieben, der es leicht machen würde, sie zu treffen. Ich entscheide mich dafür, mich einfach nicht selbst treffen zu lassen und wenn treffen zu lassen, dann wenigstens nicht rumzuheulen. Als die Klinge in mein Knie einschlägt muss ich kurz in die Hocke. Ich komme nicht an, weil mir Justine eine Metalltitte gegen‘s Jochbein drischt.

„Können wir abbrechen, du bist mir schon wieder zu Sparta?“

Justine brüllt „Thessalonikki“ und kickt mich in die Brust.

Weiches Gras ist weich.

„Du bist tot“, sagt sie.

Es ist ein wundervoller Tag, um sich ein bisschen zu bewegen. Die Vögelchen singen um meinen Kopf. Der Himmel ist blau und leicht verwaschen. Könnte auch sein, dass ich ein bisschen heule, weil mein Jochbein puckert. Und meine Brust. Und mein Knie. Justine will mir auf die Beine helfen. „Dafür, dass du das jahrelang machst, ist deine Technik ziemlich erbärmlich, du hast mich nicht ein Mal getroffen!"

Habe ich wirklich nicht. Am Anfang, weil ich dachte, dass ein Gentleman einer Dame nicht ohne zu fragen sein Schwert reinrammen sollte, am Ende war's einfach nur noch die Scheiß- Angst, ihr näher zu kommen. Als sie mir die Hand reicht, zucke ich.

„Oah Junge, ich tu' dir nix."

Das Präsens ist so eine seltsam einschließende Zeitform. In dem Fall vermutlich eher mit Zukunftsabsicht verknüpft, im Sinne von ich werde dir nix tun. Ich habe dir nix getan wäre glatt gelogen, das macht Justinchen ja auch gern, „ich tue dir nix" könnte also genauso eine Falle…

„Jetzt nimm meine scheiß Hand und hör auf, über Grammatik nachzudenken!", drängelt sie.

Ich nehme die Hand und lasse mir von meiner Mitbewohnerin aufhelfen.

„So, jetzt sind wir wieder Freunde. Schnapp' dir das Zeug, Knappe, wir gehen spazieren!"

Ich schnapp' mir die Schwerter, wir gehen spazieren.

Bis zum Madlower Badesee sind's kaum hundert Meter. Geht kein Wind, und es geht kein Wind, liegt er ruhig da. Fast tot. Tot wie ein toter Punkt des Todes.

„Das war's", sage ich. „Meine Geschichte ist einem toten Punkt."

Justine sitzt neben mir und poliert mein Schwert.

„Nimm noch mehr Öl", sage ich. Öl ist gut, es verschließt die Poren im Metall, da kommt dann kein Wasser mehr rein und die Klinge rostet nicht. Sanft bewegt sie ihre Hände auf und ab. Ich glaube, es gibt relativ wenige Gebaren, die so unangenehm plump zweideutig sind, wie das Polieren eines Schwertes.

„Worüber schreibst du denn?“, fragt Justine.

Mein Jochbein puckert, als sie das fragt. „Über unsere Prügelei gestern.“ Man könnte das euphemistisch als Fechtübung bezeichnen, aber es ist keine Übung, wenn eine der Beteiligten auf Körperverletzung aus ist. Meine Mitbewohnerin lächelt, als sie sich erinnert. „Dein toter Punkt war, als ich dich umgetreten hatte, oder?“

„Nein, der tote Punkt war, als wir am Badesee waren.“ Alles Erinnernswerte ging dort eigentlich erst los, vielleicht sträube ich mich deshalb dagegen, es aufzuschreiben und habe das Gefühl, an einem Punkt zu sein, an dem die Schwertkampfgeschichte vorbei sein sollte.

Justine sagt: “Das war ein schöner Spaziergang. Ein bisschen anstrengend vielleicht, weil wir ständig mit diesen blöden Stöcken hängen geblieben sind.”

Macht mal mit Speeren auf dem Rücken einen Waldspaziergang, das ist gar nicht so leicht! “Du wolltest das Zeug ja nicht vorher wegbringen”, sage ich.

Justine quittiert es mit einem “Ööööh so weit laufen.” Wir waren an dem Tag noch zwei Stunden im Wald spazieren, sind durch Gräben gekrochen und durch den Fluss gewatet, wie im Fernsehen die ukrainische Guerillia. Vermutlich waren wir sogar besser bewaffnet. Aber die Viertelstunde, die es gebraucht hätte, den ganzen Scheiß wegzubringen, war wieder zu viel. “Beim nächsten Mal nehmen wir nur mit, was wir brauchen”, plane ich umsichtig.

Justine nickt. “Die Metalltitten und die kleinen Schwerter, der Rest ist zu schwer”, sie guckt mich an wie ein Lehrer den Klassenversager, “und dann wehrst‘de dich mal ein bisschen, Prinzesschen!”

Durch die geöffnete Balkontür weht der Geruch des Sommers hinein, streicht uns mild über die Haut. “Heute ist ein guter Tag für Bewegung”, meint Justine und erhebt sich.

“Schwertkämpfe gehören in Fantasyliteratur. Das ist nix für Kurzgeschichten, das taugt nichts!”

Ich zucke mit den Schultern. “Meinst‘de nicht, dass man daraus was machen kann?”

Sie knallt mir einen Faustschild auf den Tisch. “Jetzt mach Modern Talking aus und komm”, sagt sie.

opium

von Matthias Heine

eine katze wohnt nebenan
schwarz
ich treffe sie jeden abend auf dem nachhauseweg
dort läuft sie mir vor die füße
jeden abend, über die straße
von links nach rechts
bis jetzt ist alles gut gegangen

ich salze meine schulter
stell die schuhe auf den tisch
zerbreche alle spiegel
laufe durch die leitern
bis jetzt ist alles gut gegangen

und dann an einem einzigen tag
ein schwein im spiegel
ein schornsteinfeger auf dem dach
ein kleeblatt mit vier blättern in der erde
ein pfennig auf dem asphalt
ein hufeisen im briefkasten
dein ade auf sieben seiten

in der nacht die katze
ich locke sie
ich ziehe ihr das fell ab
langsam, dass sie es nicht spürt
sie ist jetzt eine rheumadecke
eine ganz kleine
eine warme
für mein krankes herz

Der Geschmack von Eistee

Von Mathies Rau

»Ey mein Freund hat mich verlassen«, sagt Stella, sie hat mir erzählt, dass sie Stella heißt, auch dass sie NPD wählt, auch dass sie 19 ist und einen Hund hat. »Ich glaube, weil ich nach der Tina ein bisschen zugenommen habe.« Dass sie Kinder hat, weiß ich auch von ihr.

Am Gelsenkirchener Platz sind heute wieder eine ganze Palette dieser wunderbaren Mütter des Jahres zugestiegen. Stella ist eine der armen Frauen zwischen 17 und 22, die durch eine Reihe von Schwangerschaften ein bisschen zugenommen haben. Warum sie mich zuquatscht weiß ich nicht, aber jetzt, wo ich die Zeit schon mit ihr verbringen muss, kann ich ja den Versuch unternehmen, sie zu verstehen. Allein schon weil ich nicht vorbeikomme an ihr. »Das ist oberflächlich von deinem Freund«, stimme ich ihr zu.

Das ist nicht ganz moralisch korrekt von mir. Wenn meine Freundin nach der Geburt eines Kindes aussehen würde, als hätte sie ohne jeden Gewichtsverlust Siebzehnlinge geworfen, könnte ich auch nicht mehr für eine intakte Beziehung garantieren.

Weil er ihr nicht um den Bauch passt, trägt Stella einen Thor Steinar Brustbeutel in der Hand.

Sie seufzt, »das hat erst damit angefangen, dass er mich nicht mehr anfassen wollte…« Sie macht unvermittelt eine lange Pause, als müsste ich jetzt irgendwas erwidern.

Mutter sagt ja immer »Mathies bemühe dich die Leute zu

verstehen«. Mutter sagte auch immer „Mathies sei freundlich zu den Leuten". Ich versuche, eine Kompromisslösung zu finden: »Echt«, sag' ich also erschüttert, »kann ich mir ja gar nicht vorstellen!« Das ist nicht mal gelogen, ich kann mir wirklich nicht vorstellen, dass man mit Stella in einen Raum passen soll, ohne sie zu berühren. Ich meine, ich bin mit Schnappatmung an die Straßenbahnscheibe gepresst und trotzdem verschwindet mein Knie in Stellas Oberschenkel.

Tränen oder Schweiß oder irgendeine andere Art von Flüssigkeit sammelt sich in den Falten ihrer Augengegend. Eine beeindruckende Frau, diese Stella. Dass jemand so viel rauchen kann, um sich die Haut schon in dem Alter derartig zu ruinieren, ist eine Leistung, die hier Erwähnung finden sollte.

Einige ihrer Walrosslaute erinnern an ein Schluchzen »Das mit dem Anfassen konnt' ich mir auch erst nicht vorstellen und dann hat er mich verlassen.« Stella fängt sich zu meinem Glück relativ schnell wieder. »Ja aber weißt du, der war eh ein Arschloch, der hat sich gar nicht um die Kinder gekümmert, die Große hat immer bloß Limo und so Süßes gekriegt, damit sie ihn mag und so.«

Ihre Stimme klingt ehrlich, wenn sie von ihren Kindern spricht. »Und was machst du, damit dich deine Kinder mögen?«

Stella lächelt. »Na um die kümmern, spielen und so und Limo kriegen die auch nicht. Bei mir gib's nur Eistee, da bin ich streng.«

»Eistee?«

»Ja Eistee, Tee ist ja gesund, aber nur so Tee trinken die nicht.«

Also Stella scheint ja per se ein guter Mensch zu sein. Sie scheint sich um ihre Kinder kümmern zu wollen, ist nur leider so dämlich wie Stockbrot. »Aber Eistee ist genauso ungesund wie Limo«, sag ich.

Stella guckt mich mit großen Augen an. »Ey bist du dämlich?«, fragt sie freundlich. »Tee ist gesund!«

»Ist ja auch kein Tee, ist ja Eistee«, versuch ich's nochmal. Stella schüttelt den Kopf. »Ey und ich dachte, du wärst voll schlau mit deinem Buch hier! Man, Eis ist nur gefrorenes Wasser, du Pfosten!«

Schlagartig wird mir der Unterschied von richtig und nicht falsch bewusst.

Nicht falsch wäre: Wenn Tee gesund ist und Eis nur gefrorenes Wasser, dann ist Eistee gesund.

Richtig wäre: Wenn Tee gesund ist und Eis nur gefrorenes Wasser, dann ist Eistee gesund, WENN allerdings gelten würde, dass Eistee nur Tee mit gefrorenem Wasser wäre.

Hab' ich bis zu dem Punkt klasse rausgearbeitet. Wie erklär' ich das jetzt Stella.

»Hast du ein Tiefkühlfach?«, frag' ich.

Stella nickt.

»Pass auf, Eistee ist doch ganz schön teuer.«

»An meinen Kindern wird nicht gespart!«, feuert sie dazwischen.

»Gut... ist ja richtig... aber pass mal auf. Du kochst einfach Tee und machst da Eiswasser rein, dann hast'de auch Eistee. Da kriegst'de aus einer Packung Tee bestimmt zehn Kannen Eistee raus.« Ich grinse. Jetzt müsste sie eigentlich mitbekommen, dass ich sie nicht ganz ernst nehm'.

Sie sieht mich skeptisch an. Meint dann: »Das ist eine gute Idee«, mit raubtierhafter Schläue wippt ihr Kopf hin und her. »Das könnte funktionieren...«

Ich hab' da eine Theorie. Stella ist nämlich gar nicht so doof, also schon ziemlich doof, aber nicht, weil sie nicht weiß, dass Eistee ungesund ist, Stella ist so doof, weil sie glaubt, dass Eistee nur Eis und Tee ist.

Wenn sie einfach nichts wissen würde, könnte man ihr die Dinge erklären. Wenn sie aber noch nicht mal richtig denken kann, dann wird die Sache komplizierter.

Ich versuche mich in Stella hineinzuversetzen, also Stella an: wenn Eistee Eis und Tee ist, dann müsste er, wenn man ihn heiß macht, einfach nur Tee sein, aber heißer Eistee ist süß und Tee ist von Natur aus nicht süß und die einzige Möglichkeit, das zu erklären ist nämlich die, dass Tee, wenn er kalt wird, auch gleichzeitig süß wird. Stella aus:

Das heißt, Stella, hat entweder noch nie Tee kalt werden lassen oder ihr fallen selbst die einfachsten Dinge gar nicht erst auf. Und wenn man diesen Level des Denkens erst mal erreicht hat, dann steckt man genauso knietief in der Scheiße, wie mein Knie in Stellas Oberschenkel.

Mit einem halben Ohr höre ich ein August Bebelowa Droga, das mich in die Straßenbahnrealität zurückzieht. Muss gerade wieder »Mode« sein, in dieser Stadt immer mal völlig willkürlich sorbische Übersetzungen irgendwo hinzuschmeißen.

Verärgert guckt Stella auf die Stationsanzeige. »Scheiß Russen, sind wir jetzt international oder was. In Russland sagt doch ooch keener was in Deutsch.«

Diese ganzen Teufelsspiralen, Dummheit, Fettleibigkeit, Nationalismus, Arbeitslosigkeit, Nikotinsuch - allein aus einer rauszukommen ist schwer genug. Die einzige Spirale, mit der Stella offensichtlich nie vermehrten Kontakt hat, ist die gegen Kinder.

»Hast du was gegen Russen?«, rutscht es mir unvorsichtiger Weise heraus. Scheiß Diskussionsreflex. Eistee ist okay, aber über Politik will ich mit Stella wirklich nicht reden!

»Naja die ganzen Russen kommen hier nach Deutschland und nehmen uns deutschen die Arbeitsplätze weg«, schimpft sie erbost und nicht zu leise. Warum betonen solche Leute in allen Sätzen immer das „deutsch“ als wär‘s ein Kampfbegriff, machen die das in der Schule auch, noch zwei Stunden Mathe und dann endlich Deutsch?

Ich mustere Stella. Schon bitter, wenn so ein besoffener stinkender Russe so vielversprechenden Leistungsträgern die Arbeitsstelle klaut! Verdammt, zu Eistee fällt einem ja immer was ein, aber was will man auf sowas noch erwidern? Ein paar Leute schenken uns einen ablehnenden Blick. Die meisten Fahrgäste sehen allerdings eher so aus, als seien sie mit Stella gleichgeschaltet.

»Bist du arbeitslos?«, frag‘ ich.

»Ja klar, find ja nischt«, sagt sie.

Mein Kopf versucht eine Beschäftigung zu finden, in die eine passt, die so kompetent ist wie zwei Sack Mehl und nicht mal halb so attraktiv. Das Sozial- und Betreuungswesen hat ja irgendwann auch keinen Bedarf mehr. Und gar nicht auszudenken, was da erst passiert, wenn die Verantwortlichen spitz kriege, dass wir Kinder und Härtefälle vielleicht nicht in die Obhut von Kindern und Härtefällen geben sollten!

Ich fühl mich gelähmt, so an meine Scheibe gepresst. Immer noch fällt mir nichts ein, was ich Stella Schlaues sagen könnte. Am Ende wird‘s darauf hinauslaufen, dass sie mit ihren NPD-Kumpels spricht. Könnte ein Fehler sein, jetzt nichts zu sagen, dann reden die untereinander und ich glaub‘ nicht, dass die Russen dabei gut wegkommen werden.

Im Prinzip ist nationalsozial genau wie Eistee. Ein nationaler Verband ist ‚ne gute Basis, sozial ist bitter, aber wir trinken‘s ja alle gerne. Wenn man das aber gedankenlos kombiniert, kriegt man eben keine soziale Nation, sondern einen strunzdämlichen braunen Haufen, der andauernd Gründe und Folgen verwechselt. Brigitte Fuchs hat schon Recht, es ist schade, dass man sich Bildung nicht einbilden kann.

Bis ich am Altmarkt endlich dieser peinlichen Situation

entfliehen darf, schaffe ich es, Stella in ein sehr angeregtes Schweigen zu verwickeln.

»Mal ernsthaft« sag ic, bevor ich durch die Tür verschwinde. »Gib deinen Kindern bloß keinen Eistee, das wird auf lange Sicht mächtig schief gehen!« Stella nickt vermutlich mehr zum Abschied, als aus Zustimmung. Aber hey, wenn sich was ändern würde, wäre das ein schönes Ende für einen Text, denk ich bei mir.

Ich war noch gar nicht fertig.

Aber es wird sich auf diese Weise nichts ändern. Irgendwie frustrierend, wenn ein Text beschissen enden muss.

Man könnte sie doch in eine Handgranate beißen lassen.

Von Mathies Rau

Man könnte ihnen eine Granate in den Mund stecken und den Stift ziehen. Was sollte da schief gehen? Vielleicht ein Blindgänger… also die Granate, okay, dann steckt man ihnen eine neue in den Mund und immer so fort. Wenn das klappt, verteilt sich ihr Kopf zwar überall hin, aber tot ist tot! Muss ja nicht immer diese Eva- Braun- Mentalität sein! „Ich möchte eine schöne Leiche sein." So ein Quark. Die meisten Todeskandidaten in den USA sind männliche Schwarze, da wird kein Lippenstift ruiniert. Die können schon ruhig mal auf eine Granate beißen. Diese Erschießungskommandos sind doch halbherzig. Die Idee mit der Handgranate im Mund gefällt mir immer besser. Ob ich damit vor dem Kongress Chancen hätte.

Es ist ja auch irgendwo ungerecht. Clayton Lockett hatte immerhin nochmal 43 Minuten, um so richtig in sich zu gehen. Vielleicht war das ganz gut. Da hat er gemerkt, was er falsch gemacht hat. Eine neunzehnjährige Frau getötet. Dann Giftspritze. Man kann diese Sitzung als Protokoll nachlesen.

Da steht sowas drin wie:

18:23 Uhr – Gefängniswärter öffnen die Rollläden. Hinrichtung beginnt.

Bis dahin so, wie die meisten Giftspritzenprotokolle.

Mit meiner Granatenmethode könnte man jetzt weitermachen mit:

18:23 Uhr – Peng… Arzt nimmt die Hand dessen, was

vom Häftling übrig ist und konstatiert: „Kein Puls“

18:24 Uhr – Der Azubi reihert schon wieder. Weibliche Angestellte muss lachen. Sie sagt: „Call of Duty spielen, aber kotzen wenn der Neger in die Granate beißt.“ Arzt sagt: „Die heißen jetzt Schwarze!“

Aber meine Granatenmethode wird ja nicht verwendet. In der Verfassung der vereinigten Staaten gibt es ein Verbot für grausame und ungewöhnliche Bestrafungen. Deswegen gibt es die Giftspritze, wir kennen das von zu Hause. Sind die Kleinen mal nicht brav, zack, gibt‘s ‘ne Spritze. Manchmal nur ‘ne ungefährliche Lösung, die haben ja schon genug Schiss vor dem Pieks. Total gewöhnlich, hatten wir alle schon.

Clayton Lockett hat sieben Minuten später noch die Augen auf. Der hält aus, die Vorfahren waren bestimmt mal Bergwerkneger mit ‘ner Pferdelunge und dem Herz eines Ochsen. Bergwerkneger ist nicht rassistisch, die hießen früher so.

18:30 Uhr – Gefängnis-Angestellte prüfen, ob der Gefangene noch bei Bewusstsein ist. Arzt sagt: „Er ist nicht bewusstlos.“ Gefangener sagt: „Bin nicht bewusstlos.“ Weibliche Gefängnis-Angestellte sagt: „Mr. Lockett ist nicht bewusstlos.“

Wir ahnen es schon, wenn man sieben Minuten nach einem Giftcocktail noch reden kann, stimmt irgendwas nicht so ganz. Hätten sie mal die Bergwerknegerdosis genommen. Aber das dürfen die nicht mehr. Todesstrafe hängt mit rassistischen Motiven nicht mehr zusammen. Die Todeskandidaten sind zwar fast alle schwarz, aber es sind eben auch nur US-Amerikaner. So rum gedacht ist Todesstrafe eigentlich ein Paradebeispiel für gelungene Integration.

Aber den Beitrag zur Gesellschaft würde meine Handgranaten- Idee auch leisten. Handgranaten sind auch billiger.

Noch mal neun Minuten später.

18:39 Uhr – Gefangener versucht zu reden. Sagt „Mann“ und versucht, sich aufzurichten. Arzt überprüft Gefangenen.

Weibliche Gefängnis-Angestellte sagt: „Wir werden den Sichtschutz kurzzeitig herunterlassen.“ Telefon klingelt. Direktor des Gefängnisses, Robert Patton, geht ans Telefon. Verlässt den Raum mit drei Beamten.

Minuten später – Der Direktor kommt zurück und teilt den Anwesenden mit, dass eine Vene geplatzt sei. Er ordnet eine Untersuchung an.

Da ist Clayton Lockett wieder ruhig. Eine geplatzte Vene und eine Reihe nicht zwingend gesundheitsfördernder Substanzen im Körper haben ihn umgehauen. Ob er es bereut, die neunzehnjährige umgebracht zu haben? Ob die Schmerzen so groß sind, dass er denkt, er hätte es lieber nicht getan? Zeit zum Denken hat er noch reichlich, der Clayton Lockett. Um 19:06 Uhr stirbt Clayton Lockett an einem Herzinfarkt. Das waren 43 Minuten nach einer tödlichen Injektion. Bergwerknegerblut! Der hat ausgehalten der Junge. Heute, wo wir Gott sei Dank ohne Rassismus leben, kann man das ja sagen.

Von allen Hinrichtungen der Neuzeit, zumindest in den Staaten, die wir mit der zivilisierten Welt verwechseln, was bei Oklahoma immer wieder vorkommt, ist Clayton Locketts Hinrichtung diejenige, die mir im Gedächtnis bleiben wird.

Wenn US-amerikanische Mörder vor einer Hinrichtung Angst haben würden, dann vor der von Clayton Lockett. 43 Minuten lang nicht klar denken können, aber definitiv noch denken können. Welche Gespenster hat man da wohl im Kopf? Wie lang fühlt die Zeit sich an? Hat man Schmerzen? Sind die Schmerzen das schlimmste? Was hat man da im Kopf? Ich bin immer noch für die Handgranate. Da hat man nichts mehr im Kopf. Das ist doch menschlicher. Nicht ganz so sauber vielleicht. Aber menschlicher. Giftspritzen scheinen ja immer mal eine Panne zu haben. Elektrische Stühle auch. Aber Guillotine wird verurteilt. Und Handgranaten sind gar nicht erst im Gespräch. Ich bin für Handgranaten. Da würden vielleicht ein paar mehr Leute darauf kommen, was da eigentlich passiert.

Aber ich wollte mich an Clayton Lockett eigentlich nicht aufhalten. Und auch nicht an dem Quatsch mit den Handgranaten.

Utah hat die Hinrichtung durch Erschießungskommandos wieder eingeführt. Das funktioniert im Prinzip so, wie wir das aus den Hitlerdokus kennen. Ein Typ stellt sich hin und eine ganze Batterie von Staatsdienern schießt da mit einem Gewehr drauf. Gouverneur Gary Herbert gibt zwar zu, dass das ein „bisschen grausam ist". Aber eben auch nur ein bisschen! Und erschossen wird auch nur, wenn gerade keine Chemikalien für die Giftspritze verfügbar wären. Das Gesetz muss eben durchgesetzt werden, meint Gary. Ist ja richtig!

Der achte Verfassungszusatz verbietet einige Bestrafungen vollständig und verbietet Bestrafungen, wenn sie im Vergleich zum begangenen Verbrechen übermäßig sind:

„Die wichtigste Eigenschaft ist, dass eine Bestrafung nicht durch ihre Schwere allein die menschliche Würde beeinträchtigt, was insbesondere auf Folter zutrifft".

„Eine schwere Bestrafung, die offensichtlich in einem Akt der Willkür zugefügt wird."

„Eine schwere Bestrafung, die offensichtlich und vollständig von der gesamten Gesellschaft abgelehnt wird."

„Eine schwere Bestrafung, die offenkundig unnötig ist."

Verboten sind Vierteilung, öffentliche Sezierung, Verbrennung von Lebenden und das Ausweiden. Die Hinrichtung durch ein Erschießungskommando wurde dagegen als zulässig entschieden.

Aber das Bild einer Reihe Schützen, die auf ein völlig wehrloses Opfer schießen, geht in meinem Kopf noch weniger mit dem Wort Rechtsstaat zusammen, als Giftspritzen und elektrische Stühle. Und schon die gehen eigentlich gar nicht. Kriegen die Opfer dann eine Augenbinde? Das würde aussehen wie Justitia am Pfahl. Ein Bild, das selbst dann schon falsch ist, wenn man sich vorstellt, es gelte Kriegsrecht.

Gary Herbert bemerkt schon, dass dieser Vorschlag diskutabel ist. Aber, dann müsste man die Todesstrafe an sich diskutieren und das steht nicht zur Debatte. Warum eigentlich nicht?

Nun sind die härtesten Gegner der Todesstrafe in den USA selbst, US-Amerikaner. Die haben eine Riesenbewegung, es gibt Filme, Bücher, Lieder, Proteste, Organisationen dagegen und etliche Menschen, die vielleicht nicht engagiert sind, aber immerhin skeptisch. Die Debatte ist schon da.

Und weil unsere europäische Spaßguerilla keine Mittel mehr liefert, um die Spritzen zu betreiben, die Dänen zum Beispiel, gehen den Behörden die Substanzen aus. Ich bin mir nicht sicher, ob man einem Apparat die Entscheidung über Leben und Tod geben sollte, der nicht mal in der Lage ist, genug Pentobarbital aufzutreiben, um ein paar hundert Menschen umzubringen. Die können ja nicht alle so resistent sein wie Clayton Lockett! Da macht das mit den Erschießungen schon Sinn. Munition kann man sich in vielen US-Bundesstaaten vom Nachbar besorgen. Nicht in allen. Aber es führen ja auch nicht alle die Todesstrafe aus. Sie machen es uns manchmal nicht leicht, die Führer unserer freien Welt.

Obama hat seinen Justizminister damit beauftragt, die Hinrichtungen zu überprüfen. Nach dem Motto, Todesstrafe ist gut gedacht aber schlampig ausgeführt. Dass es rassistische Vorurteile gibt und hin und wieder Unschuldige weggecocktailt werden, hat er auch kritisch angemerkt. Das ist doch schön! Hunderte werden trotzdem noch sterben. Aber so viele Menschen sterben durch so vieles und so viel davon wäre vermeidbar. Und ganz gut rein passt es auch! Den Osten haben wir als neoimperialistisch gebrandmarkt, den Islam als fundamentalistisch, von China fangen wir gar nicht erst an und bei Afrika gucken wir schon gar nicht mehr hin. Ich zumindest, wie's mit euch steht, weiß ich nicht. Aber wenn ich mir Clayton Locketts Protokoll so ansehe, beschleicht mich der Verdacht, dass wir auf dem Weg, auf dem wir alle anderen so beharrlich antreiben, selbst noch gar nicht so weit gekommen sind. Und ein Vorsprung, von dem ich schon glaube, dass es ihn geben könnte, hat mit dem Ziel noch nicht viel zu tun.

Welchen Wert kann das Leben haben, wenn Töten ein legitimes Mittel staatlicher Gewalt ist? Was ist daraus die Lehre? Manche Menschen sind so unliebsam, dass man sie umbringen darf? Obwohl man ihrer bereits habhaft geworden ist und sie in Gefangenschaft weiß? Kriegsgefangene erschießt man doch auch nicht!

Anders.

Von Udo Tiffert

Harry ging auf den Fleischerladen zu, blieb dann in dreißig Meter Abstand stehen. Vielleicht kam sie ja nicht allein heraus? Die Frau vom Blumenladen hatte ihre Eimer bereits hereingeholt und zerrte nun am fahrbaren Regal herum. Beinahe wäre er hinzugesprungen, doch er erkannte, dass sie das jeden Tag tat, wusst, wie sie schieben musste. Er bewunderte zwei ihrer beherzten Tritte, einen an eine Regalfußrolle, den nächsten an die Ladentür.

Frau Kowarek trat auf die Straße. Sie sah geradeaus, sie hatte ihr dunkles Haar gelockert, geöffnet. Harry sah wieder ihre Haltung, samt dieser unscheinbaren, bestimmten Bewegung darin. Es war ein kaum nachweisbarer Schwung vom Nacken oder vom Hinterkopf aus, hinab zum Po. Ein Lächeln im Knochenmark. Oder als hätten zwei, drei ihrer Bandscheiben Augen und würden das obere Lid einen halben Millimeter zum Gruß des Himmels anheben.

Sie blickte nach links und bemerkte ihn. Harry nickte, winkte halb, ohne es zu wollen. Sein Blick ging kurz zu ihren Füßen und zurück: Pullover, Cargohose und Wanderschuhe, nicht gerade gut für die Oper, dachte er. Sportliche Schritte auf ihn zu. Spott in ihren Augen, Spott für ihn, Spott, der ihr selbst galt? Spott, der Verlegenheit schützen musste? Harry lächelte, bekam Oberwasser.

„Hat ja lange gedauert!“ sagte sie.

„Die Stunde oder das Auffinden?“

Sie sagte nichts, lächelte. Lächelte sie drohend, abfällig, sprö-

de-freundlich, herzlich gar? Das war für Harry schwer auszumachen. Er sagte:
„Ich hab‘ zehn Leute angestellt, die Kameras in 50 Städten auswerteten.“
„Du hattest doch gar kein Vergleichsfoto.“ sagte sie.
„Das hat die Sache noch erschwert“, sagte Harry.
„Scheiß Ironie“, sagte sie plötzlich, bitter und leise.
„Geh‘n wir ein Stück?“
Sie liefen los. Wolken zogen vor die Abendsonne. Es wurde beinahe still und jetzt eilten nur noch die Angestellten der Geschäfte zur ihren Autos, für deren Rate, Haftpflicht und Winterreifen die Hälfte Drittel ihres Gehalts draufging. Aber der letzte Bus ins Heimatdorf fuhr dreißig Minuten vor Feierabend.
Letztes Leben am Ort wäre nun die rote LED-Laufzeile einer Fahrschule gewesen, doch dann kam noch einmal organisches Leben, es hüpfte unter fest verschraubten Metallpapierkörben: Zwei Spatzen inspizierten Fladenbrotreste. Eine Nebelkrähe vertrieb sie.
Harry betrachtete einen alten Fabrikschornstein, an dessen Spitze sich verschiedene Mobilfunkantennen klammerten, die waren an der Außenhaut des Schornsteins von Fuge zu Fuge nach oben geklettert und wussten jetzt nicht weiter. Und bis zu dem Zeitpunkt, da sie weiter wissen würden, empfingen und sendeten sie erst mal.

Mann und Frau gingen langsam. Die Frau machte ihren übellaunigen Hinweis wieder gut, indem sie so nah neben ihm ging, dass sich ihre Arme manchmal berührten. Harry spürte auch, dass er kurzzeitig wieder auf sie wartete. Dabei lief sie neben ihm her, ihr dunkles Haar in Reichweite! Es rief nach seinen Fingern. Und da fiel es ihm plötzlich ein: Sie ist ja ganz nah!
Die Frau dachte daran, dass er ihr gefiel. Er war freundlich,

nicht zu freundlich, er schien bei sich zu sein. Er war etwas größer als sie. Er besaß Schultern. Er war ein Mann, kein altgewordener Junge. Sie wusste nicht, was dazu führte, dass die einen Jungs blieben, andere Männer wurden? Sie wusste aber, dass sie es sofort unterscheiden konnte. Dann kam ihr der Verdacht, dass dieser Mann öfter Frauen aufstöberte. Einlud? Verschliss? Na und, ich weiß, was ich hergebe und ich rechne nicht auf, wenn es eine Woche dauert, ist es eine Woche Leben!

Sie hatte, kurz bevor sie aus dem Laden getreten war, noch eine SMS von Johannes gelesen: „Kochen wir heute Abend, nur kochen!"

„Muss noch zur Physio", hatte sie ihm geantwortet, „bin danach völlig erledigt."

Wenn es mit Harry gut ist, würde sie den Physiotherapietermin sausen lassen, Johannes kann ja mit seiner Mutter Rommé spielen, da sind auch zwei glücklich!

„Gehen wir etwas essen?" fragte Harry.

„Warum nicht", sagte Frau Kowarek.

„Hat man nach der Arbeit im Fleischerladen Hunger?" fragte Harry.

„Immer", sagte Frau Kowarek.

„Nennen wir uns beim Vornamen?"

„Ja gerne, Claudia!" sagte Claudia.

„Harry."

„Ist das die Abkürzung von Ha...?"

„Nein!"

Sie betraten ein italienisches Restaurant. Claudia bestellte Tomatensuppe, Harry Rigatoni mit Schinkenstreifen. Beide tranken Wasser.

„Hast Du Fleischerin gelern... äh, ich meine muss man... äh, was muss man da, wenn man da...?" Harry hatte sich verheddert, er sah sie an und nichts von dem, was er sah, passte zu

einem Fleischerladen.
„Nee, nichts gelernt“, plauderte sie abfällig, „man stellt sich einfach hin und packt ein, was die Leute wollen.“
Plötzlich öffnete sie ihre Augen sehr weit, ließ Harry drin ersaufen und wartete gelassen, um ihn nicht zu zeitig herauszuziehen... Dann griff sie nach seinen Füßen, hob ihn hoch, schüttelte das Salzwasser aus seinen Lungen und setzte Harry auf seinen Stuhl zurück.
Guiseppe brachte den Bastkorb mit kleinen Brötchen, zwinkerte Claudia an, hob dann beide Hände entschuldigend in Richtung Harry.
„Was hattest Du auf der Beerdigung zu tun?“ fragte er.
„Ich ging mit meiner Freundin mit. Sie hatte Angst umzukippen und ich sollte sie halten. Und Du?“
„So ähnlich, ein Arbeitskollege... Du warst ja dort sehr... ich meine Deine Kleidung war sehr...“
„Ja?“
„Ich meine, für eine Beerdigung... also zugegeben, also...“
„Ist doch gut, wenn es Dir gefallen hat.“
„Ja, hat es.“
Claudia nahm ihr Wasserglas und stippte es leicht an seins. Guiseppe brachte die Speisen, seine höfliche Neutralität jetzt war noch aufdringlicher als das Zwinkern zuvor. Am Nebentisch gab es zwei jubelnde Kinder, eins rief: „Ja, Pizza, Pizza!“, das andere „Ja, Nudeln, Nudeln!“
Ihr Gebrüll füllte das Lokal vollständig aus. Die Eltern versuchten es zu mildern, waren aber zu sehr mit der Freude an ihren Plagen befasst. Harry lächelte, an Claudias Mundwinkel gab es einen ganz flüchtigen Zug Bitterkeit. Harry sah eine dritte Person. Nach der Beerdigung, nach der Verkäuferin im hellen Kittel, eine weitere Frau. Langsam gestand er sich ein, dass ihm etwas nicht gefiel, ohne dass er hätte sagen können, woran es lag.

„Hast Du Geschwister?“ fragte er sie.
„Ich hab einen Halbbruder, der zwei Jahre jünger ist als ich. Er studiert im Frühjahr und Sommer in Greifswald und arbeitet im Winter in Norwegen.“
Harry erwähnte seine ältere Schwester, die bei einem Rententräger arbeitete, dann fragte er: „Deine Mutter und dein Vater sind also nicht mehr zusammen?“
„Nein, Vater hat noch die Frau, mit der er meinen Bruder hat. Mutter ist auf einem Kreuzfahrtschiff, New York, Mittelmeer, Kapverden und so. Sie macht Empfang und Buchhaltung, bestellt Diesel, Essen, Stromanschlüsse in den Häfen...“
Harry beruhigte sich, er spürte die vierte Frau, die Frau mit Familie, die Anrufe von Mutter oder Vater bekam, Sonntag zum Essen hinfuhr, die neue Auslegeware lobte und bis das Essen fertig war in der Fernsehzeitung blätterte und „Wirklich?“ fragte, wenn jemand erzählte, das Müllers Frederike nun doch den von der Bundeswehr geheiratet hatte.
Sein Freund Frank hatte ihm vor kurzem eine Rede gehalten, die ungefähr so ging: Normalität ist in den vergangenen zehn Jahren zu einem kostbarem Gut geworden. Euro, Flugzeuge, Alpentunnel, Autobahnen zerreißen Familien oder erleichtern es, sich aus dem Weg zu gehen, je nachdem, wie man zueinander stand. Manchen dämmert sogar, dass unter all der Hektik das Millionärefüttern liegt, nichts anderes! Aber falls es zur Umkehr längst zu spät ist, heißt es für die verbleibende Zeit: Leben genießen. Oder, falls Handeln noch sinnvoll ist, lautet die Frage: Mit wem sich verbünden? Mit einer Partei, einer Gewerkschaft, einer Massenbewegung mit psychopatischem oder nur geltungshungrigem Führer?
Harry hatte geantwortet: Na, mit veganen Naturschützern! Frank sagte: „Wobei Naturschutz noch gut vermittelbar ist“...
„Harry?“ fragte Claudia.
„Was ist?“ fragte Harry.

„Ich bin es nicht gewohnt, dass Männer durch mich durch sehen."
„Das glaube ich dir, Claudia."
Dann winkte Harry nach der Rechnung und bezahlte sie. Claudia schob ihm einen Fünfeuroschein über den Tisch. Harry steckte ihn ein. Draußen sagte sie: „Telefonieren wir?" Harry nannte ihr seine Nummer. Sie tippte sie ein und es klingelte in seiner Jackentasche. „Schön", sagte sie.
Harry hatte noch nie ein so undefiniertes, multiples Schön gehört. Es klang freundlich, auch abfällig, etwas bitter, karg, federleicht schwebend, wie ein Abschied für immer. Ihre halboffenen Augen gaben noch zwölf weitere Möglichkeiten hinzu.
„Wo gehst Du jetzt hin?" fragte er sie.
„Ich laufe noch ein Stück, ich wohne hier, danke!" Sie legte ihre linke Hand auf seinen Unterarm. Harry hielt sie fest und Frau Kowarek gestattete es ihm, oder sich?, für eine ganze lange Sekunde. Eine ausgefüllte Sekunde, mit einem lauten Ja ausgefüllte Sekunde. Da kann sich niemand irren!
Dann drehte sie sich um und lief bestimmt, aber ohne Eile zur nächsten Kreuzung, deren Hänge- und Stehampeln für niemanden funktionierten.
„Da hast'e ja ‚nen Fang gemacht", sprach Harry vor sich hin. Sein Auto war noch dort, wo er es abgestellt hatte. Er setzte sich, saß gleich richtig, zog die Tür zu, legte den Gurt um. Er startete und ließ zwei Radfahrer durch, bevor er auf die Straße bog.

3

Nur Mut,
sage ich mir,
schon Shakespeare fand, die Welt sei aus den Fugen.
Irgendwas muss uns ja über die gut vierhundert Jahre bis
heute rüber gerettet haben.

Mathies Rau

Der Pömpel der Todes

Von Matthias Heine

„Nanu, das ist aber ungewöhnlich“, denke ich noch, als ich morgens den Toilettendeckel anhebe. Wer hat denn da Grützwurst mit Stampfkartoffeln und Sauerkraut für eine vierköpfige amerikanische Durchschnittsfamilie in mein Klobecken gekippt? Morgens ist man ja mit dem Schlussfolgern etwas langsamer als später am Tag. Es dauert einen Augenblick, bis mir klar wird, dass das gar kein Kartoffelbrei ist, sondern durchgeweichtes Klopapier und dass es sich bei der Grützwurst um Scheiße handelt. Allein das Sauerkraut bleibt mir geheimnisvoll.

Rotwild sein! Unter donnerndem Würge-Röhren leere ich den Inhalt der Toilette mit Gummihandschuhen, einer Allzweckrolle und beherzten Schöpfbewegungen in eine Mülltüte, die ich in eine Mülltüte und diese mitsamt den Handschuhen in eine Mülltüte packe. Man möchte sich die Hände abhacken und sie gleich mit in die Mülltüte werfen, geht aber nicht. Wie auch?

Ich spüle mit dem linken Daumen; froh, mich für die Hände entschieden zu haben. Das Spülwasser steht braun in weißer Keramik, nach einiger Zeit läuft es gemächlich ab. Ich brauche so einen, so einen Dings-Saugteil mit Stiel.

Ich möchte keine Panik verbreiten und die GWC in der Vorweihnachtszeit nicht mit Trivialitäten belästigen, also googelt der mündige Bürger. Am besten immer so, wie einem der Schnabel gewachsen ist. „Scheiße steht im Klo und läuft nicht ab. Was tun?“

GuteFrage.net rät erst mal Gelassenheit an und von chemischen Keulen ab. Man nehme als erstes einen Pömpel. Ha, da ist das gesuchte Wort. Pömpel.

Wenn gerade keiner parat ist, würde auch ein Geschirrtuch funktionieren. Man wickelt es sich um Hand und Unterarm, um wie ein Human-Rohr-Reiniger-System gegen den Abfluss vorzugehen. Danke für den Rat. Ich muss an Werner Beinhart denken.

Werner, Eckart und Meister Röhrich haben den Auftrag, bei Frau Hansen eine Verschraubung abzudichten. Nach einem Gläschen Eierlikör mit der Hansen muss Meister Röhrich die Toilette von Frau Gloer freimachen, wobei er sich derart verklemmt, dass er mit dem Kopf im Becken stecken bleibt und die Toilettenschüssel abreißt. … Die Zeit drängt. Ich muss zur Arbeit. Dort gibt es dann auch einen Pömpel. Großartig.

Voller Tatendrang, den Pömpel geschultert, spaziere ich zurück nach Hause.

Für mich ist so eine Havarie eine vollkommen neue Situation. Ich freue mich schon auf die Erfahrungen, die ich gleich machen werde. Das Klo ist bei mir, sozusagen, immer halb voll.

Zu Hause wage ich den Blick in die Schüssel. Hoppla… Nanu? Die Toilette ist wieder voll. So voll, dass man sich einen höheren Rand gewünscht hätte. Diesmal ist es ausschließlich

Grützwurst, die ich mir nun ein für alle Male verdorben habe.

Unkontrollierte Brunftrufe. Ich röhre meinen schönen Pömpel an und rufe die GWC. Freitag 14.30 Uhr. Es klingelt kein einziges Mal. Sofort ist eine Frau am Apparat. „Läuft gut“, denke ich noch.

„GWC, Friedrich.“

„Ja, Heine, Piccolo Theater... äh Lausitzer Straße. Ich glaube, ich habe ein Problem.“

Stille.

„... Mein Rohr, also mein Klo, ist verstopft.“

Stille.

„... Ich weiß gar nicht, wie ich es beschreiben soll. Äh... da ist eine ganze Menge Fremdstuhl in der Schüssel. Gut, das ist vielleicht auch erst mal eine Behauptung... und auch schon etwas daneben...“

„Na da kann ich jetzt nichts machen... Die Kollegen sind alle schon weg.“

Als würden die von ihren Schreibtischen aufspringen und sich sofort ein Geschirrtuch um die Hand wickeln. Ich bleibe moderat freundlich. Wenn's so richtig beschissen ist, bekomm' ich irgendwie gute Laune.

„Ja, ach so, Sie können nichts tun. Können Sie mir vielleicht etwas raten?“

Der Ratsuchende. Immer ein Kommunikationsmoment, der gut funktioniert. Ein Ratsuchender und ein Ratender.

„Ja, puh... Na ich gebe Ihnen mal eine Nummer. Das ist unser Havarieservice. Ich kann Ihnen aber nicht versprechen, dass das heut noch gemacht wird. Vielleicht müssen Sie das ganze Wochenende in den sauren Apfel beißen und wo anders zur Toilette gehen.“

Tss, saurer Apfel… Gar kein Problem. Da geh ich einfach zu dem über mir. Der schuldet mir sowieso noch ein Ei und drei Zwiebeln. Ein bisschen Rohr ist ja noch.

„Ich bedanke mich ganz herzlich. Ich ruf' da mal an. Vielleicht hab' ich ja Glück, wenn man so will, und muss nicht warten, bis mir die Scheiße bis zum Hals steht, wie man so sagt. Die Kacke ist ja erst mal nur am Dampfen."

Stille.

„Also gut, ich ruf' da mal an. Soll ich Sie auf dem Laufenden halten? War ein Witz. Auf Wiederhören."

„Auf Wiederhören. Ein schönes Adventswochenende wünsche ich."

Sie legt auf. Schönes Wochenende, hihi... gut gekontert.

Anruf Nummer zwei.

„Havarie Notdienst. Unsere Mitarbeiter sind zu diesem Zeitpunkt leider alle in einem Gespräch..." Ach du Scheiße. „Bitte bleiben Sie am Apparat. Der nächste freie Mitarbeiter ist gleich für sie da..." Musik: Grönemeyer, Mensch… oh is' schon ok, tut gleichmäßig weh.

„Havarie Notdienst, Zieschke."

„Herr Zieschke... Hier ist der Herr Heine. Ich melde eine Havarie. Eine Klohavarie. Sagt man das so? In der Lausitzer Straße 43."

„Das könn' se sagen, wie se woll'n. Beschreiben Sie mal."

„Gerne, kennen Sie das Märchen vom süßen Brei?"

„Oh."

„Ja."

„Ist Ihre Toilette die einzige Betroffene?" Schön gesagt.

„Das kann ich Ihnen so einfach nicht auseinandersetzen, Herr Zieschke, ich wohn' ja nur in meiner Wohnung. Dafür aber im ersten Stock, also schätze ich, es gibt mindestens noch eine Betroffene. Toilette und Person. Also vielleicht zwei."

„Haben Sie was ins Klo gesteckt, was da nicht reingehört?"

„Ich bin da kein Experte, aber ich würde sagen, nein. Außerdem ist da Fremdstuhl in Größenordnungen drin, die meine eigene Produktion weit übersteigen. Vielleicht hat unten einer versucht, etwas Hartnäckiges zu spülen. Etwa ein lebendiges Wildtier? Und das hat sich verkeilert."

„Naja, ich sag Bescheid."

Stille.

„Äh… Herr Zieschke? Können Sie mir den Ablauf genauer auseinandersetzen? Also, was kommt auf mich zu? Muss ich mich vorbereiten? Brauche ich meinen Pömpel? Ich habe nämlich extra einen besorgt. Sollte ich zu Hause bleiben? Soll ich einen Kaffee aufsetzen?"

„Es kommt gleich einer, Sie Spaßvogel."

Ich bin kein Spaßvogel, denke ich. Wirke ich so auf Leute? Ich sollte mal ein Kommunikationscoaching machen. Bei der GWC.

„Herzlichen Dank, Herr Zieschke. Wann kann ich denn mit Verstärkung rechnen?"

„Sie müssen jedenfalls nicht das ganze Wochenende anhalten." Zieschke lacht. Schön wenn man Spaß hat an der Arbeit.

„Das freut mich, Herr Zieschke. Adieu."

„Ja, Schüß, Herr Heine."

Zwei Stunden später klingelt es. Ein wirklich netter Typ im roten Ganzkörperdress checkt die Lage. Er äugt lange in meiner Wohnung herum, bis ich seine Aufmerksamkeit auf die Toilette lenke.

„Arbeiten Sie nicht im Theater? Ick kenne sie doch aus der Zeitung und LTV und so."

„Oh ja, doch schon, wieso?"

„Hab mich bloß wegen dem unsanierten Altbau gewundert. Ist ja noch mit Kachelofen und allem mittelalterlichen Schnickschnack. Dusche in der Küche und so... Ihr habt doch alle was studiert, oder? Verdient man da so schlecht?"

„Ach, das meinen sie... Auf der Bühne, wenn wir so hübsch angeleuchtet werden in den schicken Kostümen, sieht es immer ein bisschen nach mehr aus. Auch wenn wir kluge Sachen absondern müssen. Aber le grande Verarsche, mein Herr. Den Rest des Tages sind wir arme Leute."

„Naja, Hauptsache die Arbeit macht Spaß, wie?"

„Äh ja... ich hoffe, Sie verdienen angemessen."

Wir schauen beide in das randvolle Grützwurstklo und müssen lachen. Ein großer Moment. Der Held der Arbeit schafft einen riesigen Kackeabsauger ran und saugt das Klo leer. Faszinierend. In meiner Wohnung riecht es inzwischen wie am letzten Festivaltag der Fusion. Ich gehe kurz in die Küche, um durchzuatmen. Als ich zurück bin, hat der Cleaner das ganze Klo abgeschraubt und es in den Hausflur gestellt. Ein Vollprofi. Verzieht keine Miene. Jetzt rückt er mit schwerem Gerät an. Das macht Presslufthammergeräusche und hämmert sich durch das verstopfte Rohr.

„Hat jemand einen Hamster?", fragt der Profi.

„Verzeihung? Wollen Sie jetzt irgendwas experimentieren?"

„Nein, hier bei euch im Haus, meine ich. Einen Hamster oder einen Hasen? Oder schläft auf Stroh, hehehe? Ist nämlich voller Stroh, das Rohr."

„Tja, warum ist da eigentlich Stroh... in meinem Rohr." Ein großer Heiterkeitserfolg. „Spaß beiseite... Ich hab keine

Ahnung. Ich vermeide allzu freundschaftliche Anwohnerkontakte."

„Naja, bei Gelegenheit mal sagen, dass das nicht ins Klo gehört."

„Das Sauerkraut", sage ich laut und wollte es nur denken.

„Sauerkraut ist kein Problem."

Ich verabschiede mich von meinem Retter und mache mich an die Aufräumarbeiten nach der Naturkatastrophe. Ist schon komisch: Da entsorgt einer die Toilette seines Nagers und die verstopft dann meine Toilette. Eine Toilette, die eine Toilette verstopft. Wofür könnte dieses Gleichnis herhalten? Vielleicht irgendwas mit AfD oder PEGIDA. Erst gießen sie ihren braunen Dünnschiss offen über dem Abendland aus, wischen sich den Hintern mit dem Grundgesetz und machen aus der ganzen Gesellschaft ein Art Klo und irgendwann läuft die braune Suppe über. Wenn am Schluss dann überall Moscheen brennen, will's wieder keiner gewesen sein.

Als ich fertig bin, schaue ich mir den Pömpel an. Ein lustiger Name für ein lustiges Ding. Echt gut gelaufen, das alles.

Ich pömpele den Pömpel lässig auf Hüfthöhe an meine Wohnzimmertür. Jetzt krieg ich den nicht mehr ab. Limbo. Am point of no return kracht es in meinem Rücken. Ich knalle auf die Dielen und kann mich nicht mehr rühren. Jetzt den Notdienst anrufen? Auf gar keinen Fall. Im Hintergrund die Musik spielt fröhlich.

Gut und Böse

Von Mathies Rau

Als ich vierzehn war, bin ich in einer Winternacht von dem Geschrei vor meinem Fenster aufgewacht. Es war kurz vor fünf Uhr morgens. Da stritten sich ein junger Mann und eine junge Frau. Die Frau legte sich auf die Straße in den Schnee, der Mann brüllte ein besoffenes „Ich liebe dich“ und ließ sie liegen. Es war nicht sehr lange, dass ich ihr beim Liegen zugeschaut habe, ehe ich in meine Klamotten geschlüpft war und durch das Treppenhaus nach unten lief. Nicht viele Autos fuhren auf der Lipezker Straße um diese Zeit, der Neuschnee war noch jungfräulich auf dem Asphalt und die schwarzhaarige Frau mit dem schwarzen Mantel wäre auch im Laternenlicht für jeden weithin zu sehen gewesen. Wenn sie Hilfe gebraucht hätte, dann sicherlich nicht, um nicht überfahren zu werden und als ich an der Straße ankam, war sie auch schon verschwunden. Ich erinnere mich daran, wie ich Angst hatte, ihr könne etwas passieren. Nach einigem Suchen konnte ich die junge Frau auch finden, sie war ganz vertieft, hatte mich, der ich ihr in gebührendem Abstand folgte, überhaupt nicht bemerkt. Ich schloss auch nicht auf, um zu fragen, wie es ihr ginge oder tat irgendwas, ich folgte ihr eigentlich nur. Zwei Stunden lang, bis sie die Tür eines Wohnblocks aufschloss und darin entschwand. Ich war sehr glücklich, dass ihr nichts geschehen war, auch daran erinnere ich mich noch und auch noch, wie ich nach Hause kam und zurück ins Bett ging, es war da 07:56Uhr. Ob ich davon jemals meinen Eltern erzählt hatte, weiß ich schon gar nicht mehr. Und wie ich dort im Bett war, hatte ich das Gefühl, dass es eine gute Situation war. Sie hatte mich nicht bemerkt, ich hatte eigentlich nicht mal etwas getan und ich habe ihr weder geholfen, noch sonst irgendwas, aber ich hatte das Gefühl, dass es mir, moralischgesehen, wohl in meiner Haut war. Das ist jetzt ziemlich genau zehn Jahre her und das letzte Mal, an das ich mich erinnere, dass ich so ein Gefühl hatte. Ich konnte es auch im Nachhinein nicht zerreden. Seitdem habe ich vor allem überlegt, wie meine Position in dem Satz „es ist eben, wie es ist" zu setzen sei, man bekommt ja genügend Gelegenheit. Wenn ich z. B. eine Jeans für 20Euro kaufe, dann ist die an irgendeinem Punkt durch Hände gegangen, mit denen ich meinen Lebtag nicht das Tagwerk tauschen möchte, das weiß ich, ich müsste die auch nicht kaufen, tu es aber. Ich esse Wurst von Tieren, die unter so lebensverachtenden Bedingungen dahinvegetieren, dass sich gerade bei jemandem, der glaubt das Leben zu schätzen, eigentlich irgendwas regen müsste. Aber ich habe da kein Problem mit. Ich weiß auch, dass eine Tuberkulose-Impfung z.B. 56€ kostet und wo ich die hinschicken müsste, damit da auch eine Tuberkuloseimpfung bei rumkommt, und ja das Geld kommt auch tatsächlich hin und wieder da an, wo man es hin haben will und ja die Tuberkulosetoten in Afrika zum Beispiel sind wirklich verdammt viele und ja alles, was die brauchen, ist diese eine Spritze. Das ist für einen einzelnen Menschen sehr konkret, ich muss kein Krankenhaus da unten bauen, keinen Seuchenschutz betreiben, ich muss mir das noch nicht mal angucken. Eine Überweisung, fertig. Als ich jünger war, sagte ich da immer, so einfach ist das nicht, als ich etwas älter war, sagte ich, ach komm', das ist populistisch. Ist es, aber falsch ist es deshalb nicht und komplizierter auch nicht. Es macht mir auch kein schlechtes Gewissen. Ich würde einfach nur gerne verstehen, was da passiert. Klar, letztlich habe ich das Glück, auf der Erdhälfte geboren zu sein, wo die meisten Leute satt und gesund überlegen, ob sie Tuberkulosespritzen verschicken sollten, während die Betroffenen auf der anderen Seite überlegen, wie sie an die Spritzen kommen könnten. Ich funktioniere gut mit klaren Richtlinien. Aber ich finde einfach keine Regel für mich, die mir beschreibt, inwieweit mich die Probleme anderer oder unser aller Prbleme angehen. Ich werde die Welt alleine nicht retten, klar! Aber eben bloß, weil ich das nicht versuche. Dass es da partout keinen Weg geben soll, erscheint mir einfach nicht logisch.

Einmal stellte mir ein Kommilitone die Frage, was mir hier einfällt, Kuhmilch zu trinken. Als ich mich umdrehe, sehe ich Tobias einen halben Liter H-Milch in den Ausguss kippen. Meinen halben Liter H-Milch. Nach getaner Arbeit setzt er sich wieder zu mir. „Und jetzt erkläre ich dir, warum H-Milch böse ist: Weil wir so einen horrenden Bedarf an Milch generieren, braucht man Kühe, um die Milch zu produzieren, klar soweit?"

Ich bin mir nicht sicher, ob er vielleicht glaubt, dass ich davon ausgehe, Milch wird aus Bergwerken gefördert, suggeriere ihm aber durch ein Nicken seiner komplexen Argumentation noch gerade so folgen zu können.

„Schön", fährt er dann fort. „Diese Kühe stoßen etliche Mengen CO2 und Methan aus, das unsere Atmosphäre zersetzt. Wir haben schon ein Ozonloch", lacht er und klopft mir auf die Schulter, „also wenn schon Milch, dann die da, eh?" Er stellt ein Päckchen Soja Milch auf den Tisch.

„51,8% der globalen Sojabohnenernte kommen aus Südamerika. Das sind fast 50 Mio. Hektar Fläche, die überwiegend zu Lasten des Regenwaldes gehen", sage ich. Da ist Tobias still. Obwohl er Recht hat, denn etwa 80% des Südamerikanischen Sojaanbaus sind Futtermittel für..., ja Massentierhaltung, und nur aus einem Prozent machen die Sojamilch. Und für 50.000 Hektar Fläche muss man auch in Brasilien keinen Regenwald roden, da lohnen sich die Maschinen nicht. Aber das weiß Tobias nicht. Und hätte er es gewusst, dann wäre mir eine andere Zahl eingefallen, mit der ich zeigen könnte, dass ich moralisch integrer bin als er, was Quatsch ist, aber er geht mir halt so dermaßen auf den Sack mit seinem Missionarsgehabe. Dabei gibt es ja auch Veganer, die mit Fleischfressern auf Augenhöhe diskutieren können und umgekehrt. Bei den Wikingern war das einfacher. Da hatte der Jarl recht. Und wenn einer stärker war als der Jarl, dann hat der den Jarl gekillt, war der neue Jarl und hatte Recht. Total simpel. Aber bei Nazis hatte halt auch eben immer Hitler Recht und in der DDR halt immer die Partei, auch wenn das gegenüber Hitler schon 'ne Verbesserung war, und heute, da sind wir irgendwie auch noch nicht so ganz angekommen: Wenn die einen Essen wegschmeißen und die anderen verhungern. Wenn es Heilmittel gibt und Menschen auf Patentrechten umkommen. Wenn ich in der Bahn sitze, vor mir ein Sechzehnjähriger einem Dreizehnjährigen Pillen andreht und sich in der vollen Bahn niemand mehr verantwortlich fühlt. Das sind Kinder in unserem öffentlichen Raum, da leben wir zusammen, müssten wir die nicht alle gemeinsam schützen? Der ist so alt wie mein Neffe, irgendwann braucht vielleicht mein Neffe mal Hilfe, ich will nicht, dass der mit dreizehn Drogen nimmt. Da kann ich mich aus meiner Starre noch lösen, schaffe es, mit den beiden zu reden, wohl ist mir dabei nicht, ich stehe da mit geschlagenen 24 Jahren, hab' Menschen sterben sehen, mit Depressiven zusammengelebt und nun Angst davor, zwei Kids zu erzählen, dass Drogen scheiße sind. Soll ich die Polizei rufen, ich weiß nicht.

Das nennt man Bystander Effekt. Dafür gibt es einen Namen. Wenn im öffentlichen Raum Dinge passieren, greifen die Umstehenden nicht ein, weil sie Angst haben, die Gruppe nimmt sie als unsozial war. Im konkreten Fall habe ich Angst, dass der Junge dem anderen nur eine Kopfschmerztablette gibt. Ich sehe, dass das Schwachsinn ist, die dealen mit Drogen, schreit mein Kopf, in der verfickten Straßenbahn, das sollte doch reichen. Am Ende hat's gereicht. Beide waren nicht beschämt und schon gar nicht einsichtig, da reicht einmal nicht. Vielleicht fangen sie an zu denken, wenn sie's ein zweites oder drittes Mal hören. Das andere ist Verantwortungsdiffusion, da geht man einfach davon aus, dass ein anderes Mitglied der Gruppe das Problem löst, das ist keine Bösartigkeit, das ist einfach so. Wenn man Verantwortungsdiffusion als Staatsform aufarbeitet, heißt das dann Demokratie, da werden in Intervallen ein paar Hanseln gewählt, die dann unser aller Probleme zu lösen haben. Und wenn sie das versuchen, dann sind die Probleme so komplex, dass die Lösung der einen immer gleichzeitig das Scheitern der anderen ist. Und statt zu versuchen, es besser zu machen, ist Steinmeier ein Kriegstreiber, Merkel eine Hitlerin, Putin der Dämon oder ein Dschihadist von vornherein nicht kommunikationsfähig. Alles was so geht, geht doch auch anders. Interessiert sich eine Öffentlichkeit für ihre Mitglieder, interessieren sich die Mitglieder meistens auch für die Öffentlichkeit. Warum räum' ich wie selbstverständlich den Müll vor meinem Wohnblock weg, ich wohn' da, ich bin eigentlich ganz ordentlich, mich interessiert das. Aber ich bin auch dafür, Menschen gut zu behandeln, wohne in Europa und kümmere mich nicht um ersaufende Flüchtlinge oder erinnere wenigstens meine gewählten Vertreter daran, das jetzt mal zu machen. Und es ist ja gar nicht mein Gewissen, das da angeht, sondern einfach bloß die Logik. Ich bin ein großer Befürworter von Logik, meine Freundin reicht mir als Ausgleich. Und ein bisschen Sexismus vielleicht.

Und das ist wirklich kein Vorwurf, von mir an mich, aber ein bisschen könnte ich tun, um sie auszuloten, die Grenzen meines Horizontes. Und ich weiß jetzt, dass Nachdenken erst mal völlig okay ist.

Mir sagte eine Freundin gestern beim Essen, und das leuchtete mir ein, wer etwas tun will, muss wach sein und dass ich wach sei und alle Voraussetzungen schon einmal hätte. Denn jeder, der irgendwann einmal irgendwas getan hat, hat vorher etwas bemerkt.

Von daher möchte ich euch bitten, einfach wach zu sein, denn ich weiß nicht genau, wann ich die Welt, auf der ich wohne retten werde. Und wenn einem von euch jetzt eher etwas einfallen sollte, haltet euch bloß nicht zurück, ich kann damit leben, wenn ihr den Applaus bekommt. Ich hab ja noch die Lesebühne.

novemberhuren

von Matthias Heine

alona weint in ihrem zimmer
gefreit von sieben bechern schweiß
november treibt die männer immer
und an den schläfen pocht es heiß

an den schläfen pocht die tiefe
novemberblues tritt an dein kleid
und an das wort und in die briefe
die spiegelbilder tun so leid

der nebel weiß, alona, vieles
er trocknet dir die tränen ab
ich lieb dich heiß, sagt er, und will es
du drehst dich hin, er sinkt hinab

der achte schlägt die nacht zu scherben
der durst nach dir macht doppelschicht
du willst nur sterben, sterben, sterben
und krallst dich an das neonlicht

steig aus alona
sieh
auf den wiesen
steht uferlos

das wasser

Die Verhängnisse schräger Wortwahl

Von Mathies Rau

“Das heißt nicht “Aua”, wie sagen wir?”, fragt Frau Strauch. Eine freundliche Frau, die meisten von uns kuscheln mit ihr, wenn wir Sorgen haben. Aber heute ist sie eine Spur zu aggressiv. Meine Freundin Susi kann ihr die Frage nicht beantworten. Sie sieht auch so aus, als hätte sie lieber ein Pflaster für das “Aua” an ihrem Finger. Ich kann sie in dieser Forderung nur mental unterstützen. Zwar leuchtet mir durchaus ein, dass Frau Strauch uns alle zu einem für unser Alter angemessenen Deutsch erziehen will, aber Susis blutenden Finger für eine kleine, doch lediglich stilistische Diskrepanz zu ignorieren, erscheint mir überzogen. Ich würde Susi gerne helfen, aber ich weiß weder wo die Pflaster sind, noch habe ich den Mut, Frau Strauch zu widersprechen. “Wie sagen wir?”, fragt Frau Strauch erneut. Susi ist verwirrt.

Ja wie sagen wir eigentlich, frage ich mich und bin auch verwirrt. Mit sechs Jahren ist mein Wortschatz nicht sehr ausgeprägt, von der, etwas eitel gesprochen, überbordenden Eloquenz späterer Jahre, gibt es, wenn überhaupt, eine Ahnung, aber eben noch nicht sehr viel Vokabular. Die Suche nach Synonymen für das Wort “Aua” gestaltet sich entsprechend schwierig. Susi blutet. Nicht sehr doll, aber als behütetes deutsches Kind hat man ja gelernt, dass Bluten prinzipiell der erste Schritt in Richtung Sterbebett ist und man sich dementsprechend hüten muss. Susi könnte also sagen: “Frau Strauch, ich blute”, das würde die ganze Dramatik der Situation einfangen. Aber es wäre nur eine Umschreibung, eben kein Synonym und es würde daher nicht die Frage beantworten, was wir anstatt “Aua” sagen. Ich habe eine Verletzung, kommt es mir in den

Sinn, aber das erscheint mir selbst mit behüteter Erziehung zu überzogen. "Wunde", überlege ich dann weiter, "Wunde" kenne ich nämlich aus einer Werbung für Salbe. Aber in meiner kindlichen Vorstellung bluten wunden nicht, denn in der Werbung schmiert die Vorzeigemama die Salbe immer nur auf wunde, also leicht gerötete Stellen, "Wunde" geht also genauso wenig. Mittlerweile hat Frau Strauch eingesehen, dass Susi verblutet ist, bevor ihr ein adäquater Ersatz für "Aua" eingefallen sein wird und sie macht ein Pflaster auf Susis Schramme. "Schramme", jauchze ich plötzlich zufrieden und gänzlich in meiner Wortwahl erleuchtet. Wir sagen nicht "Aua", wir sagen Schramme. Ich bin zufrieden, ein Rätsel gelöst zu haben.

"Bist du tot?", fragt Justine.

Ich sage: "Huäuäh?"

"Man, ich habe dich nach einem Beispiel für verfehlte Formulierungen gefragt."

In diesem Moment komme ich in der Realität an und wiederhole meine stillen Gedankengänge Wort für Wort für meine Mitbewohnerin.

"Wow, das ist krass", sagt Justine.

Ich nicke. "Auf jeden Fall. Ich meine, es mussten fast achtzehn Jahre vergehen, bis ich festgestellt habe, dass man sich an seinem Finger keine Schramme zuziehen kann, sondern dass Susis Verletzung damals ein "Schnitt" war." Heute würde ich natürlich auch mit dem Wort Verletzung durchaus konform gehen.

Justine schüttelt den Kopf, "nein, ich meine, dass du schon mit sechs Jahren deine Zeit damit verbracht hast, in deinem Kopf völlig sinnlose Formulierungsdebatten auszutragen. Anstatt Susi zu helfen oder wenigstens wie die anderen ignoranten Scheißkinder wieder spielen zu gehen, stehst du da und grübelst, was man für "Aua" noch sagen könnte."

Ich fand Sprache schon immer interessant. Schon als kleines Kind. Das hat sich gehalten. Es ist ja auch irre. Eigentlich ist Sprache gar nichts. Da sitzt einer da und grunzt irgendwelche an sich völlig sinnentleerten Töne durch die Gegend und nur, weil wir beschlossen haben, dass die Folge von B_a_u_m ein Baum ist, wissen die Menschen, dass man damit eine Gruppe verschiedenster Gewächse meint, die man mit seinem Auge sehen könnte. Noch viel irrer ist das mit o_d_e_r ein "oder". Da ist der Begriff abstrakt und der getragene Sinn auch noch. "oder", was soll das sein, bloß eine wortlogische Einheit, ein Abstraktum, dass unsere Grunzlaute logisch verknüpft? Ein Baum oder eine Palme. Und aus dem Kontext könnte man dann noch schließen, ob es ein einschließendes oder ein ausschließendes „oder" ist. Wir brauchen einen Baum oder eine Palme. Ich könnte jetzt noch von den Möglichkeiten der Stimmmodulation sprechen und davon schwärmen, wie aus dem Heben eines Wortes eine Frage wird. Aber Justine sieht nicht so aus, als würde sie mir diesen kleinen Exkurs in die Welt der Sprache gestatten.

"Sich mit dir zu unterhalten ist ein echter Krampf, weißt du das?", fragt meine Mitbewohnerin. Sie hat diesen resignierten Blick. Diesen Bitte-kleiner-Timmy-schmier die-Schokolade-nicht-an-die-Tapete-ach-Scheiße -Blick. Augen, die in einer Mischung aus Verzweiflung und Zuneigung ersaufen. "Ich wollte doch bloß wissen, welche Debatte du schon wieder im Internet angezettelt hast, ich wollte nicht Linguistik studieren."

"Naja, Linguistik ist das eig…"

"Halt die Schnauze und beantworte die verfickte Frage!"

Einen Moment herrscht Stille. Justine wischt sich eine Strähne aus dem Gesicht. Schlingt pädagogisch die Hände ineinander. "Also, was wolltest du eigentlich erzählen?"

Ich seufze. "Ich habe auf Spiegel Online einen Artikel gelesen von einer Frau, die Geschlechtsverkehr mit einem

Delfin hatte und…"

"Mit einem Delfin?", empört sich meine kleine pseudotolerante Griechin.

"Wenn sie sich lieben…", sage ich. Das ist bei mir so eine Grundeinstellung, die meisten ungewöhnlichen Pärchen haben selbst die wenigsten Probleme mit sich. Wer will sowas bewerten, ist 'ne schwierige Sache, das.

Justine plustert sich auf "Sie hat einen Delfin gefickt!"

Und ich gebe ja zu, dass das ein bisschen extrem ist. Obwohl sie dem Delfin streng genommen nur einen runtergeholt hat. Auch wenn Spiegel Online die Schlagzeile "Sex mit einem Delfin" verwendete. Das meinte ich ursprünglich mit den Verhängnissen schräger Wortwahl. Vielleicht ist gar nicht die Formulierung schräg. Vielleicht sind die Menschen schräg.

Nicht nur, dass eine Amerikanerin, um sich auf die Außerirdischen vorzubereiten, einem Delfin Englisch beibringen will, nein! Sie zieht auch noch mit dem Delfin zusammen und holt dem Tier einen runter, weil es sich nicht auf den Unterricht konzentrieren kann. Also, ich finde das schräg! Dass die Nasa und die Navy das finanziert haben, finde ich auch schräg. Aber am allermeisten befremdet mich, dass der Online Spiegel einem Artikel über dieses Experiment den Titel "Sex mit Delfinen" gibt. Und überhaupt, Facebook und Google haben so viele Daten von mir, wie landet "Sex mit einem Delfin" in der Rubrik "Herr Rau, das könnte Sie auch interessieren"? Die wissen Dinge von mir, die weiß ich selbst nicht von mir. Gruselig, die sollen mich in Ruhe lassen! "Ich will sowas nicht", sage ich, "meinetwegen, können Goolge und Facebook und Snowden, die NSA und der BND das alles haben. Hauptsache, die gehen mir nicht auf den Sack damit."

"Du hättest dir nicht die Mühe machen brauchen, deinen BND nochmal einzeln zu nennen", sagt Justine. Jetzt hat sie wieder die Chance gewittert, meine territoriale Integrität anzugreifen und zum nationalen Schwanzvergleich zu rufen.

Ich hebe gelangweilt die Schultern. Wir Deutschen sind mit moralischer Überlegenheit und finanziell globaler Unverzichtbarkeit gerüstet. Und du musst dir nicht die Mühe machen, deine Schulden zurückzuzahlen", sage ich.

Sie läuft rot an, "Junge, das sind nicht meine Schulden, die hat Griechenland!", wettert sie.

Ich nicke. "Und das ist nicht mein BND, der gehört…", ich zögere. Wem gehört der eigentlich? Man weiß ja hierzulande offensichtlich nur, wer den leitet.

Was diese seit 70 Jahren arbeitende Institution machen darf und was sie überhaupt macht, weiß wieder niemand. Nur dass Geheimdienste eben geheim arbeiten, dass das ihr Wesenszug ist und dass er für die Bundesregierung arbeitet. Nicht dass die Bundesregierung wüsste, was der eigentlich arbeitet. Ähnlich wie beim Bundesvolk, das weiß auch nicht, was es wählt, sondern nur wer, es leitet. Aber wir haben ja einige Gremien, die für viel Geld nichts anderes zu tun haben, als ihre eigene Unverzichtbarkeit zu erläutern. Von daher ist dieser Aufschrei um diese Geheimdienstaffäre gar nicht zu verstehen. Auch wieder interessante Wortwahl! In meinem Kopf werden Geheimdienstaffären zwischen einem eleganten britischen Gentleman und einer völlig absurd geilen russischen Femme Fatal im Bett einer Hotelsuite ausgetragen. Das ist eine Geheimdienstaffäre mit Hand und Fuß. Das, was bei uns gerade abläuft, ist doch schlichtweg lächerlich. Eine Geheimdienstaffäre braucht Pistolen, Machogehabe und roten Lippenstift. Eine Selektorenliste, die nicht da sein dürfte, aber doch da ist, nur eben nicht da ist, wo sie sein müsste und die keiner lesen darf, außer denjenigen, die sie nicht hätten schreiben dürfen, was ist das denn? Das taugt nicht mal für eins von den kleinen Bastei-Heftchen, kein Wunder, dass sich damit niemand befassen will!

“Kommt da jetzt noch was?”, fragt Justine in mein plötzliches Schweigen hinein.

“Wenn ich das wüsste”, sage ich. Es ist auch wirklich schwer zu sagen. Kaum lässt sich ein Fehltritt mit unserer Bundesmutti in Verbindung bringen, ist keine Formulierung zu übertrieben. Und Leute, die den BND noch nicht mal für kompetent genug gehalten haben, ein Heckenlabyrinth zu durchqueren, glauben plötzlich, die gesamte Republik sei in Gefahr.

“Gleich zwei FDP-Spitzen haben diesen Skandal mit der Watergate-Affäre verglichen”, grinst Justine. Immer, wenn sie FDP hört, muss sie lächeln.

“Naja”, sage ich, “die FDP vergleicht ja auch ihre Wahlergebnisse mit Erfolgen.” Wobei die Leute, die mit Verschwörungstheorien hantieren, immer mehr werden und immer ernster zu nehmen sind. Wer weiß, vielleicht passiert in dieser ganzen Geschichte tatsächlich noch irgendwas interessanteres, als dass niemand gar nichts weiß. Vielleicht findet man nach über siebzig Jahren geheimdienstlicher Arbeit Antworten auf die Fragen, die letztens in der Zeit standen: “Wie werden Nachrichtendienste in unserer demokratischen Gesellschaft verankert, was sollen sie leisten, was sollen sie dürfen? Und wie wird das alles kontrolliert?”

Wobei ich persönlich die Fragen gar nicht so dringlich finde, es lief ja bisher scheinbar auch ohne Grund, ohne Ziel und ohne Kontrolle ganz gut. Vermutlich eine genauso unbegründete Hysterie, wie dieses Ukraine- Ding oder die Sache mit dem Flugzeug. Stell dir vor, es ist Krieg und keiner sieht hin. Nicht hinsehen kann ich gut. Dieses Problem wird sich genauso wie alle anderen Probleme durch Aussitz… äh pardon - besonnene Zurückhaltung lösen lassen. Und wenn nicht, ist Schönreden eine denkbare Alternative. Alles eine Frage der Formulierung!

Der Ralfo und das Zen Karate

Von Matthias Heine

Previously beim Ralfo

Der Ralfo hat sich hingesetzt. Die Knie an die Brust gezogen und Mund und Nase auf sie abgelegt. Es wird kalt, kälter, dunkler. Ralfo sitzt in einem blauen Schuppen und schaut durch das Loch im Dach die Sterne an, die außer ihm vielleicht noch die Anna sieht, wenn sie auf dem Rückweg ist, um ihn zu holen. Um gleich wieder da zu sein und von da an zu bleiben. Da bleiben, weil man zu zweit das alles hier ertragen kann.

Es ist finstere Nacht, als Ralfo durch ein stumpfes Poltern aus flachem Schlaf gerissen wird. Noch immer ruhen Mund und Nase zwischen Knien, die die Arme fest zusammenhalten. Wie spät es sein mochte? Was war das für ein Geräusch? Vielleicht ein Tier? Möglicherweise das schnarchende Pferd, das endlich ausgepennt hatte oder etwas noch Gefährlicheres. Eine Giraffe war erst mal auszuschließen, aber vielleicht ein Wolf? Anders als Giraffen wurden Wölfe gesichtet in der Gegend. Gar nicht so lange her.

Ein unbescholtener Anwohner führte wie jeden Tag sein Teacup Pig, ein Minischwein, spazieren, als aus dem Dickicht, nach Aussage des zitternden Bürgers, vier mannshohe Wölfe auftauchten und das ungleiche Paar umstellten. Der Spaziergänger konnte nur unter Tränen und „Kusch, Kusch" - Rufen zusehen, wie ihm der quiekende Partnerersatz bestialisch von der Leine gefressen wurde. Ihm selbst war zum Glück nichts geschehen, da er geistesgegenwärtig mit den Armen in der

Luft ruderte und die Tiere mit der nun schweinslosen Leine zu peitschen begann. Dabei riss er sich rasch die Kleider vom Leib, weil er der Meinung war, irgendwo gelesen zu haben, man könne nackt unter Wölfen überleben. Er musste sich aber von Seiten seiner Nachbarn nun den Vorwurf gefallen lassen, die Tiere angefüttert zu haben. Seit diesem Vorfall fordert das Aktionsbündnis „Die national Betroffenen" mit markigen Sprüchen in seinem Parteiprogramm und auf Wahlplakaten „Wölfe raus aus der Mark", „Nichts ist so schlimm wie Isegrim", „An's Messer mit dem Kreidefresser", „Leute, es ist fünf vor Zwölfe, killt die Welpen aller Wölfe" oder „Euer Tierschutz ist uns schnuppe, der Wolf kommt in die Käsesuppe". Kinoblockbuster wie „The Wolf of the Wallstreet", „Der mit dem Wolf tanzt" oder „Volver" floppten bitter. AHA-Klassiker wie „Cry Wolf" wurden wütend ausgestellt, flogen aus den Radiorotationen und ein „Wolfsheim-Konzert" wurde trotz Peter Heppners Tränen und Protest kurzfristig abgesagt. Jugendliche durften sich nun nicht mehr mit Hermann Hesses „Steppenwolf" auf dem Schulklo erwischen lassen und Biermann wurde in die Schweiz ausgebürgert. Das war gar nicht so leicht und ist eine Geschichte für sich. Im Sprachgebrauch wurde das Mobbing durch das so genannte Wolfen ersetzt.

Benutzte man umgangssprachliche Gleichnisse wie „sich einen Wolf rennen" oder „ich brat mir 'nen Wolf" wurden die Nasen gerümpft und auch bei Mozart tat man besser daran, es bei seinem Nachnamen zu belassen. Das Grimmsche Märchen erlebte eine augenreibende Renaissance auf allen Theaterbühnen des Landes. Und der Deutsche Filmpreis ging an ein Machwerk mit dem Titel „Wolf Süß".

Aber wozu sollten die an den Schuppen klopfen mitten in der Nacht? Der Wolf an sich ist ein scheues Tier und die „Die national Betroffenen" dumm wie hundert Meter Feldweg ...

Es konnte nur die Anna sein. Das musste sie sein. Sie hatte ihn nicht vergessen. Sicher würde Anna Fackinger plausibel erklären können, weshalb sie sich so sehr verspätet hatte. Und wenn schon. Der Ralfo würde nicht kleinlich sein. Krümelkackrigkeit konnte der Ralfo auf den Tod nicht leiden. Eine Eigenschaft, die er besonders beim Mirko, dem klopsdoofen Sesselfurzer, nicht ausstehen konnte. Der Mirko, das Kastanienhirn, war der König der Korinthenkacker, der Kanzler der Erbsenzähler, ein Meister der Haarspalterei, oder wie der Schweizer laut Biermann sagt, ein Tüpflischisser vor dem Herrn.

Der Ralfo würde es nicht thematisieren. Der Ralfo würde der Anna keine Vorwürfe machen. Er würde ihr auch nicht sagen, wie kalt ihm wirklich war und dass er Angst hatte. Wichtig und einzig relevant war ihre Anwesenheit. Sie war zurückgekommen. Stand vor der Tür, um ihn zu holen und von da an zu bleiben.

Hundert kleine Rauhfasertapetensauereien spazieren dem Ralfo durch die unterkühlten Windungen. Vielleicht ist sogar ein Kuss drin, dachte er lüstern. Wenigstens ihre Hand will er nochmal halten heute Nacht. Weiche Ziele!

Für einen richtigen Zungenkuss ist der Spelz auf seiner Zunge durch den Schlaf sowieso zu vielschichtig. Er müsste sich vorher die Zähne putzen oder wenigstens einen Kaugummi essen.

Es poltert ein zweites Mal. „Anna?“, ruft der Ralfo unsicher gegen die Schuppentür. „Ralfo? Bist du da drin, Junge?“, antwortet ihm eine Männerstimme, die ihm mehr als vertraut ist. Der Ralfo steht stramm und schlägt sich den Dreck von der Kordhose.

„Vaddan?“

„Junge mach die Tür off“, tönt die Stimme in die Nacht. Er öffnet vorsichtig die Schuppentür und im Hinterlicht des Vollmondes, breitbeinig, die Fäuste in die Hüften gestemmt, steht in all seiner Vollkommenheit und in tiefem Einklang mit sich selbst Ralfos Vadda. Chucky Latoya Brommer.

Chucky Latoya Brommer heißt eigentlich Sven, wird von allen aber nur Chucky gerufen. Chucky, ein local hero, leitet ein kleines Zen-Karate-Dojo am Stadtrand und hat seinen Spitznamen seiner mörderischen Rechten und seiner puppenhaften Ausdruckslosigkeit im Kampf zu verdanken. Den Zweitnamen Latoya hat er sich unglücklicherweise aus tiefster Verehrung für Tony Latoya aus Michigan, sechsfacher Karateweltmeister und Kampfjetpilot, selbst verliehen.

Schon als junger Mann litt Chucky unter kreisrundem Haarausfall und so sprießen zwischen der kahlen Kopfhaut einzelne Haarbüschel wie kleine Inseln auf einer Landkarte. Bei der Armee wurde Chucky deshalb immer nur Globus genannt. Wenn man sich mit dem URAL 375D verfahren hatte, wurde Chucky der Helm vom Kopf genommen, um zu schauen, wo man sich befindet. Wer glaubt, Chucky könne mit dieser Art von bösen Scherzen nicht umgehen, irrt. Immerhin gilt er als Erfinder der „Schildkröte“, wobei der Rekrut mit Helmen an Ellbogen und Knien per Arschtritt über den frisch gebohnerten Gang geschickt wird.

Ralfos Mudda und Chucky lernten sich zu einer Zeit kennen, als freitags in der Kartoffelkiste noch Tanz war und der Laden die erste Adresse in der Stadt gewesen ist. Jede brennende Kerze erlischt im Windzug seiner Faust.

„Vaddan, was machst du 'n hier?"
„Ich könnte dich das Gleiche fragen, Ralfo. Die Mudda hat sich Sorgen gemacht und ich hab dich gesucht."
„Wie hast du mich denn gefunden?"

Chucky Latoya Brommer setzt sich nieder in den Kniesitz, den so genannten Lotus- bzw. Halblotussitz, und deutet Ralfo, es ihm gleich zu tun. Der Ralfo hat so durchgefrorene Knochen, dass es zwei Mal so heftig knackt, dass aus einem Baum ein schlaftrunkener Vogel aus dem Nest kippt, ins Unterholz kracht, sich schüttelt und verwirrt in mehrere Richtungen davonfliegt.

„Ralfo, Junge, ich finde dich, wo immer du bist und jetzt sitze mit mir. Zazen, das stille Sitzen in Versunkenheit, wird dich von den zwanghaften Gedanken des Alltags befreien. Atme und lass die Lebensenergie..."
„Papa mir ist schweinekalt. Können wir nicht einfach gehen?"
„Nicht, bevor du mir gesagt hast, wie du an diesen Ort gelangt bist."
„Ohhh, wie ich hergelangt bin. Man Vaddan, das ist mir peinlich. Vor dir. Meine ganze Situation."
„Alles Dasein ist vergänglich. Es gibt nichts, woran man festhalten könnte. Die Dinge sind wie dahin ziehende Wolken, Ralfo, die nichts anderes können, als sich irgendwann aufzulösen. Du kannst alles sagen. Dir muss nichts unangenehm sein."
„Oh Mann... du gibst keine Ruhe, oder?"
„Lerne, dich selbst zu erkennen. Dringe vor auf den Grund. Lerne die Wirklichkeit so zu sehen, wie sie ist, Junge!"
„Ohhh, sprich bitte vernünftig, Papa. Kann sich ja keiner anhören, dein Fukushimadings."

„Du sagst mir jetzt, was los ist, oder ich dreh dir den Arm um!"

„Ohhh Mann... Also Kurzfassung. In der Schule gibt's ein Mädchen, Anna. Anna Fackinger... Ja, haha Vaddan, soll ich jetze erzählen oder nicht oder was?"

„Fahr fort!"

„Die Anna mag ich und ich weiß nicht, wie ich... Naja, wie ich's anstellen soll. Ich hab die Oma gefragt, die hat gesagt, ich soll einen Brief schreiben oder ein Gedicht oder beides und soll's der Anna geben, aber wenn keiner dabei ist. Ich so „Tschüssi" und die Oma „Hallo." Kennst se ja. Und das hab ich gemacht. Nach dem Schwimmunterricht heute. Hat auch gut geklappt, wäre da nicht diese Hodengeschichte passiert. Ja Papa, ich bin vom Fünfer und da sind mir die Eier um die Ohren geflogen. Ja, vor allen... Ich kann auch aufhören."

„Fahr fort!"

„Dann haben mir der bescheuerte Hansen und der Marlon, die affige Schmalzlocke, mein Essengeld gezockt. Haben gesagt, das ist Sackgeld. So wie 'ne Art Strafegeld oder Gebühr, wenn man den Sack des Andern sieht. Und trotzdem hab' ich der Anna das Gedicht vorgelesen. Und es hat ihr gefallen, glaub ich. Und wir sind dann zusammen los. Spazieren oder so. Und irgendwann haben uns die fette Samanta, Marlon und Hansen verfolgt. Wollten mir auf die Fresse hauen. Und die Anna hat mich beschützt... Papa!!! Ich sag gleich wirklich nüscht mehr. Ehrlich. Das reicht!"

„Bitte entschuldige, fahr fort!"

„Ja, und wir sind weggerannt und die Anna kannte diesen Schuppen hier rechts im Bild und hat gesagt, ich soll mich verstecken und auf sie warten und da hab ich gewartet und bin eingeschlafen, irgendwie. Und dann bist du plötzlich in der Geschichte aufgetaucht. Ich bin so... ach, so wütend auf die Schweine. Die versauen mir alles mit der Anna. Wenn ich könnte. Ich würde denen so die Fresse polieren..."

„Die Kraft, mein Junge, liegt nicht im harten Schlag, sondern in der tieferen Erkenntnis! Ich werde dir zu dieser Erkenntnis verhelfen. Jetzt lass uns das stille Sitzen in Versunkenheit trainieren. Zazen."

„Papa, mir ist arschkalt hier draußen. Könn' wa nicht zu Hause versinken?"

„Is' ein Wort! Ja, los komm, wir hau'n ab!"

Chucky Latoya Brommer und der Ralfo machen sich gemeinsam auf den Heimweg. Unter ihren Füßen teilt sich das Unterholz und über ihren Köpfen kichern die Sterne.

Im Mondlicht durchstreifen strahlend gelbe Augen den Waldrand. Auf leisen Sohlen. Kleine Atemwölkchen vor der feuchten Schnauze.

„Vaddan, wie hast du mich gefunden?"

Armut

Von Mathies Rau

Armut macht krank! Ach nee!

Ich trinke alle drei Jahre Buttermilch, nur um festzustellen, dass sie genauso scheiße schmeckt wie immer. Ich gehe alle drei Monate auf Partys, nur um festzustellen, dass ich genauso scheiße tanze wie immer und ich lese alle drei Wochen Nachrichten auf ARD.de, nur um festzustellen, dass sie genauso scheiße sind wie immer.

Jetzt bezahle ich im Monat ca. 18 Euro, ohne ein Radio zu besitzen, ohne einen Fernseher zu besitzen, und ich muss sagen, auch auf die knallhart recherchierte Internetpräsenz unser öffentlich Rechtlichen könnte ich verzichten. Aber fair ist das mit dem Zahlen schon, weil wir ja unabhängige kluge Medien brauchen. Ich frage mich, wann die genug Geld zusammen habe, um solche einzurichten.

Bis es soweit ist begnügen wir uns mit Medien, die mal so Riesenskandale aufdecken, die uns wachrütteln, die uns die unschöne Wahrheit ungeschönt erzählen, die einfach mal sagen: „Armut macht krank".

Scheiße, wie kommen die auf so'ne Schlagzeilen? Die haben nach zwei Wochen kiffen mal wieder die Jalousie ihres Bürogebäudes hochgezogen , aus'm Fenster geguckt und dort einen hustenden Penner gesehen. Und da fiel es dem Investigativjournalisten wie Schuppen von den Augen und er hat gebrüllt, Redaktion, Redaktion, Armut könnte krank machen.

Und dann geht das noch weiter: **Ob ein Mensch gesund ist oder nicht, ist in Deutschland keine reine Glückssache.**

Dem kann ich nur zustimmen. Es gibt natürlich Länder,

da ist das anders, in Frankreich zum Beispiel werden die Grippepatienten ausgewürfelt, aber in Deutschland ist das keine reine Glückssache, wir müssen hier noch was tun für unsere Krankheiten. Arbeiten für Burnout, die grünen Tomatennippel essen für Krebs, an Vögeln und Schweinen lecken für Grippe und natürlich ARD Artikel lesen für Demenz, das ist nicht einfach, aber wir sind es ja gewohnt, richtig ranzuklotzen, damit wir die Frührente auch möglichst beschadet erreichen.

Aber ja, Frau Journalistin, sie haben natürlich Recht: **Auch Armut und Bildung spielen eine Rolle:**

Wahnsinn, wie die es wieder auf den Punkt bringen. Allein schon um den Schluss zu ziehen, dass Armut damit einhergeht, dass man sich keine Medikamente, nur billiges Essen, keine Kuren oder keine Teilnahme am sozialen Leben leisten kann. Oder dass Bildungsferne der Grund sein könnte, dass man über eine gesunde Lebensweise gar nicht Bescheid weiß. Was da für Recherche notwendig ist!

Wobei mir am besten diese schon fast nobelpreiswürdige These gefällt, hören sie bitte hin, das könnte ihr Leben verändern: **Wer wenig Geld hat, ist häufiger fettleibig, raucht öfter und stirbt mit höherer Wahrscheinlichkeit früher.**

Wenn wir gewusst hätten, dass Armut, ungesunde Lebensweise und die aktive Einnahme giftiger bis tödlicher Substanzen die Lebenserwartung verringert, wir hätten das Mittelalter heute schon hinter uns haben können!

Da stellt sich mir die Frage, wie lange die gute Frau Journalistin ihre Jalousien schon nicht mehr oben hatte.

Bereits seit 30 Jahren belegen zahlreiche empirische Studien, dass Armut sich auch auf den Gesundheitszustand der Menschen auswirkt. Der Präsident der Bundesärztekammer, Frank Ulrich Montgomery, findet das alarmierend.

Das ist bei Statistiken wichtig, Statistiken sind meist Langzeitstudien, da wird dann dreißig Jahre beobachtet, wie die Leute ihre Lebenserwartung mit Hilfe von Armut um 10 Jahre senken und wenn wir herausgefunden haben, ja, die Menschen werden krank weil sie arm sind, sie vereinsamen, sie werden fett, sie können ihre Kinder nicht vernünftig aufziehen, sie haben einfach nicht Teil am Wohlstand unserer Gesellschaft, sie verrecken zehn Jahre früher, wenn sich das über dreißig Jahre bestätig, dann lehnen sich die Experten aus dem Fenster und da fallen auch schon mal harte Worte wie „alarmierend".

Gut, ich muss den Arzt an dieser Stelle mal in Schutz nehmen, Ärzte bekämpfen Symptome und er sagt ja selber „Wir müssen schon sehr früh bei Kindern und Jugendlichen ansetzen und ihnen beibringen, wie gesunde Ernährung funktioniert und dass der Mensch Bewegung braucht." Die Leute zu informieren ist Sache von Schulen und Medien, aber - Ich beobachte auch meine Nachrichtensender schon eine ganze Weile… und ich finde das langsam „alarmierend."

Ich meine, was soll das. Wir bezahlen für unabhängigen, gut recherchierten Journalismus und die kommen an mit Schlagzeilen wie „Hast du Jahre nichts zu kauen, wird's dich aus den Socken hauen".

Dankeschön, so einen Artikel bekommst'de auch nicht mehr mit einer Tabelle gerettet. Und das haben die probiert mit der Tabelle. So ist es nicht. Die können die größte Scheiße schreiben, Hauptsache 'ne Tabelle und 'n Kreisdiagramm ist dabei, da freuen wir uns, das sieht seriös aus! Zahlen lügen ja nicht! Stimmt, tun sie wirklich nicht, Zahlen lügen nie, aber was können die armen Zahlen für das Bundesamt für Statistik! Wäre ich eine Zahl beim Bundesamt für Statistik, ich wäre wohl negativ, irrational und gebrochen. Aber die Zahlen sind brave Kreaturen und mit ihnen kommt man dann zu wunderbaren Ergebnissen:

Untersuchung einer Population von 8000 Teilnehmerinnen und Teilnehmern aufgeteilt nach 4 Lebensformen. 5,6% Prozent der Frauen sind depressiv und 16% der sozial benachteiligten Frauen. 4,3% der Männer und 11,1% der sozial benachteiligten Männer. Sozial benachteiligt ist eine Lebensform. Es gibt Menschen es gibt sozial benachteiligte Menschen. Es gibt Klingonen und es gibt sozial benachteiligte Klingonen.

Sozial benachteiligt ist das prägende Merkmal, das ist der Schlampenstempel bei jungen Mädchen, die Brandmarke bei Erwachsenen, der Defektaufkleber bei kleinen Kindern. Eine ganze Bevölkerungsschicht, die hier einfach mal in einer Bauruine geparkt wird und sich dann wundern, dass die dreimal so depressiv sind wie alle andern.

In Hamburg trennen sich seit Jahren schon die Lebensformen. Ganze Stadtbezirke mit bombastischer Infrastruktur, Kulturangebot, Schulen, Einrichtungen der öffentlichen Sicherheit, Arbeitsplätzen, Wohnraum verelenden, denn alle Frauen, Männer und Klingonen gehen und was bleibt, sind die sozial Benachteiligten. In Berlin ist der Prozess schon so weit fortgeschritten, dass die Polizei – und die ist ja eigentlich nicht dazu da, nächtliche Radtouren zu unterbrechen, sondern die öffentliche Ordnung zu erhalten- in einige Straßen gar nicht oder nur mit Mannschaftswagen ausrückt.

Und dann findet die ARD plötzlich heraus: „Obwohl Deutschland eines der reichsten Länder der Welt ist, nimmt die Armut hierzulande immer mehr zu."

Das ist interessant, ich dachte immer diese Lebensformen hätten alle bloß keinen Bock auf Wohlstand und finden's lustig, bei den Tafeln mit ihren Kumpels Schlange zu stehen.

Fragt man übrigens beim Amt nach, wie der geschickt gewählte Terminus „Lebensform" es immer wieder in die Tabelle geschafft hat, bekommt man übrigens die Antwort, dass es natürlich keine biologische Lebensform sei, sondern eine Bezeichnung für Milieu oder Sozialstand, Einkommensklasse."

Fragt man dann weiter, warum nicht die Bezeichnung Milieu oder Sozialstand oder Einkommensklasse verwendet wird, muss der Sachbearbeiter plötzlich dringend auf's Klo.

In beiden Fällen fallen die Klingonen aus der Betrachtung mit raus.

Was bleibt, ist die drastische Prognose von Bundesärztekammerpräsident, Frank Ulrich Montgomery: „In 20 bis 30 Jahren wird uns diese Entwicklung sehr große Probleme bereiten."

Ach, na dann ist ja alles gut! Die ARD Journalisten machen die Jalousien wieder zu und wenn sie sie in 30 Jahren erneut öffnen, können sie titeln: „Deutschland, was ist passiert, plötzlich sind alle fett und blöd und krank."

In die Kehle des Bordsteins

Von Udo Tiffert

ein Grashalm hineingeweht,
haben ihm die Borsten der Kehrmaschine
den Bauch zerkratzt, verletzt.
Braucht er Erde, braucht er Regen.
Zur Heilung.
Viel Regen, gute Erde.

Der Ralfo sieht die Sterne an

Von Matthias Heine

Previously beim Ralfo

Im Vorbeigehen gibt Marlon dem Ralfo eins auf den Kopp, der noch immer ein bisschen feucht vom Baden ist. Hansen und Marlon verziehen sich lachend und der Ralfo steht vor der Anna. Hinter der Scheibe im Aquadrom legt ein dicker Junge eine saubere Arschbombe hin.

Die Anna hält dem Ralfo die Hand hin. „Am besten find ich „ins Wasser gehen wie Kurt Cobain" Komm mit."

Dem Ralfo wird's ganz schwummerig um die klamme Runkelrübe. Er hatte ja gar nicht so weit gedacht. Ein Wunder, dass er überhaupt sein Maul aufgekriegt hat, nach dem ganzen Hodenfiasko. Ein Wunder, dass er hier jetzt steht mit der Anna vorm Aquadrom und noch bei Bewusstsein ist. Ein Wunder, dass er sein Gedicht vorgelesen hat und dabei nicht kotzen musste. Bis hier hin hatte der Ralfo selbst nicht gewagt zu denken. Da hatte ihm die Oma auch nix zu gesagt. Ab jetzt musste improvisiert werden.

Die Anna hält ihm die Hand hin. Immer noch.

Beherzt greift der Ralfo Annas Hand und spürt zum ersten Mal ihren Körper, ihre Wärme und eine Leichtigkeit, eine Beschwingtheit in sich selbst, wie er sie zuvor nicht gekannt hat. Sein Herz hüpft in seiner Brust wie ein Deckel auf einem Topf kochenden Wassers. Anna zieht ihn mit sich und ehe der Ralfo so etwas wie einen klaren Gedanken fassen kann, spazieren sie Hand in Hand über den schmalen Weg Richtung der großen Wiesen am Stadtrand. Das ist mal ein Ding und wert, es der Mudda zu erzählen, wenn die von Tante Renate zurück kommt heute Abend. Die Mudda macht Klopse, der Ralfo erzählt. Oder dem Mirko, dem grenzdebilen Denkzwerg.

Nee, erst der Oma. Erst muss er es der Oma erzählen. Die Oma ist der klügste Mensch, den der Ralfo kennt. Die Oma vom Ralfo versteht was vom Leben und von den Leuten. Wenn sie sich mal über wen ärgert, sagt sie: „Manche Leute sollten besser in sich gehen und drin bleiben." Und dann lacht sie wie eine alte Schildkröte. Immer, wenn der Ralfo sich das dann vorstellt, kommt er nicht besonders weit. Es ist dann wie mit dem Verschlucken. Wenn einer sagt, er hätte sich verschluckt. Dann stellt sich der Ralfo das vor und denkt… Man kann das doch nicht machen. Man kann sich nicht selbst verschlucken. Wie soll das denn gehen? Mit den Füßen zuerst und dann ist man weg? Da gab's eine Menge Situationen, in denen das dem Ralfo die Haut gerettet hätte. Zum Beispiel gerade hier im Aquadrom.

Da hätten die Anderen aber een Oge gekriegt, wenn der Ralfo ooch noch angefangen hätte, sich een Fuss ins Gesicht zu stecken, als ihm da vorhin die ganze Zeit een Ei aus der Schlüpper rausjekuckt hat. Hätta keen Sackgeld zahlen müssen und nüscht.

Aber wenn er sich das so vorstellt, wird ihm doch bisschen schlecht bei dem Gedanken, die eigenen Eier im Mund zu haben. Der Ralfo hat wirklich große Schwierigkeiten mit so'n philosophischen Fragen und kriegt davon immer schlimme Koppschmerzen. Wenn das einmal losgeht bei ihm, gibt es keine Bremse. Dann denkt er einen Haufen echt eklige Sachen, zum Beispiel seine eigenen Eier in den Mund zu nehmen und so. Kann man ja keinem erzählen. Wird man ja gleich zum Arzt geschickt und so. Der Ralfo verliert sich leicht im eigenen Affenkopp, bis der Autor ihm wieder Richtung gibt.

„Ach ja, die Anna", denkt der Ralfo und „wo kommt das'n jetzt eigentlich her?". Ach ja, die Anna geht mit ihm Hand in Hand auf dem Weg zu den großen Wiesen am Stadtrand. Das ist mal ein Ding! Daran wird er sich immer erinnern. Wenn es eines Tages mit ihm zu Ende gehen sollte, wird er sich daran erinnern. Man kennt das ja aus Amifilmen... wenn das ganze Leben an einem vorbei zieht und so... Lauter zusammenhanglose bunte Schnipsel... eigentlich wie'n Gespräch mit 'n Mirko, dem bescheuerten Beckenrandschwimmer. Also zusammenhanglose bunte Erinnerungsschnipsel...

Wie der Ralfo im Kindergarten Nadine Ackermann auf dem Mund geküsst hat, einfach so oder weil sie eine Wette verloren hatte. Der alte Holzschrank in Omas Wohnzimmer, außen mit den ganzen Verzierungen, ein Einhorn und Blumen und innen die Spielsachen. Der Geruch von Wald, von Leberwurstbrötchen und der Geschmack von Klopsen, wie sie die Mudda macht. Ein Wasserbasseng auf dem Rasen im August. Die Luft nach dem Regen im Sommer. Eine Gitarre, die hinter einer Tür hängt. Das Gefühl ganz trockener Haut am Badesee. Wie er zum ersten Mal den Mirko, das menschliche Vakuum, besiegt hat beim Rangeln, weil er ihm voll in die linke Brustwarze gebissen hat. Den Geschmack linker Brustwarzen und den von Klebstoff. Oder der Augenblick, als Steffen Kalinski ihn mit dem Moppet abgeholt hat vor der Schule und alle aus der Klasse ihn dabei gesehen haben. Den Song „I'd love you to want me“ von Lobo, obwohl er gar kein Englisch kann und den Song trotzdem auswendig weiß. Und natürlich das Lied von Howard Carpendale „Augen wie Asphalt“

„Auf ihr Haar fiel das Lischt, mit verträumten Gesischt, tanzte sie ganz allein, ohoho, laut war die Diskothek, es war, als ob sie schwebt, und sie träumte ein Star zu sein…“ In der Geschichte drin sein zu hundert Prozent und sich dabei im Kinderzimmer drehen, bis einem schlecht wird oder man irgendwo gegen rammelt mit der Hand… und dieser Moment. Der Moment, in dem er Annas Hand anfasst. Dieser Moment wird dann dazu gehören. Egal, wer den Film am Ende schneidet. Dieser Moment muss rein!

Er sollte jetzt was sagen, aber sein Smalltalk war eigentlich schon immer tödlich. Besser, er hält das Maul. Besser, er spart sich ein „Huhu Anna…“, den Quatsch, der immer passiert und bleibt bei interessantem Schweigen. Ein Fußgänger nähert sich von hinten.

Er hat es eilig hier, will mal vorbei jetze. Der Weg ist zu schmal. Auf der linken Seite macht Ralfo mit 'n Anorak sowieso schon die ganze Zeit unangenehme Zischelgeräusche an den Sträuchern und rechts ist zwischen Anna und Zaun auch nicht viel Platz. Der Fußgänger, ein Vogel, der aussieht als müsse er dringend yogieren und sich anschließend einen Smoothie ins Affengesicht gießen, ist sehr ungeduldig. Er will vorbei hier jetze. Wahrscheinlich irgendwo in einem Yuppiekaffee verabredet auf 'ne Latte und 'nen Brownie. Plant die ganz großen

Mediendinger, steht kurz vor dem Durchbruch, mit so 'nem ganzen flachen MacBook. MacBook und Macciato, kurz von der Innovationsexplosion und mit bisschen süßem Schaum an der Oberlippe. Vor zwanzig Minuten noch unter'm Assitoaster mit 24 Röhren gelegen und die eigene Leere und Schlaffheit beweint im Münzmallorca … und jetzt hier rumdrängeln.

„Kann ich mal vorbei hier?"

Er drängelt sich zwischen Anna und Ralfo und löst ihre Hände seitlich mit seiner Hüfte. Der Ralfo schnappt nach Luft.

„Man kann auch bitte sagen!"

„Oh, kannst du mich mal in Frieden lassen, bitte? Danke!

Ich lass mich doch von dir nicht anfucken, Kanisterköpfchen."

Als der Ralfo wieder nach Annas Hand greifen will, stellen sich plötzlich drei Leute in ihren Weg. Der Marlon, der Hansen und die dicke Samantha, einen Döner in der mit Kräutersoße verschmierten Pfote. Der Ralfo denkt kurz darüber nach, sich zu verschlucken. Das wäre wieder so ein Moment. Aber er kann die Anna unmöglich im Stich lassen. Egal, was kommt. Er wird sie verteidigen. Der Marlon schiebt den rechten Mundwinkel gen Himmel, nimmt die halbgerauchte Kippe zwischen Daumen und Zeigefinger, schnippt sie dem Ralfo lässig an den Anorak und zischt:

„Und jetzt wirst du sterben, Ralfo. Die haarlose, unbenutzte Bifi in deiner kotzhässlichen Hose mit dir. Hansen… festhalten!"

Für einen Augenblick halten alle die Luft an, bis der Samanta ein Stück Tomate über den dicken Daumen rutscht und diese traurige Welt erbeben lässt, als es wie tot auf den Asphalt klatscht.

Die Anna ruft: „Komm.“ Fasst den Ralfo bei der Hand und zieht ihn erneut mit sich. Diesmal rennen sie. Sie rennen, als ginge es um ihr Leben und vielleicht tut es das diesmal wirklich. Sie rennen um zwei, drei Häuserecken raus auf die großen Wiesen an einer Pferdekoppel vorbei, quer über den Acker. Eines der Pferde liegt auf der Seite. Auch schon tot, denkt der Ralfo zuerst, bis er es laut schnarchen hört. Da könnte man jetzt wieder anfangen zu philosophieren, aber es ist zu wenig Sauerstoff in seinem Hirn. Die Anna steuert einen kleinen Schuppen in der Nähe der Koppel an. Der Ralfo kontrolliert beim Laufen immer wieder über die rechte Schulter, ob ihnen jemand folgt. Er kann spüren, dass die Anderen ihnen auf den Fersen sind, obwohl er sie nicht sehen kann. Der Ralfo ist so was wie ein Experte im verfolgt werden, sterben und auf die Fresse kriegen. Wenn er eine Superkraft hätte, wäre es diese. Der Ralfo ist das weltgrößte Opfer.

Beide erreichen den Schuppen. Blauer Lack blättert von den Holzlatten, als der Ralfo sie berührt, um sich abzustützen und Luft zu schnappen. Auch die Anna ringt nach Atem und verlangt hastig vom Ralfo: „Los, versteck dich da drin, los! Na komm schon Junge! Mach bisschen Tempo, sonst reißen die uns den Arsch auf. Ich bin… Ich bin gleich wieder da. Bleib da drin, hörst du!“

Sie schiebt den Ralfo in den Schuppen und macht von außen die Tür zu. Im Schuppen ist es feucht. Das Dach ist zur Hälfte abgedeckt. Ralfo kann hören, wie sich Annas Schritte zügig von der Tür entfernen. Sie wird wiederkommen. „Bin gleich wieder da.“ Ralfo geht ein paar kleine Schritte rückwärts, bis er mit dem Rücken zur Wand steht. Es ist so kalt, dass er seinen Atem sehen kann. Kleine verliebte Wölkchen aus seinem Mund. Der Ralfo versucht, an nichts zu denken. Nur an Anna, die gleich wieder da ist. Bald ist es Nachmittag und eine Dunkelheit legt sich als grauer Film über das Dach. Der Ralfo hat sich hingesetzt. Die Knie an die Brust gezogen und Mund und Nase auf sie abgelegt. Es wird kalt, kälter, dunkler. Ralfo sitzt in einem blauen Schuppen und schaut durch das Loch im Dach die Sterne an, die außer ihm vielleicht noch die Anna sieht, wenn sie auf dem Rückweg ist, um ihn zu holen. Um gleich wieder da zu sein und von da an zu bleiben. Da bleiben, weil man zu zweit das alles hier ertragen kann.

ohne deine liebe

von Matthias Heine

läuft das wasser aus dem hahn
schmeckt der ozean nach salz
schlurfen leute hin zur schlachtbank
schärfen schweigend ihre messer
hängt die sonne rot am himmel
keimt der samen in der erde
schenkt der kirschbaum seine frucht
klappern kinder mit den töpfen
werfen fischer ihre netze
frauenhände faltig ziehen rüben aus dem sand
und der alte schürt das feuer dann
mit wangen dunkelrot vom schnaps
und dort an der wand hängt der
große schöpflöffel reglos
es läuft wie tot das silber an
und niemand fragt, ob ich nun kosten möchte

nur ich kann nichts mehr essen und nicht mehr kosten
das sag ich keinem schnell
denn das herz läuft über und die tränen machen
dass man sich daran ersäufen möchte und es auch tut

Peter hasst die Männer

Von Matthias Heine

In dem Heute, von dem ich zu berichten weiß, ist die Generation Arschgeweih noch nicht tätowiert. Man hat Helmut Kohl am Hals, aber der nennt keine Namen. Und man hat als lagerfeuertauglicher Gitarrenspieler sehr leichtes Spiel mit den Frauen. Das heißt, man hat Frauen. Man kann sich welche aussuchen und das geht in jenem Heute auch ohne Lagerfeuer. Eine Gitarre reicht. Eine Gitarre und eine Party in der Laube von jemandem, den man in zwölf Jahren wieder vergessen hat. Die Laube ist dann mit Lichterketten geschmückt und auf den Tischen stehen Duftkerzen, Kartoffelsalat und vorgebratene Schnitzel. Das alles hat die Mutti des Vergessenen liebevoll vorbereitet und mit blauen Servietten dekoriert. Auf der abwaschbaren Tischdecke begrünen und beglücken Blümchen und Gräser alle eintreffenden Gemüter. Der Kassettenrekorder ist voll aufgedreht. Andreas Dorau gibt *Girls in Love*, Gigi D'Agostino *L'amour toujour* und Rolle Kaiser *sagt ihm dass er sie noch liebt.* Die Böhsen Onkelz werden nicht mehr gespielt. Pfui, Pfui... Soviel sittliche Unreife hat der Gastgeber schon entwickelt. Die Jungs und Peter rücken an. In drei 1,5 Liter-Flaschen haben sie eine famose Cola-Whiskey-Mischung vorbereitet. Der Vergessene hat sich gewünscht, dass Peter die Gitarre mitbringt. Er soll schweinische Lieder singen und Songs, die die Anderen leicht mitgrölen können. Sonst macht es keinen Spaß. Die Jungs hassen es, wenn Peter die Gitarre mitbringt. Sie haben keine Lust, ihm auch noch diese

Aufmerksamkeit schenken zu müssen. In der Schule hat er als Scherzkeks vom Dienst sowieso schon zuviel Platz.

Außerdem weiß man: Nichts ist schlimmer als ein Gitarrenspieler, dem man zuhören muss. Der die ganze Zeit eigene schmalzige Interpretationen von „Basket Case“ und „Wonderwall“ gibt, oder er spielt was vom White-Album der Beatles, oder am schlimmsten, er spielt Lieder, die gar keiner kennt. Leider fallen mir hier keine Beispiele ein, die es zu nennen lohnt. Er macht dann die Augen zu und singt sich höllisch einen runter. Alle müssen ihn dabei gedankenverloren ansehen und dürfen nicht sprechen. Isabel sagt dann: „Er hat so eine intensive Färbung in der Stimme. Da kriegt man richtig Gänsehaut und so.“

Und jemand antwortet: „Nein, Isabel. Er hat keine Färbung. Er hat einen Penis. Er ist ein Penis. Er ist sein eigener singender Penis und sein Mund ist eine Vagina und er braucht niemanden, Isabel. Wirklich niemanden, um sich zu mehren...“

So ein Gitarrenspieler war Peter nie. Sicher auch, weil es dazu nie gereicht hat. Er hat sich immer darauf konzentriert, das Publikum abzuholen. Wie ein Streetworker oder Kindergärtner. Das heißt „Knocking on Heaven's Door“, “Johnny Walker”, “Yesterday”, “Ring of Fire”, “Du hast den Farbfilm vergessen”, “Conny Kramer” oder auch “Little Fifteen”, wenn es dann romantisch werden soll... Dazwischen die eigenen Songs. Die müssen sehr schweinisch sein, weil sonst keiner zuhört. Unter der Gürtellinie befinden sich der höchste und der tiefste Punkt zugleich. Die Leute müssen die eigenen Songs hören wollen und der Refrain muss so simpel und stumpf sein, dass ihn nach der zweiten Wiederholung jeder angeschickerte Hans Lustig mitsingen kann. Das nennt Peter ein gutes Set!

Die Jungs kennen das „gute Set“. Sie haben es tausend Mal berührt und auch gehört. Und so richtig komisch finden sie es auch nicht. Nicht, wenn man sich sein Leben lang kennt. Sie durchschauen das doppelte Spiel. Die Makulatur in der Kultur. Jahre später hat Peter das genauso erlebt, wenn er mit seiner Freundin irgendwo zu Besuch war. Die besten Witze funktionieren einfach nicht. Den brutalen, leicht angesoffenen Intellektuellen kauft sie ihm einfach nicht mehr ab. Nicht, wenn er unzählige Nächte in embryonaler Haltung, als schmusendes Babykrokodil in ihren Armen verbracht hat. Nicht, wenn man die infantilen Spiele einer reifen Beziehung gespielt hat. Und das stört dann. Man kann nur hoffen, dass sie die Klappe hält. Und genauso geht es auch seinen Jungs, wenn Peter zur Gitarre greift. Zum „Folterinstrument“, wie sie sagen. Auf der anderen Seite kennen sie aber auch seine geheimnisvolle Macht. Bei Leuten, die man in zwölf Jahren vergessen hat, funktioniert so ein Auftritt und für die Jungs gibt es oft genug Gelegenheit zu partizipieren. Die Restmädchen abgreifen. Resteficken oder Eulenschießen heißt das dann und ist schlimmer als es klingt, aber auch besser als nichts. Die Jungs und Peter wissen, dass man in den meisten Nächten nichts zu gewinnen hat und dass genau das die Jagd spannend macht. Also halten sie hin und wehren sich nicht, als er die billige Gitarre aus der teuren Tasche holt. Sie ist schwarz und schlecht gestimmt. Immerhin. Schwarz ist auch alles Weitere. Eine Kausalität in Abwesenheit von Licht.

Peter vergreift sich zum Ersten: *mama put my guns in the ground* und ist eigentlich auf Annemarie scharf. Eine hübsche Blonde. Ein sitzendes, Perlwein schlürfendes Klischee mit Brüsten. Wenn er einen musikalischen Witz macht, ditscht sie Isabel, die neben ihr sitzt, in die Seite und schnarchelt ihr was ins Ohr. Die Jungs gießen sich derweil sauren Appel und Puschkin Red in die Campingschnapsgläser vom Vati des Vergessenen. Nach jedem Song ist Peters Glas voll. Die Jungs prosten ihm zu und hoffen, dass ihnen eine Alkoholvergiftung des Künstlers Rettung in Aussicht stellt. Aber der Künstler ist text-, griff- und schnapsfest.

Der Abend macht lange Schritte und wie aus dem Zauberhut gezerrt erscheint der lästige Freund von Annemarie. Marcus hat eine Motorradjacke an und seinen Helm lässig unter den Arm geklemmt. Weil er sofort die Lage checkt, ist er nun gekommen, wie er sagt, um seinen Hasen abzuholen. Wunderlich klingt es, ist klug von ihm und schlecht für Peters Absichten. Gegen eine Motorradjacke und einen untergeklemmten Helm ist er selbst mit der schwarzen verstimmten Gitarre machtlos und ein Faustkampf kommt für Peter nicht in Frage, weil er sein Asthmaspray zu Hause vergessen hat.

Die zweite Wahl fällt zwangsläufig auf Isabel, die ihn sowieso schon die ganze Zeit ins Auge gefasst hat. Peter kennt sie nicht weiter. Doch er wird sie in zwölf Jahren nicht vergessen haben. Annemarie verschwindet mit dem Easy Rider und Isabel vereinfacht seine Jagdsituation auf beleidigende Weise. Wie ein angebundenes Schaf setzt sie sich nun neben den leicht besoffenen Lautenschläger und fasst ihm lässig zwischen die Beine. Die Jungs haben die Flaschen gelehrt und bestellen hastig ein Taxi, als Isabel sagt: „Spiel noch mal Little Fifteen". *And if you could drive, you could drive her away, to a happier place, to a happier day...*

Der Vergessene hat Grit Keller abgeschleppt. Auch das war vorauszusehen. Grit war mal in der Neunten in Peter verknallt. Da hatte er aber noch keine Schamhaare und deshalb ging nur ein bisschen angezogenes Petting hinter dem Blockhausbungalow auf der Klassenfahrt nach Neuendorf am See. Am selben Abend hatte Peter beim Pinkeln eine Wanderratte gesehen, die so groß war wie ein Bär.

Grit Keller, Isabel, der Vergessene und Peter sitzen nun in der Laube fest und es bahnt sich an, weshalb jeder einzelne heute vor dem Spiegel gestanden und die Dusche bemüht hat. Grit Keller gähnt aufwendig und behauptet, sie sei ein bisschen müde. Dabei rutscht sie laszіv auf dem Schoß des Vergessenen hin und wieder her.

„Ihr könnt das Schlafzimmer nehmen. Uns reicht die Couch. Die ist zum Ausziehen."

„Soso, zum Ausziehen, was?", scherzt Isabel.

Peter und Isabel sind bereits im Keller der Bedürfnispyramide angekommen und besichtigen dort das Schlafzimmer. Drei schmale Gänge und ein großes Bett. Die Überdecke ist klamm und langsam ist es kalt geworden in der Laube. Peter zieht mit einem männlichen Ruck die Überdecke weg. In der Mitte des Bettes liegt eine tote Maus. Isabel kreischt ein bisschen, ist aber zu geil, um sich wirklich zu ekeln. Peter packt die tote Maus am Schwanz, trägt sie vor die Tür und möchte am liebsten auch schreien, darf es aber nicht. Dabei passiert er den Vergessenen und Grit, die sich schon an seinem Hosenstall zu schaffen macht. Der Vergessene schielt Peter hinterher und ignoriert, was er sieht. Er hat sich gewaschen und möchte dafür sexuell bestätigt werden. Zurück im Schlafzimmer ist Isabel bereits unter die Decke geschlüpft. Peter zieht sich bis auf die Schlüpfer und die Socken aus und folgt ihr. Noch nicht ganz in der Horizontalen greift sie ihm schon zwischen die Beine und entfernt seine Unterhosen mit medizinisch geübtem

Griff. Er trägt nur noch Socken, aber es ist dunkel genug und es interessiert keinen.

Sie küssen sich fieberhaft. Ihre Brüste sind groß, schön und fest. Isabel klettert auf Peter und setzt sich in sein Gesicht. Er schließt die Augen, gibt sein Bestes und versucht, hubweise durch die Nase ein- und auszuatmen. Im Nebenzimmer hören sie Grit keuchen. Sie schlafen miteinander. Dann schlafen sie miteinander ein. Nach ein paar Stunden spürt er sie wieder. Sie schlafen miteinander und schlafen ineinander ein.

Der nächste Tag rafft die Gardinen rüde beiseite und leuchtet den rohen Tatort aus. Im Hellen ist es in diesem Zimmer kaum zu ertragen. Peter riecht an seinen Fingern. Er bekommt einen morgendlichen Allergieschub. Niesen und Husten wecken die schlafenden Hunde. Wo ist sein Asthmaspray? Alles ist noch ranziger, noch schmutziger. In Peters Mund schmeckt es nach Eisen. Er will nur noch fort. Der Blick in den trüben Spiegel befördert diese spontane Idee.

„Du willst schon gehen?", fragt sie.
„Ich muss. Ich bin ja verabredet. Ich bin ja mit meinen Eltern verabredet. Gleich sogar."
„Rufst du mich an?"
„Ja, ich... Ich muss jetzt."

Peter springt in die Trauerkleider, greift nach seiner Gitarre, greift nach der Tasche. Im Vorüberschnellen winkt er Grit und dem Vergessen zum Abschied. Auf dem Nachhauseweg schüttelt Peter den Kopf. Er lacht. Peter versucht sich einzureden, dass das alles so in Ordnung sei. Normal. Der Spätsommertag kitzelt sein allergisches Gesicht und die Spree fließt beiden teilnahmslos hinterher.

Das Gefühl, das übrig bleibt, ist ein Leberwurstbrei aus Ekel und Sehnsucht. Den Jungs wird er bei der nächstbesten Gelegenheit eine Männergeschichte erzählen, die kein Detail aus und kein Auge trocken lässt. So ist das immer.

Peter trifft Isabel noch ein paar Mal in schlechten Diskotheken und versucht, ihr aus dem Weg zu gehen. Manchmal hält sie ihn am Arm fest.

„Kennst mich nicht mehr?"
„Doch, klar... Hallo, wie geht's denn? Aha... Soso... Mir? So lala... Wie lange bist du denn schon hier? Hab dich gar nicht gesehen... Naja dann. Ich denk, ich dreh noch 'ne Runde. War nett..."

Im Hintergrund machen die Jungs Gesten und spielen *Maus-am-Schwanz-halten.* Einer hält sich die Finger an den Mund und schiebt die Zunge genüsslich dazwischen. Peter beendet das Gespräch mit Isabel und macht im weiteren Verlauf der Nacht aufwendige Umwege. Als Rausschmeißer spielt der DJ *„Little Fifteen"* auf Wunsch einer einzelnen Dame. *She wants to see with your eyes, she wants to smile with your smile, she wants a nice surprise, every once in a while.*

Peter hört das nur mit einem Ohr, weil er gerade Annemaries Brüste knetet und seine Zunge in ihrem blonden Kopf verdreht. Ihr Freund ist jetzt beim Bund und seine Motorradjacke hat sich im Schrank einen dünnen Staubpullover angezogen.

„Ich liebe dich Annemarie und komme ja in drei Wochen wieder. Dann bist du wieder mein Hase, ja? Ewig dein Marcus", hat er zum Abschied auf eine Anne-Geddes-Postkarte geschrieben. Dazu hat er ihr eine Diddl Maus geschenkt, die ein pinkes Herz festhält, auf dem noch mal Ich liebe dich steht. Kursiv, silbern glitzernd…

In ihrem Zimmer entfernt Peter diese Reliquien mit dem Fuß, bevor er Annemaries keuchendes Gesicht in ihr Kuschelkissen drückt. „Boah, ich kotz gleich“, denkt Peter und hasst Marcus und alle anderen Männer dazu.

Einsamkeit

Von Udo Tiffert

ist eine Illusion
und vollständig wie ein Rausch.

Einsamkeit ist ein schwerer Regen im Januar,
eine Lüge im Februar, im
März nächtliches Frieren,
Ende aller Geduld.

Im April endlich rast Wind.

Mäuseherbst 1995

Von Matthias Heine

Frühling

Ich stand auf dem Spielplatz hinter unserem Haus, gleich neben der Schule, in die wir alle gegangen waren. Der Winter hielt Straßen, Bäume, Wiesen und Leute bis in den April in seiner starren, alles zum Schweigen bringenden Umklammerung. Der Schnee war geschmolzen und nur stellenweise konnte man graue Eis- und Schmutzflächen sehen, die die Überreste großer, beschwerlich zusammengeschobener Schneehaufen waren. Das Klettergerüst war eine gebogene Leiter rot lackierten Metalls mit rostigen Stellen, die zunehmend die Überhand gewonnen hatten. Meine Hand fasste mühelos, die Elle gebeugt, an die höchste Stelle des Gerüstes, das mir in meiner Erinnerung so gewaltig, so schmerzbehaftet, erschien. Ich nahm rasch die Hand von der Stelle, aus Angst gesehen worden zu sein. Aus Angst, bei irgendwem in den Verdacht zu geraten, ich würde hier klettern, spielen, unbeschwert sein. Auf dem Spielplatz hinter unserem Haus, gleich neben der Schule, in die wir alle gegangen waren, war es Frühling geworden und ein seltsames Gefühl hatte mich beschlichen, kein Kind mehr zu sein.

Sommer

Der Mäuseherbst begann wie jeder Herbst in unserer Jugend mit einigen Urlaubslügen und einer schlechten Idee. Fast alle hatten mit ihren Eltern elterntypische Elternurlaubsziele besucht und hatten in unterschiedlichen Ländern, in immer denselben Urlauberenklaven, ein und denselben Urlaub verlebt. Irgendwo an einem Meer, einem Pool, einem Billardtisch, einer Tischtennisplatte und mit netten Animateuren und Bediensteten, die ihnen schlecht bezahlt ein einmalig gutes Gefühl bescherten.

Deutsch sein. Ein Kamel hochklettern und auf der anderen Seite wieder herunterfallen, so dass den Kameltreibern in der Hitze der Sonne das Lächeln im Gesicht einfriert.

Tolles Land. Jeder Tag ein Tag im Paradies. Aufstehen, Fressen, Strand, Volleyball, Fressen, Pool, Billard, Fressen, Saufen, Schlafen. Vierzehn Tage deutscher Urlaub in Tunesien am äußersten Rand des unendlichen afrikanischen Kontinentes, kein Risiko eingehen. Unterschiede gab es noch im Ton der West- und Ostdeutschen. Wir Klassenlosen waren einfach noch nicht daran gewöhnt, dass man oben und unten ohne Scham auslebt, denn so waren diese Urlaubenklaven gemacht. „Leiden oder Triumphieren, Amboss oder Hammer sein."

Hier in Tunesien lernte ich Lucas-Andreas aus Duisburg kennen. Der war, wie er selbst sagte, antiautoritär erzogen. Beim Billardspiel mit ihm und seiner Mutter spuckte ich fast die CocaCola auf das Tuch, als die Mutter versehentlich die schwarze Acht versenkte und Lucas-Andreas laut durch die Lobby ausrief:

„Mutter, du Fotze, jetzt hast du mir das ganze Spiel versaut."

„Lucas-Andreas, also...", hatte die Mutter gesagt und ihn

freundschaftlich in die Seite geknufft. Ich habe mir ein paar Mal versucht vorzustellen, was meine Mutter mit mir gemacht hätte und musste mir schon bei dem Gedanken verschämt die Hand vor den Mund halten und kichern. Lucas-Andreas hatte da so eine Art antiautoritäres Tourette-Syndrom und kam, wenn wir allein waren, noch auf ganz andere verwegene Ideen. Beispielsweise sagte er mir unverwandt und mit kalten Augen:

„Bei drei spuck ich dir ins Gesicht."

Was konnte ich dazu sagen? Ich stand wie gelähmt vor ihm. Auch Verprügeln, was mir natürlich einfiel, kam nicht in Frage, weil ich mit sechzehn noch viel schlimmer wie ein neunjähriger ausgesehen habe als heute. Dazu kam, dass Lucas-Andreas der einzige Junge in meinem Alter war und dass ein paar Sachen, die man mit ihm erlebte, ja auch ganz spannend waren, auf ihre eigene fremd beschämende Weise. Also blieb mir nur, darüber zu lachen.

„Hehe Lucas, du bist witzig. Echt witzig. Ins Gesicht spucken."

„Eins."

„Ja Eins. Eins, zwei, drei.. und dann spucken. Echt gut."

„Zwei." L.A.'s Gesichtszüge versprachen nichts Gutes. Und was tat sich da in seinem Mund?

„Drei.", hatte er noch nicht ganz ausgesprochen, als mir seine Rotze an meiner Nase hinab über den Mund lief. Wir blieben einen Moment stehen und sahen uns an. Lucas-Andreas in der aufgegeilten Hoffung, jetzt endlich mal sanktioniert zu werden und ich erschrocken über ihn, über mich, über die Bundesrepublik. Ich wischte mir den Speichel aus dem Gesicht, drehte ihm den Rücken zu und sprang kopfüber in den Pool. In den verbleibenden Tagen habe ich kein Wort mehr mit ihm gesprochen. Mehr fiel mir nicht ein. Neue Jugendliche kamen. Lucas-Andreas blieb allein. Fast tat er mir leid. Fast.

Lucas-Andreas aus Duisburg wurde zu Hause zu Linda aus Edinburgh, die ich geküsst und an die Brüste gefasst hatte. Am Strand von Hammamet bei Sonnenuntergang. Ich hatte sogar von außen ihr Bikinihöschen befummelt, sie war natürlich ein Jahr älter als ich und wunderschön. Unterhalten haben wir uns auf Englisch. Linda war meine Sommerlüge im Mäuseherbst 1995 und die Jungs hatten auch mindestens eine zu erzählen.

Mäuseherbst

Zurück in unserer Lebenstristesse blieben die Urlaubslügen nur ein kurzweiliger Trost. Bald mussten handfeste Untaten her, die unser rohes Sachsendorfer Sein fundierten.

Da half es schon irgendwie, dass sich Robert Liebermann eine Maus gekauft hatte. Eine weiße Maus mit roten Augen. Er hatte sie Albino genannt. Robert Liebermann hatte die Maus für zwei Mark in der Tierhandlung gekauft. Er hatte sie sehr lieb. Zu Hause hielt er sie in einem alten Aquarium, das er sorgfältig oder einfältig mit Sägespänen ausgelegt hatte und mit ein paar Steinen und einem Mäusehäuschen arrangierte, das er in eigenhändiger Arbeit aus einer hochwertigen roten Pappschachtel mit Kordel bastelte, in der zuvor eine Medaille gelebt hatte, die sein Vater einst „für sehr gute Leistungen im sozialistischem Berufswettbewerb" überreicht bekommen hatte.

Wie der Zufall es wollte, hatte Klaus Liebermann seinerseits diese Medaille, auch wenn sie nichts mehr wert war und man besser daran tat, sie zu verstecken, sehr lieb. Und einmal im Quartal geschah es, wenn Herr Liebermann zu einer Flasche Goldkrone gegriffen hatte, dass er sich diese Anerkennung zur Hand nahm. Nur fehlte an einem Abend plötzlich die hochwertig bekordelte Schachtel und die Medaille lag lose, entweiht im Schrank herum. In der Ecke links hinter den Schnapsflaschen, von denen wir Jungs ab und zu naschten und die wir, klug wie wir waren, jedes Mal mit Wasser oder Eistee auffüllten. Roberts Lügen und Unschuldsbeteuerungen wurden von seiner emotional sehr intelligenten Mutter sofort durchschaut. Jedoch konnte sich auch Regina Liebermann nicht erklären, wofür ihr Sohn diese alberne Pappschachtel benötigte und warum er daraus so ein großes Ding machte. Als sie es raus bekam, war das Geschrei groß. Beim Aufräumen von Roberts Zimmer, wie sie es nannte, fand Regina Liebermann das alte Aquarium hinter der nie angerührten, eingestaubten klassischen Gitarre. Albino schaute ihr so liebenswürdig in die Augen, wie es seine Art war, doch Regina lief es kalt den Rücken hinunter und die Haare ihrer Waden, Oberschenkel, Arme und ihres Nackens richteten sich bis in die Spitzen auf. Ihr war, als bekäme sie einen elektrischen Schlag. Dem kurzen Aug' in Aug' Moment, dem kurzen Augenblick einer fast friedlichen, starren Stille, folgte der markerschütternde Schrei der Mutter Liebermann, den Robert auf den Couch sitzend beim Goldbärenverzehr vernahm und Bescheid wusste.

Klaus, Regina und Robert Liebermann setzten sich also zusammen und beschlossen zweistimmig, dass Albino zu verschwinden habe. Hierbei hatte der gute Albino nicht einen Pieps mitzureden. Was machte man also mit einer weißen Maus, die man nicht mehr dabei haben wollte?

„Sie frei lassen", schlug Robert vor, doch Regina fand die Vorstellung, die Maus krieche in einen Keller und arbeite sich in eine andere Wohnung vor, einfach zu ekelhaft.

„Bring sie zurück in den Tierladen, da taugt sie wenigstens noch als Schlangen- oder Vogelspinnenfutter", sagte Klaus. Regina und Robert schauten sich an. Dann sahen sie Klaus an. Von einer Vogelspinne oder einer Schlange gefressen zu werden kam also auch nicht in Frage.

„Dann ersäuf sie in einem Eimer. Das ist schmerzlos und geht schnell“, schlug Klaus vor, als wäre er Experte im Ertrinken und hätte es schon hundertmal selbst getan. Alle schwiegen. Nur Albino piepste aus dem Kinderzimmer, als fände er diese Idee genauso bescheuert wie die letzte. Alle schwiegen weiter und auch Albino verstummte, als ihm gewahr wurde, dass das Schweigen eine Entscheidung bedeutete. In seinem kurzen Leben hatte er gelernt, dass die Menschen sich nie laut, sondern immer still einigen. Also sprach er sein Mäuseunser und verbrachte die letzte Nacht auf der Erde wach und fand keine Ruhe. Albino war sein Mäuseleben lang in Käfigen und Aquarien zu Hause und doch hatte er dieses Leben lieb gewonnen und tat kein Auge zu bei dem Gedanken, am Morgen ersäuft zu werden. Er hörte auch nicht mehr, wie die Liebermanns berieten, wer Albino das Leben nehmen solle.

„Morgen Nachmittag, wenn du von der Arbeit kommst und der Junge in der Schule ist, kannst du das machen, Regina“, sagte der Vater trocken.

„Ich werde hier gar nichts unternehmen, Klaus. Das Vieh verschwindet morgen und Ende der Diskussion“, sagte die Mutter, als hätte sie damit irgendetwas gesagt.

„Ich hab es satt, dass ich in diesem Haushalt immer die Drecksarbeit erledigen muss. Das kann ich dir sagen“, sagte Klaus und sagte es auch.

„Ich mach es“, unterbrach sie Robert mit fremder Stimme und ging ins Bett. Seine Eltern schwiegen und schauten ihm bald mit untrüglichem Stolz hinterher.

In dieser Nacht holte Robert das Aquarium hervor und sah Albino lange ins Gesicht. Und auch Albino hatte nicht wenig Hoffnung, doch noch am Leben zu bleiben, stellte sich auf die Hinterbeine und blickte so dramatisch, wie es einer Maus nur möglich sein konnte, zurück. Als Robert zu weinen anfing, wusste Albino, dass die Messen gesungen waren und ging ruhig in sein rotes Mäusehaus mit der schwarzrotgoldenen Kordel zurück.

Am nächsten Morgen, Mutter und Vater waren auf der Arbeit, schwänzten wir alle Geographie, um bei der Exekution dabei zu sein. Versammelt standen wir vor dem Eimer, als Robert das Aquarium aus der Ecke zog und Albino nicht zu sehen war, weil er in seinem Häuschen Schutz suchte. Robert hob die Schachtel aus dem Aquarium und Albino hockte zusammengekauert darunter. Albino wusste; wer ein Haus anheben könne, dem komme man nicht bei. Wortlos ging Robert ins Badezimmer und befüllte den Eimer mit Wasser, während wir in das Aquarium fassten, um eine Maus zu berühren, die bald nicht mehr am Leben sein sollte. Als Robert mit dem Eimer in das Zimmer trat, sagte Lehmann, der der Kräftigste von uns allen war und im Urlaub drei Mädchen flach gelegt hatte:

„Kochendes. Wir nehmen kochendes Wasser."

„Nein", sagte Robert bestimmt.

„Doch", sagte Lehmann bestimmter.

Robert stand eine Weile da und wir blickten ihn einstimmig an. In dem Augenblick, in dem vielleicht einer Roberts Bedenken teilen wollte, drehte er sich um, ging in die Küche und machte den Wasserkocher an. Wir sagten nichts und warteten, dass jemand Verantwortung übernahm und warteten, dass keiner Verantwortung übernahm.

Robert kam mit einem Eimer kochenden Wassers zurück. Er hob Albino derart unsanft am Schwanz aus dem Aquarium, als hätten sie sich nie gekannt und hielt ihn über den Eimer.

Heißer Dampf stieg Albino um die langen weißen Schnurrhaare. Er war ganz ruhig und zuckte nur wenig. Seine vier Gliedmaßen spreizte er weit vom Körper ab, als wollte er, sobald er losgelassen, einfach davon fliegen. Fast tat er mir leid. Fast.

„Wirf sie schon rein“, insistierte Lehmann. Wir anderen blieben still. Robert kniete vor dem Eimer, die Maus in der Hand und einen Moment lang war er entschlossen, sie fallen zu lassen. Im nächsten sprang er auf und rannte, die Maus in der Hand aus dem Zimmer, aus der Wohnung, hinaus ins Freie. Wir anderen hinterher. Draußen warf er Albino ins Gras. Albino sah sich nach ihm um und wollte beinahe zurück zu ihm laufen. „Hau ab“ sagte Robert noch bevor wir andren ihn und Albino erreichen konnten. Albino verstand und verschwand so schnell, wie es eine Maus nur vermochte, im Dickicht einiger Sträucher.

„Was soll denn die Scheiße?“, schrie Lehmann außer sich und klatsche Robert die flache Hand auf den Hinterkopf. „Ich denke Exekution und so.“

Robert sagte nie wieder etwas dazu und ließ sich noch einige Wochen den Ärger von uns Anderen gefallen.

Als wir alle in der Nacht zu Bett gingen, wünschten wir uns sehr, dass diese Geschichte dieses Ende genommen hätte. Sogar Lehmann wünschte es sich. Wir wünschten uns, dass Robert bestimmt und selbstsicher „Nein.“ geschrien hätte. Wir wünschten uns, dass wir das kreischende, rot kochende Tier im Eimer nie gehört und nie gesehen hätten. Wir wünschten uns, dass nur einer gewagt hätte, in das kochende Wasser zu fassen. Doch wir haben nicht mehr gewagt, als eine lebendige Maus hinein zu werfen. Nicht mehr und nicht weniger als Täter und Gaffer. Wie unendlich spannend war es, zuzusehen, wie aus Leben Tod, aus Hell Dunkel und aus Weiß Rot wurde.

Winter

Nach dem Mäuseherbst 1995 wussten wir, dass es nur gerecht wäre, wenn wir alle eines Tages lebendigen Leibes von Ratten und Mäusen aufgefressen würden, wie wir es verdient hätten und uns beruhigte die Ahnung, dass es wahrscheinlich doch anders mit uns zu Ende gehen würde. In diesem Herbst hatten wir alle unsere Unschuld verloren. Dann wurde es Winter und Albino war überall.

Die Erinnerung an ihn ist alt, vergangen und lästig…

Kluge Schöne (Woher kommen wir?)

Von Udo Tiffert

Am Bahnhof sah ich sie missionieren.
Jung, höchstens achtundzwanzig, ihr
langes Haar in einem Zopf gehalten,
aufmerksame Augen hell, ein
voller abwartender Mund.

Ein Hals wie eine Harfenseite.
Ein Po, den kein Fasten je verdarb.
Entschlossene Frauenhände, vorerst zum
Schweigen in die Hüfte gestemmt.

So stand sie den Atheisten im Weg, den
armseligen Atheisten, die nichts hatten, als
den alten Darwin und eine Physik, die nach
kleinsten Teilchen suchte,
und war

dennoch ihr eigener Gegenbeweis: Für diese
Anmut in Leib und Wesen hat Adams verkeimte
Pestrippe nie und nimmer gereicht.

Der Tag, an dem ich mir vor Angst in die Hosen gemacht habe

Von Matthias Heine

An diesem ersten Wintertag 2014, der einfach aus dem Frühling gesprungen ist wie ein Schneehase, wollen wir nicht länger zu Hause sitzen bleiben und „Weissensee" schauen. Wir machen einen Spaziergang. Wie ich das als Kind gehasst habe. Einen Spaziergang machen. Es scheint nicht mehr genug Kind übrig zu sein in mir, in uns. Heute entschließen wir uns, ob mangelnder Alternativvorschläge, zu dem einst so verhassten Marsch. Ziellos. Wir gehen einfach geradeaus, du singst ein Lied, bis wir an einer Straßenbahnhaltestelle angekommen sind und ich dich vorsichtig unterbreche… „Bist du in Cottbus schon mal Straßenbahn gefahren?" Du verneinst das. Bist ja schließlich mit dem Auto angereist über Karlsruhe, Heidelberg, Essen, nach Leipzig und dann in meiner Heimatstadt und zum Glück in meinem Bett gelandet. Da möchte man sofort wieder auf die Straße rennen und „Gorbi, Gorbi!!!" rufen.

Ich denke darüber nach, wann ich zum letzten Mal die Straßenbahn genommen habe. Vermutlich im Studium und das ist lässig zehn oder zwölf Jahre her. Nun, das Naheliegendste und Bequemste wird gemacht. Eine Bahn fährt vor. Wir steigen ein. Schwarzfahren haben wir auch nicht mehr drauf und kaufen Tickets am Automaten. Lame. Die Bahn fährt Richtung Sachsendorf. Heimat-Heimat also. Also gut, ich zeig' dir, wo ich aufgewachsen bin. „Warst du schon mal in Sachsendorf?", frage ich und muss feststellen, dass du gar nicht weißt, wo du eigentlich bist.

„Also; Plattenbauten soweit das trübe Auge reicht? Die Gelsenkirchener Allee?“

Da klingelt nix. „Na, das komische Zelt? Die Fachhochschule?“ Nix. „Na, Richtung UCI, Mediamarkt?“ Aha... ja. Da hast du mal was eingekauft. Gut. Die Richtung ist gegeben, aber heute gehen wir rein. Richtig rein ins Ghetto. Ich mache schmale, gefährliche Augen und deine Hand klammert sich fester in meine. Mir gefällt, dass du ein bisschen Angst hast. Gelsenkirchener Allee steigen wir aus und laufen Richtung Fachhochschule, also Hochschule Lausitz, also BTU.

„Hier war früher die Russenkaserne“, beginne ich das Referat. „Am Wochenende hat der sozialistische große Bruder seine Panzer hier auf dieser Straße fahren lassen. Das hat auf uns damals mächtig Eindruck gemacht, wie man sich leicht vorstellen kann. Wir haben dann immer am Rand gestanden und den Russen zugewinkt. Manchmal haben sie freundlich zurückgewunken, wie in der Fibel. Das war ein Lehrbuch für Kinder“, ergänze ich sehr wissenschaftlich. „Einmal hat aber auch einer von der Kaserne aus sein Gewehr auf mich angelegt und hat in dieser Weise meinen kameradschaftlichen Gruß erwidert. Das hat mich nachhaltig irritiert. Ich verstand eben noch nix vom kalten Krieg, auch nix von den strengen Strukturen und Hierarchien der Besatzerfreunde und auch nix von Wodka und dem sowjetischen Umgang damit“, scherze ich ungebremst...

Du hörst aufmerksam zu, aber irgendwie habe ich das Gefühl, dass dich mein kindliches, politisch-militärisches Halbwissen langweilt. Ich beschließe, einen lebensnaheren Weg einzuschlagen und führe dich in die Straßen, in denen ich aufgewachsen bin. Armageddon! Ich bin einigermaßen erschüttert, denn was so friedlich mit Rückbau bezeichnet wird, sieht heute eher nach Weltkrieg aus. Die Schopenhauerstraße, benannt nach dem berühmten Philosophen, Universalgenie und beispiellosen Sexisten Arthur S., gleicht einem einzigen Schlachtfeld. Fünf, sechs Meter hoch und zweihundert Meter lang liegen ganze Straßenzüge in Trümmern. Ein apokalyptisches Bild eröffnet sich uns. Mir bleibt die Spucke weg. Der Schnee hat einen dünnen Film über die zusammengekrachten Steine gelegt und hier und da erkennt man Tapeten, zerschlagene Klos und Waschbecken. Nägel, die in eingefallenen Wänden stecken, halten sich trotzig in denselben fest, als wäre noch irgendetwas zu retten. Ganze Lebens- und Liebesgeschichten, erzählt in einem Haufen Schutt. Ein verrücktes Bild! Ich muss die Augen zu machen. Meine Hand gräbt sich tiefer in deine. Wir stehen wie angewurzelt und plötzlich ist alles wieder da. „Unsere Heimat, das sind nicht nur die Städte und Dörfer." „Pioniere voran", „Ich trage eine Fahne." Der Geruch von Kindergarten, von Trabant und labbrigem Pflaumenkompott. Männern in Cordhosen, Einkaufsnetze, Wimpel und Friedenstauben. Heiße Gehwegplatten unter nackten Kinderfüßen. Weicher Teer, in den ich meinen Daumen drücke. Auferstanden aus Ruinen, klappt sich die Straße des Komsomol vor mir auf, wie ein Potjomkinsches Dorf.

Die DDR im Sommer 1988. Vormittags, an einem Sonntag. Die Papas stehen mit gelben Plastikeimern vor den Trabbis, Wartburgs, vereinzelten Saporosh' und noch weniger Ladas. Sie putzen, pflegen und schrauben ihren ganzen Stolz, während die Muttis in der Küche die geschälten Kartoffeln in die Töpfe plumpsen lassen und bei jedem Schritt die verglaste Standard-Durchreiche zum Singen bringen. Vor einem Hauseingang mit der Nummer 54 stehen zwei Kinder. Ein Junge 8 Jahre und ein Mädchen, 12 Jahre. Geschwister. Der Junge ist blond, klein, dünn und hat eine alberne, klassisch bescheuert auf der linken Seite zugeklebte Brille, auf der, damals noch zierlichen, geradezu niedlichen Nase.

Das bin wohl ich mit acht und ich kann nicht sagen, warum mir bei allen möglichen Geschichten, die es zu erzählen gäbe, ausgerechnet diese eine in den Sinn stolpert.

Der Tag, an dem ich mir vor Angst in die Hosen gemacht habe. Klingt irgendwie nach Zitterbacke. Aber was sage ich da von Hosen. Das waren keine normalen Hosen. Das waren kurze Lederhosen mit Hosenträgern. Ich weiß nicht, wer diese modische und auch politische Verfehlung zu verantworten hatte damals. Aber wir Jungs sahen alle aus wie frisch von der Alm weggeklaut. Dazu ein gelbes Nicki und drunter an einer Schnur einen Wohnungsschlüssel um den Hals. Dieser war für mich allerdings mehr Schein als Sein. Ich habe die Wohnungstür zu dieser Zeit nie ohne die Hilfe meiner Schwester aufschließen können. Wie man das schaffen sollte, blieb mir ein großes Rätsel. Als ich später das Schlüsselloch nicht mehr getroffen habe, fand ich das ebenso rätselhaft, aber das ist eine andere Geschichte.

Hier vor dem Eingang stehen diese beiden Kinder. Ich klein, bad taste, naiv, und meine Schwester 12, burschikos, leichtathletisch, durchtrainiert, mit kleinen Igelschnäuzchen unter dem himmelblauen Nicki und schon ein bisschen Scheiße im Kopp. Wir wissen gerade nichts mit unserer Zeit anzufangen. Was im Prinzip super ist und heute so ein bisschen abgeht in der Kinderburnout-Generation mit dem 26-Stunden-Tag. Wir langweilen uns und Langeweile macht kreativ. Wir werden nie müde, uns ständig neue waghalsige Spiele auszudenken.

Ich habe ein wunderbares gelbes Klappfahrrad. So gelb wie der flüssige Höhepunkt dieser Geschichte. Mein Klappfahrrad, auf dem ich ziemlich lässig rumturne, hat einen ganz fabelhaften großen gebogenen U-Lenker, den ich Glückspilz auf dem Schrott gefunden und montiert habe. Das Klapprad sieht aus wie eine Chopper und ich fühle mich schon ziemlich krass und cool, wenn ich es fahre, und klingele dabei. Meine hübsche Schwester hat eine nicht minder fabelhafte Casio-Armbanduhr mit Stoppfunktion. Die piept auch richtig und wir stoppen damit alles Mögliche. Wie lange ich den Kopp unter Wasser halten kann, ohne zu sterben, dann sie. Wie lange ich die Himbeerbrauseflaschen mit ausgestreckten Armen halten kann, dann sie. Wie lange ich brauche, um mich auf dem Bauch liegend aus einem an Ärmeln und Hosenbeinen zusammengeknoteten Frotteeschlafanzug zu befreien, dann sie. Das macht ihr Spaß, weil sie gewinnt. Klar, sie nimmt die Zeit.

An diesem Sommertag 1988 in der DDR hängt eine Frage in der Luft, die zum Glück nicht aus „Schwarze Pumpe" rüber weht. Wie schnell ich mit dem Klapprad eine Runde um den Block fahren kann. Ein schlichter Kasus, der keiner längeren Erklärung bedarf. Ich schwinge mich auf den Sattel, mache diese schmalen Augen und warte auf mein Startsignal. Beim Startsignale geben ist meine Schwester erste Sahne und leistungssportlich vorerfahren. Auf die Plätze. Fertig. Los! Kein Fehlstart. Es piept und ich feuere wie der Wind an den ersten Rabatten vorbei. Die Krüger aus der 51 jätet da irgendwas und pflaumt mich von der Seite an. Es ist die Seite, auf der ich nichts sehe, also kann sie mich. Diese Sache mit dem riesigen U-Lenker und dem winzigen, sehr dünnen Jungen hat etwas Artistisches, Einradmäßiges. Ich nehme die erste Kurve beim Durchbruch. Volles Risiko. Ohne bremsen. Früher konnte ich mit dem Klapprad auch ohne festhalten, aber das geht jetzt mit dem U-Lenker nicht mehr. Man muss verzichten können! Aber das hatten wir ja sowieso drauf. Pfeilschnell schieße ich am Spielplatz vorbei. Im Geschwindigkeitsrausch kann ich die anderen Kinder nur erahnen. Sicher gucken alle. Sollen sie! Ich nehme die zweite Kurve, ohne auch nur an den Rücktritt zu denken. Auf der Zielgeraden sehe ich meine Schwester in der Ferne. Sie winkt und feuert mich an, weil sie Sportsgeist hat. Das beflügelt mich noch mehr. Ich gebe alles. Am Schluss ziehen, ziehen, die letzten Reserven rausholen. „Zieh Matze, Schnellkraft, Matze", sagt Papa, wenn wir um die Wette rennen.

Genau vor der 55 ist eine Familie aus dem Auto gestiegen und läuft jetzt über den Fußweg Richtung Hauseingang. Das sind nur zwei Meter. Das schaffen die, denke ich. Das schaffe ich, ohne zu bremsen, schätze ich. Die Familie, klassisch, Mutter, Vater, großes Kind und kleines Kind, läuft gänsemarschartig über den Fußweg. Der Vater öffnet die Tür, die Mutter ist drin, das große Kind auch und das kleine, von höchstens drei Jahren tappst hinterher, während ich wie der Blitz angeschossen komme. Alle sind durch. Das Kind auf der Schwelle zum Eingang, trifft sie nicht recht und taumelt etwas zurück. Zwei Schritte, drei, vier... Es steht mitten auf dem Weg, als es sich gefangen hat. Ich gehe voll auf die Klötzer. Das Profil meines Hinterrades verteilt sich als lange schwarze Bremsspur auf den Gehwegplatten. Ich komme kurz vor dem Kind zum Stehen und treffe es mit dem unteren Teil des U-Lenkers am Kopf. Es schlägt auf den Steinboden, während ich versuche, das Gleichgewicht wiederzufinden und die Fliehkräfte unter Kontrolle zu bringen. Alle sind kreidebleich vor Schreck. Meine Schwester, das Kind, der Vater und ich natürlich.

Noch ehe ich irgendetwas zu meiner Erklärung oder Entschuldigung vorbringen kann, kommt der riesige Mann mit einem ebenso riesigen schwarzen Schnurrbart und einem furchtbaren Schreck im Gesicht auf mich zugestürmt und klatscht mir eine rein, mit allem was er hat. Die doofe Brille fliegt mir aus dem Gesicht, verteilt sich systemlos über die parkenden Autos und meinen Hintern hebt es schwungvoll aus dem Sattel. Da hab ich mir in die Hosen gepisst. Vor Angst, vor Schreck, aus Schuld. Für einen Moment steht die ganze DDR der Welt still. Pisse läuft mir durch die Lederhose am Bein hinab auf meine nackten, schmutzigen Füße. Das Kind erhebt sich zum Glück. Es schaut in alle Richtungen nach seinem Vater, findet ihn und beginnt zu weinen. Ich bin von der Erschütterung ganz taub überall und in das lange Piepen, das mehr ein Fiepen ist, mischt sich nun die kampflüsterne Stimme meiner Schwester. Ich höre, wie sie den Mann einfach duzt. „Sag ‚ma, spinnst du oder was? Meinen Bruder zu schlagen? Bist du bescheuert? Das sag ich meinem Vater. Der ist Boxer." Das schreit sie laut durch das ganze U und läuft dabei schützend in meine und angriffslustig in seine Richtung. Sie ist wie ein Held für mich. Meine Beschützerin. Ich lasse das Fahrrad fallen und renne durch die sichere Hand meiner Schwester weg. Ins Haus. Runter in den Keller. Licht aus.

Eingepinkelt hocke ich mit dem Rücken an unserer holzlattenbeschlagenen Kellernische und habe Puls. Zu viel, um zu heulen. Die Zeit im Dunkeln fühlt sich lang an. Ich habe schlimme Schuldgefühle und es ist mir total peinlich, dass ich mir eingepisst habe. Einpissen vor Angst. Ich weiß jetzt, dass das nicht nur so'n Spruch ist. Nach einer endlosen Weile kommt mein Vater in den Keller. Sagt nur: „Alles klar, Kleener?" Ein kurzer Blick trifft die vollgeschiffte Hose. Er tut, als hätte er es nicht gesehen. Drückt mich kurz und männlich, streichelt meinen Kopf und schiebt mich aus dem Keller. Oben feiert meine aufgekratzte Schwester. „Alter, der Vati ist rüber zu dem. Hat mit der Faust an seine Tür gehauen und als der aufgemacht hat, ist der Vati gleich rein und der Typ hatte voll Schiss. Und der Vati hat gesagt: Wenn du meinen Sohn noch einmal anfasst, hau ich dir in die Fresse, ist das klar? Und hat gewartet, bis der „Klar“ gesagt hat vor Angst. Und ist gegangen.“

Über meine nasse Hose verliert auch sie kein Wort. Sie freut sich, dass ein bisschen Action ist. In den folgenden Jahren mache ich einen großen Bogen, immer wenn ich diesen Nachbarn sehe. Wenn sich's nicht vermeiden lässt, spreche ich einen stilles, schuldbewusstes „Guten Tag“ in Richtung seines schwarzen Schnurrbarts. Dieser Schnurrbart, seine Augen und die ganze Geschichte hängt mir noch immer tief in den Knochen. Er hat nichts falsch gemacht. Hat gemacht, was alle Väter gemacht hätten. Alle haben irgendwie alles richtig gemacht. Außer ich. Ich war schuld und bin seitdem vorsichtiger geworden. Weniger mit mir, aber mit den Andern.

Dann laufen wir einfach weiter und ich erzähl dir auf unserem Spaziergang diese Geschichte. Wie ich das als Kind gehasst habe. Einen Spaziergang machen. Zu Hause küsst du mich noch im Flur und machst Sachen mit mir, von denen ich als Kind nicht zu träumen gewagt hätte.

Ganz normal

Von Mathies Rau

Die Amerikaner waren einfach emotionaler als der normale Durchschnittseuropäer. Jimmy -ich hatte aufgeschnappt, wie man ihn nennt- heulte wie ein Schlosshund auf der Beerdigung eines Herren, dessen Namen ich mittlerweile schon wieder vergessen hatte. Und Jimmy war der Einzige. Die Tochter des Toten und seine hinterbliebene Frau weinten, die übrigen Gäste schaukelten in überwiegendem Desinteresse auf stehenden Füßen hin und her. Aber Jimmy heulte, dass ihm dicke Tränen unter der Sonnenbrille hervorkullerten, während er immer wieder sincere condolences zu allen Familienmitgliedern und Verwandten des Toten bekundete.

Mich hätte es interessiert, welchen Bezug Jimmy zu dem Verstorbenen hatte, als dieser noch lebte. Aber die Gespräche der Hinterbliebenen drehten sich an diesem Tag um andere Dinge und meine Aufgabe war es, keine Fragen zu stellen, sondern aufmunternd zu lächeln und den schwarz herausgeputzten Trauernden einen Stift zu reichen, mit dem sie sich ins Kondolenzbuch eintragen konnten. Bevor ich nach Westdeutschland gekommen war, kannte ich Kondolenzbücher nicht und ich verwunderte mich jedes Mal auf's Neue, dass man auf manchen Beerdigungen ein Gästebuch führte. Jimmy trug sich als Letzter ein, ließ sich ein Taschentuch von mir schenken und verschwand in die Friedhofskapelle zur Trauerfeier, die zumindest für ihn mit feiern nichts zu tun hatte.

Für mich war das anders. Ich hatte etwas zu feiern.

Zwei Dinge sogar, zum einen den Dienstschluss, zum anderen die Tatsache, dass ich noch lebte. Denn an diesem Morgen hatte ich zum ersten Mal wirklich begriffen, dass das nicht selbstverständlich war.

In der kleinen aber universitären Stadt Tübingen leistete sich die Friedhofsverwaltung eine Art Portier für die Kapelle. Ein ausnehmend freundlicher Mann, der immer einen schrecklichen Husten hatte und für nichts anderes zuständig war, als die Tore der Kapelle zu öffnen und zu schließen und dabei die Ankommenden einzuweisen. Aus Gründen, die ich nicht kannte, hatte die Friedhofskapelle in Tübingen nämlich eine ganze Reihe von Türen und auch wesentlich mehr, als jede Kapelle, die ich im Leben gesehen hatte. Gerade schlug die Kirchenglocke vier Uhr, als der Portier auf mich zukam und fragte, wie spät es sei. Ich glaubte, er arbeite hier schon so lange, dass er die Glocke nicht mehr hörte. So wie es Leute gab, die an Bahnschienen wohnten und jedes Gehör für Züge verloren hatten.

»Mir ist heute früh etwas Komisches passiert«, meinte der Portier zu mir, als wir von großen Eichen flankiert den Schotterweg hinaufliefen. Der Boden unter unseren Füßen machte noch einige Höhenmeter, dann erreichten wir ein künstliches Plateau mit reichlich gut gepflegten und üppig bepflanzen Parzellen, auf denen mehr Steine als Kreuze standen. Neben einer Linde stand eine grün gestrichene Bank, auf die ich mich gerne setzte. Auf dem Friedhof war das mein liebster Platz, und erst als ich dort saß, fragte ich ihn, was passiert sei.

»Heute früh hatten sie ein kleines Mädchen beerdigt«,

sagte er und schluckte schwer und schaute zu den Häusern, die den Berg hinunterliefen wie eine Treppe. »Ich hasse das, wenn sie die kleinen bunten Särge in die Erde lassen und das

Aufgeschüttete mit Teddybären verzieren.«

»Es sind Kinder«, sagte ich, »die müssen spielen.« Als er mich mit den honigfarbenen Augen eingehend musterte, runzelte ich die Stirn. »Was?«, fragte ich.

Er überlegte eine Weile und seufzte wieder. »Hast ja Recht!«, meinte er und suchte mit den Augen irgendetwas auf dem Hof.

Ich folgte seinem Blick, der auf einem frischen Grab lag, das gestern noch nicht dort gewesen war. Ich erinnerte mich daran, dass die Zelle leer war, als gestern im Nachbargrab die kleine Annemarie Hinze in die Erde gelassen wurde. Es schien ein schlechtes Jahr für Kinder zu sein, wir hatten ungewöhnlich viele unter die Erde zu bringen und allmählich verging uns allen gehörig die Lust dazu. »Ich versteh‘ dich nicht«, sagte ich zum Portier. »Es war nicht das erste Mal und es wird nicht das letzte Mal sein, warum berührt dich das so?«

»Ich hab‘ langsam Angst um meine Kleinen«, sagte er schnell. Es klang so, als hätte er seit Jahr und Tag diesen Satz aussprechen wollen und nie jemanden gefunden, der ihn hören wollte. Wie eine Flasche, die vor Überdruck zerbarst, hatte er mir den Gedanken um die Ohren geschossen und das, obwohl ich nicht einmal wusste, dass er Kinder hatte. Wir saßen ziemlich oft nach einer Trauerfeier zusammen, meist nur ein paar Minuten, aber heute hatten wir beide Dienstschluss und es schien mit diesem Satz klar, dass wir wohl etwas länger beieinandersitzen würden.

»Quatsch«, sagte ich, nicht um ihn aufzumuntern, sondern weil es wirklich Quatsch war. »Es waren ja nicht deine Kinder und so etwas passiert nun mal. Es wird auch wieder weniger.«

Er nickte. »Hoffen wir‘s, für dieses Jahr sind genug von den Kleinen gestorben. Bei den Alten ist es ja schon traurig genug, hast du den Ami gesehen, der gerade auf der Beerdigung vom Hahnemüller ist?«

Nicht, dass die Frage nötig gewesen wäre. »Sicher«, sagte ich, »Jimmy nennen ihn die anderen, aber keine Ahnung, was er mit dem Hahnemüller zu schaffen hatte.«

»Ich hab' gehört, dass sie verwandt sind. Irgendwie hat sich die Mutter vom Hahnemüller im Krieg ,nen Ami geangelt und auf der familiären Seite hinter dem großen Teich gab's den Jimmy und hier bei uns den Hahnemüller. Aber frag' mich nicht, wie das genau zusammenhängen soll, das weiß ich nicht. Man fragt ja auch nicht nach.«

Ich lachte. Kurz sah mich der Portier verwundert an, dann fiel er in mein Lachen mit ein, sagte noch einmal etwas von wegen komische Amerikaner und wir brauchten eine ganze Weile, bis wir wieder still auf die Berge schauten. Es war ein schöner Tag, mit einer hellen Sonne über der Altstadt und angenehmen Temperaturen. Nur das mit den toten Kindern war scheiße. Der Portier tat mir leid mit seinen Kleinen, ich war mir sicher, dass es für mich leichter sein musste. Ich hatte keine Kinder.

»Ich war heute Morgen in der Pathologie und habe eine Abtreibung geholt und die Dokumente vom Standesamt«, sagte ich.

Der Portier schüttelte den Kopf.

»Die Abtreibungen gibt es in diesen grünen Laken überreicht, wie irgendwelchen Biomüll und dann packt man sie in so ein ausgeschlagenes Bastkörbchen und bekommt ,nen Schein, wo draufsteht, dass das Bündel ins Krematorium geht und verbrannt wird. Und vorher muss man auf dem Standesamt einen Haufen Kram holen und alles, außer den Zetteln, im Kühlfach lagern, bis alles ordentlich abgemeldet ist«, fuhr ich fort und versuchte das Bündel aus meinem Kopf zu bekommen.

»Hattest du noch nie eine Abtreibung oder Totgeburt geholt?«, fragte der Portier verwundert, als wäre es normal oder alltäglich oder zumindest nicht unwahrscheinlich.

»Doch, sicherlich habe ich das«, sagte ich, denn es war wahrscheinlich und normal, wenn auch nicht alltäglich. »Aber das ist es nicht.«

»Nicht«, stellte er mehr fest, als dass er fragte.

Meistens machte er das, wenn ich mit meinen Ausführungen mehr ins Detail gehen sollte. Ich mochte das, auch wenn ich nicht wusste, warum ich mich gerne bitten ließ.

»Der Kleine hieß Felix Krüger. Und Felix bedeutet „der Glückliche" und ich habe mich gefragt, ob Felix Krüger glücklich war. Kinder können im Mutterleib Stress wahrnehmen, aber empfinden sie auch Glück?«

Der Portier schaute nur groß mit seinen Honigaugen, auf die ich immer ein bisschen neidisch wurde.

»Ich weiß nicht, ob Kinder im Mutterleib Glück spüren können«, sagte er, was mich ärgerte, schließlich hatten wir beide gelernt, wie die Entwicklungsphasen bei Kindern im Mutterleib verliefen. Es hatte sich nur keiner behalten, wie so vieles, das irgendwann vergessen wurde.

»Es wäre ziemlich unfair, wenn sie das nicht könnten«, sagte ich. »Aus irgendwelchen Gründen wollten Felix Eltern ihn nämlich nicht haben. Manchmal frage ich mich, ob es weniger Abtreibungen geben würde, wenn die Eltern wüssten, dass ihre Kinder mit einem Namen als ein Haufen klebriger Masse in einem grünen Tuch im Kühlschrank landen und irgendwann verfeuert werden.«

»Was regst du dich auf?«, fragte der Portier und erst jetzt merkte ich, dass sich meine Stimme während meiner Rede immer weiter gehoben hatte.

Ich wischte mir kurz mit der Hand über das Gesicht. »Auf dem Zettel vom Standesamt stand bei Geburtsdatum und Todestag das gleiche Datum. Logisch, Felix hat ja nicht gelebt, aber wurde er dann streng genommen überhaupt geboren?«

»Formulare«, meinte der Portier.

»Schau mal«, fuhr ich fort. »Das Kind wurde von den Eltern nicht gewollt, hat nicht einen Tag gelebt und bekommt jetzt eine Parzelle auf dem Friedhof, die vermutlich nicht besucht wird, sondern lediglich von der Verwaltung gepflegt. Und dann heißt das arme Ding „der Glückliche Krüger", wie verrückt das doch eigentlich ist! Das ist doch nicht glücklich, wenn eine Existenz gar nichts weiter ist, als ungelegen und Verwaltungsaufwand. Ich kann doch einen Klumpen Fleisch, der nichts weiter erlebt hat, als von Kühlfach zu Kühlfach gereicht zu werden, nicht Felix nennen.«

Der Portier stand auf und schüttelte seine Beine aus. Die Enden der langen schwarzen Hose wischten über die Lackschuhe und ich spürte die Hitze, die sich vom Sommer in seiner Kleidung gesammelt hatte. »Bausch es nicht so auf«, sagte er. Bestimmt gefiel ihm mein Vokabular nicht, womit er Recht hatte, denn im Zusammenhang mit Menschen sollte man nicht von Verfeuern sprechen und sich ein bisschen pietätvoller ausdrücken. Im Moment suchte ich noch nach einer Begründung für diese Wahrheit.

Normalerweise war der erste Mensch, den ein Neugeborenes innerhalb des Krankenhauses sah, ein Freund. Jemand der sich freute, dass es da war. Der erste Mensch außerhalb des Krankenhauses war meist Gleiches. Über Felix hatte sich keiner gefreut. Im Krankenhaus wollte oder musste seine Mutter ihn loswerden, der Arzt musste ihn holen und außerhalb des Krankenhauses war ich der erste Mensch, der ihn sah. Und wenn ich dienstlich vorbeikam, war das meistens kein Grund sich zu freuen.

»Nee, ich bausche das nicht auf«, sagte ich zum Portier. »Es geht es mir nicht zu nahe, ich wundere mich bloß über diesen verrückten Namen. Wie ein pink gestrichenes Haus in einer historischen Altstadt. Es ärgert einen nicht wirklich, es interessiert einen nicht einmal wirklich. Man dreht sich um und das Haus ist weg, aber nichtsdestoweniger wundert man sich, wer auf die Idee kommt, so etwas zu tun.«

»Du klingst schon, als würde es dich ärgern«, meinte er.

Ich sah zu Annemaries Grab, auf dem selbst von hier oben noch ein großer Teddy erkennbar war. Einer dieser Teddys, die es beim Rummelplatz gab, wenn man ein Vermögen in Lose investiert hatte. Bestimmt hatte sie sich damals riesig über den Bären gefreut. Für einen Moment musste ich lächeln. »Wirklich es ärgert mich nicht«, bekräftigte ich mich nochmals. »Seine Mutter wird ihre Gründe gehabt haben und wer bin ich, dass ich jemandem so eine Entscheidung verübeln könnte. Die Seele, die Felix Felix genannt hatte, wird vermutlich auch mit keiner Silbe gewusst haben, was der Name bedeutet. Aber du musst doch wenigstens zugeben wie verrückt das ist. Vielleicht ist es am Ende sogar der Name, der es aufbauscht. Es gibt ja auch Abtreibungen mit normalen Namen. Marlene zum Beispiel. Ein christlicher Name aus irgendeinem Testament. Bei einer Marlene würde ich mich nicht wundern. Die würde ich artig holen, in das Bastkörbchen packen, bei uns in die Kühlkammer legen und dann zur Feuerbestattung bringen. Und dann könnten sich andere Gedanken um Marlene machen. Bei einer Marlene gäbe es keinen Grund sich Gedanken zu machen, weil es nichts gibt, woran man Anstoß nehmen könnte.« So wie ich den letzten Satz ausgesprochen hatte, fiel es mir wie Schuppen von den Augen. »Sie hatten Annemarie in der Kapelle aufgebahrt, richtig?«, sagte ich und spürte, wie sich einige Kreise in meinem Kopf schlossen.

Der Portier nickte und fuhr sich mit der Hand erst übers Gesicht und dann durch das rabenschwarze Haar. Ich erinnerte mich, wie ich die kleine Annemarie vor einigen Tagen vor mir auf dem silbernen Tisch hatte, um sie zu waschen und anzukleiden. Von der handwerklichen Seite ging dies mit Kindern einfacher. Nur das Vernähen des Kiefers fiel mir immer schwer, weil ich Angst hatte, ich könnte ihnen weh tun. Von der Tatsache, dass man um alles in der Welt nie so ein kleines Wesen auf dem silbernen Tisch haben sollte, musste man natürlich Abstand nehmen. Annemaries Haar war dem des Portiers nicht unähnlich gewesen. »Sie hat dich an deine Tochter erinnert«, riet ich ins Blaue.

Wieder nickte der Portier. »An alle beide. War ihnen sehr ähnlich. Du kannst dir nicht vorstellen, wie ich geschluckt hatte, als ich in die Kapelle gekommen war.«

Ich mochte meinen Beruf. Aber ich hasste die Momente, in denen er mich erwischte. Die Momente, in denen man begann, sich zu viele Gedanken zu machen. Ich war sicher, der Portier hasste diese Momente auch.

»Emma will unbedingt ein Kind haben«, sagte ich, nachdem wir eine Weile geschwiegen hatte. Tübingen lud zum Schweigen ein. Aus der Kapellentür trat die Trauergemeinde des Herrn Hahnemüller.

»Deine Freundin?«, fragte mich der Portier.

Etwas perplex schüttelte ich den Kopf, dann fiel mir ein, dass er nicht die Frau meinte, die aus der Kapelle trat, sondern Emma und ich bejahte.

»Mache das«, fuhr er fort, »die machen zwar furchtbar viel Arbeit, aber ich will meine Töchter nicht missen müssen. Kinder sind echt was Großartiges!«

»Wenn es ein Junge wird, dann nenne ich ihn nicht Felix«, sagte ich schnell. Der Portier war nun schon der sechste Mensch, der sich dafür aussprach, dass Emma und ich ein Kind bekommen würden.

»Und wenn es ein Mädchen wird?«, fragte er, ehe meine Gedanken zu weit abdriften konnten. Ich überlegte eine Weile, bis ich mit mir übereinkam.

»Dann werde ich Emma fragen, ob wir es Annemarie nennen wollen. In der Hoffnung, dass es besser läuft. Und weil der Name so schön ist.«

Der Portier lachte laut. »Aber die anderen sind verrückt, weil sie eine Abtreibung Felix nennen?«

Ich grinste, als ich den Amerikaner sah. Jimmys Gesicht war noch immer rot und sein Schluchzen über den ganzen Friedhof zu hören. Bestimmt würde er noch eine Weile brauchen, ehe er den Hahnemüller überwunden hatte. Wenn es aber so weit war, dann wäre er wieder fröhlich und würde mit einem riesigen Truck durch die USA heizen und seine Frau anfunken. Zumindest sah er so aus. Er hatte diese Trucker-Figur, die man aus amerikanischen Roadmovies kannte.

»Manchmal finde ich das alles verrückt«, sagte ich schließlich. »Aber eigentlich ist es ganz normal. Warum sollten wir unsere Tochter auch nicht Annemarie nennen.«

steine (stop fucking my heart)

Von Matthias Heine

drück ab und ziele auf mein herz
ich brauche es nicht mehr
ich lauf nicht weg, ich bleibe steh'n
ich brauche es nicht mehr

das dumme ding, das sich verschenkt,
als wäre es nichts wert
ein hoffendes, ein glaubendes, ein liebendes
knalls endlich ab und steck mir in das loch
den stein, den alle haben
den angeber, den aufgeber, den feigling,
den deserteur, das egofähnchen
steck's mir rein, als wäre ich der mond

wie kann ich sonst den mund vergessen
die hand, das auge und dein haar in meinen kissen
das meer, die hitze, die geschichten,
das klingen, singen, riechen, schmecken… wie?
die treppen, die du triffst mit deinen füßen
und ich schon wartend auf der schwelle,

warten auf dich, immer warten auf dich
und dass du den blick hebst
und dass ich mich darin wieder finde
sicher und zu hause bin
geliebt bin und liebe

drück ab und bitte triff genau
und ende ein für alle das feuchte pumpen
das vom hals sich aufwärts in die augen schiebt

nur so kann ich am leben bleiben ohne dich
steinern und zuversichtlich in die zukunft blicken
ein paar traurige gedichte schreiben
die leuten unter nasen reiben
am leben bleiben

leben
bleiben
stein
sein

augenreibend bitterzart
treibst du deinen keil
try to break a broken heart
siehst du, ich bin heil

Cello

Von Udo Tiffert

K., einer der besten Cellisten weltweit, mit Preisen überhäuft, gastierte in der Kleinstadt M. Er war mit dem Zug angereist, hatte während der Fahrt in der Süddeutschen Zeitung gelesen oder aus dem Fenster geschaut, den Wechsel von Gewerbegebieten und Flußauen betrachtet, auch die zugewachsenen Gleise vor den Bahnhöfen. Hildegard S., die Vorsitzende des Musikvereins holte ihn am Bahnsteig ab. Der beinahe kahlköpfige K. schaute auf schwarzbetrumpfte Beine, die ihr aus einem dunkelgrünen Kostüm ragten. Sie gaben sich die Hand. Er schob sein Instrument vorsichtig auf die Rückbank ihres kleinen japanischen Fahrzeugs, dann schnallten sie es gemeinsam an.

„Herr K., Herr K.“, begann sie während der Fahrt, „es freut uns sehr, sehr! Wir sind alle gespannt, sehr gespannt!“ Dann schwieg sie und K. bemerkte, daß sie nach Worten suchte, schaute zu ihr herüber, erkannte, daß es offensichtlich um etwas Heikles ging, für sie Heikles?

„Herr K., es wichtig Arbeit auch delegieren zu können, zu vertrauen. Nun hat aber eine Mitarbeiterin die Ihr Zimmer buchen sollte, angenommen, obwohl es eine Kopie des Emailverkehrs gibt, daß nicht sie sondern... und nun haben wir die Messe in der Stadt...Herr K., wir können...“

„Lassen Sie uns erst einmal ankommen", bat er die rührige Vorsitzende. Er wollte nicht in einem kleinen, japanischen Auto an einen Brückenpfeiler gefaltet, sterben.

Am alten Stadtsaal angelangt, ließ sich zuerst die Bühne zeigen, prüfte mit der Nase und Reiben von zwei Fingern Temperatur und Feuchtigkeit, setzte sich, wölbte sich über sein Instrument und begann etwas zu üben. Er spielte, pausierte völlig ruhig, spielte weiter. Hörte, daß sich Instrument und Raumluft austauschten und spielte weiter bis sie handelseinig waren. Danach stimmte er etwas nach, nicht zu rein; er mochte seinen Ton gediegen-sperrig.
Üben und Musik trennten ihn schon immer von irdischem Kleinkram, auch von großen Sorgen. Jetzt auch von der Furcht der Vorsitzenden. Oft, nicht immer, konnte er seine irdischen Zweifel und Gebrechen in Schwung umwandeln; Jemand sein und gleichzeitig Niemand sein. Niemand: nur Werkzeug der Musik, die alle Kraft aus sich selbst nimmt. Alle Kraft, die der Komponist fortgab? Ein Jemand trägt seine Sehnsüchte, offensichtliche, eingestandene und verborgene, in die Musik, macht sie also unrein. Regen und kleine Eisstücken fallen aus der Stratosphäre, verdunsten noch vorm Erdboden. Jemand und Niemand, das Notenblatt und der Raum voller Zuhörer. Als fünftes etwas wie Zufall, Glück, Verhängnis, nicht planbares. Vielleicht gibt es sogar etwas wie ein Stadtgeist? Kleingeist oder freie Lungen?

Die rührige Vorsitzende war vor dem Konzert nicht mehr dazu gekommen, ihre Sorge zu formulieren. Es war ihr gelungen, dieser während des Konzerts komplett zu entrücken. Erst recht im überströmenden Dankdefilé danach, denn alle wußten: Sie hatte ihn geholt! Sie besitzt Ausdauer und Händchen! Das alles wurde ihr versichert. Keiner ahnte, was ihr be-

vorstand und das war so in Ordnung. Solch ein gelungenes Konzert! Und nun fühlte sie, daß der Rest, die Unpässlichkeit, zwar nicht gering, aber sicher lösbar war.
„Herr K., es war wunderbar. Ich habe stellvertretend für Sie, viel viel, sehr viel Lob erhalten, mehr als sonst!"
„Danke, ich danke Ihnen für die Gelegenheit." Sie bewegten sich im Gleich-klang beiseite, in den Gang zur Garderobe, die noch nicht völlig, aber bis auf acht Mäntel geleert war.
„Nun nennen Sie mir doch bitte rasch das Problem, das es gibt?" K. öffnete den obersten Hemdknopf, wischte sich mit einem Finger an den Rändern der Augen, nahm dann ein Tuch aus seiner Hosentasche. Die Garderobefrauen taten als sprächen sie miteinander. „Ja, Herr K., ich sagte es Ihnen ja, mit dem Hotel... das haben wir vermasselt." Die Erschöpfung des Künstlers spornte nicht gerade an. „...eine junge Frau aus unserem Verein verfügt über ein tadelloses Gästezimmer nicht weit von hier."
K. wischte sich noch immer in den Augen, nahm das Tuch zu Hilfe, wirkte erschöpft, froh, müde. Nahm er nur Anlauf für eine furchtbare Szene? K. suchte nach einem Gedanken, einer plötzlichen, hellsichtigen Erkenntnis über sich selbst. Eine simple Erkenntnis war ihm während des Spiels gekommen. Ein Gedanke, ein gewöhnlicher, naheliegender, wie auch bedeutsamer Gedanke. Er hatte ihn selbst im Traum gesprochen, einfach Zwei und Zwei zusammengezählt... Aber die Konzentration fürs Konzert hatte es beiseite gewischt, wie ein morgendlicher Wecker die Träume auslöscht.
Die Frau Vorsitzende sammelte sich, bangte im Stillen, erinnerte sich selbst daran, doch nichts Unanständiges verlangt zu haben oder war es doch eine Schande? Behandelte sie ihn wie einen Tramper, studentischen Couchsurfer?
„Frau S.", sagte K. noch ohne sie anzusehen, „wenn das Zimmer eine Tür hat, die man schließen kann und ein Bad in

wenigen Schritten Entfernung, wird es gut sein."
Die S. sah genau nach, wie er es meinte, schaute auf seine Wangen, seine Mundwinkel. Die ganz Großen sind normale Menschen im Leben, wußte sie nun wieder. Sie sagte, ihre Beschämung unterdrückend: „Ich stelle Ihnen Sylvia vor. Sie hat das Zimmer und Sie können es sofort beziehen, wenn Sie mögen. Aber wir gehen auch gern noch etwas essen?"
K. zögerte.
„Möchten Sie lieber gleich zu Bett gehen, allein sein?"
K. schüttelte den Kopf, sagte leise: „Nur eine Minute." Spürte seinen Leib nur aus Hunger bestehend, wie nach Schwerstarbeit, fürchtete jedoch Essen und Geselligkeit wie eine plötzliche Zusatzaufgabe, und ein Fluchtreflex pulste, pulste, pulste... wollte Menschen weder sehen noch reden hören. Gleichzeitig war er das Kind, das darum bittet die Tür ein Stück aufzulassen, damit es Stimmen, das gesamte Leben hören kann.

Sie saßen etwas über eine Stunde beim Italiener, zu dem sie keine 100 Meter gelaufen waren. Die S. hatte ihn erst einmal aus der Mitte genommen, in dem sie mit den anderen über eine künftige Bürgermeisterwahl anfing. Ein Kandidat war das kleinere Übel, ein anderer unterm Jackett nichts als Banause, geldgeil, kulturfern. Dann wurde K. noch einmal gelobt, vor allem dafür, daß er Perfektion mit Lebendigkeit versah. K. bemerkte, daß zwei Herren links von der S. beim Beschwören der Perfektion nicht völlig mitgingen und dafür gut auf Lebendigkeit verzichten konnten. Sie schwiegen jedoch, lächelten, ohne dabei die Aussendung des Angesäuerten einzustellen. Zumindest ihren Augen schenkten sie Trost mit Blicken zum Adriagemälde an der Wand. K's „schmutziger" Ton war es, der sie beleidigte oder der, wenn nicht schmutzig, so doch nicht ganz korrekt ausgeführt war; in Lehrbüchern steht nichts von solch einem Ton. Aber viele andere Zuhörer versicherten, daß gerade ihm es gelänge: die unvereinbaren Dinge, Reinheit und Leben, zusammenzuführen.

K. sah kurz zu seiner Zimmerwirtin Sylvia, die ihm schräg gegenüber saß. Sie sprach mit einer Frau, zwei Plätze neben ihm. Sylvia schien eine gewöhnliche Frau zu sein: Weder exaltiert schön, noch in irgendeiner Weise benachteiligt. Genau deshalb fühlte er Respekt. Und weil sie ihn, als sie einander vorgestellt wurden, nicht nur als Künstler begrüßt hatte. Es hatte einen Anflug Skepsis in ihrem milden Blick gegeben. Ihr Haar lag braun und nach innen gewandt auf ihrer geraden Schulter. Vielleicht war sie Anfang Vierzig oder Mitte Dreißig? Sie wirkte weder aufgeregt noch desinteressiert. An ihrer linken Hand entdeckte K. einen klobigen, ausgesprochen häßlichen Ring. An ihrer Halskette ein Klumpen, der dazu paßte.

Sylvia fuhr einen französischen Kombie, lenkte diesen über zwei Ampelkreuzungen und sie begannen eine Parklücke zu suchen. K. überlegte, ob sie vom Parkort, den sie dann nahmen, zu ihrer Wohnung nicht weiter liefen, als vom Restaurant aus? Aber es störte ihn nicht. Diese fremde Frau lief, nachdem sie etwas Geschwindigkeit aus ihren Schritten genommen hatte, schweigsam, mit vielleicht einer Handbreit Abstand, neben ihm. Die Stille zwischen ihnen fühlte sich nicht fremd an. Die Stille umhüllte sie mit vorausgesetzten Übereinkünften. Ohne sie zu kennen, war er erfreut, sie nun für sich zu haben. Eine Katze sprang von einer Motorhaube zwei fahrzuege vor ihnen und beide lächelten. „Hier ist es.“ sagte sie, schloß auf. Sie stiegen bedächtig und nacheinander zwei Treppen, Sylvia schloß noch einmal, dann betraten sie einen langen Laminatflur. Sylvia wies ihm die Wohnstube zu und sagte: „Ich muß mal rasch ins Bad.“
Sie kehrte nach einer Minute zurück, hatte den Schmuck ab-

gelegt und ihr Haar zusammengebunden, bewegte sich sicher, privat in ihrer Wohnung als wäre kein Besuch da. K. fand das einerseits unverschämt, nur ein bißchen, und nahm es andererseits als starkes Kompliment, ein körperliches Vertrauen.
Er dachte an seine Frau zuhause, Monique, die ihm in der Öffentlichkeit ergeben war. Zuhause gab sie sich gern unzufrieden, sprach ihm das Recht auf jegliche Differenz zwischen Öffentlichkeit und Privatsein ab. Für sie hatte er rund um die Uhr originell und einzigartig zu sein: „Mußt Du wirklich so viel reisen? Und zuhause redest Du nicht mehr mit mir! Nie erzählst Du mir irgendwas! Und für Dein Haarproblem gibt es durchaus Lösungen; du verdienst doch gut!"
K. aber wollte sich privat gehenlassen, seine Kraft für die Öffentlichkeit aufsparen, denn er fühlte dort außer Vergnügen, viele schwierige Aufgaben.
Sylvia behandelte ihn nicht als öffentliche Größe. Oder bildete er sich das nur ein? Hatte sein Wünschen die Wahrnehmung übernommen?
Und plötzlich war der Gedanke über ihn selbst wieder da: Zu allererst erfülle ich die Erwartungen von Frauen! Stimmte das denn? Hatte er sich den „schmutzigen Ton" als Trotz zugelegt, weil er nur seiner Mutter wegen das Instrument erlernt und perfektioniert hatte? Seine Mutter hatte es eines Tages bemerkt und in den Saal geblickt, auf die anderen Hörer. Sie sah Enttäuschung bei einigen, zustimmendes Erstaunen bei vielen. Sie spürte Befreiung mit einem kleinen stechenden Schmerz und überbordenden Stolz. Als sie nach dem Konzert sah, wie sein Blick sie um ihre Meinung fragte, nickte sie ihrem Teufelskerl mit sparsamer Geste zu.
K. verpaßte die Sekunde, in der Sylvia beide Gläser Wein gefüllt, dicht neben ihm stand und nach dem besten Sitzplatz für sich selbst Ausschau gehalten hatte. Nach dem Sitzplatz, der eine Auskunft gab oder vermied. Sie setzte sich ihm ge-

genüber, weit entfernt, für offene Augen jedoch sehr direkt. Er hätte sie bitten können neben ihm Platz zu nehmen? Sie ist eine Frau, sie sind zu zweit und ungestört!
Sylvia erzählte: Sie wohne allein und eine Tochter studiere fünf Autostunden entfernt in H. Sie habe die Tochter mit 18 bekommen und gewollt. Sie spiele gelegentlich Akkordeon, aber nur sehr schlecht. K. dachte: In einem Hotelzimmer hätte er die mechanischer Freundlichkeit folgende Trostlosigkeit ertragen, diese aber danach mit dem herrlichen Gefühl des Ungestörtseins aufgewogen. Hier gab es Interesse. Angenehmes, natürliches Anschauen, aber auch nötige Höflichkeit.
Der Wein wärmte ihn schnell, überall. Weckte ihn. Wie schön es ist, Künstler zu sein, dachte er, ich bin immer interessant für Frauen, immer Mann der Tat und im Leben angekommen! Sylvia blickte die Welt verlassend in ihren Wein. K. sah sich noch einmal in der Stube um: dunkle, einfache Regale, Bücher, ein Stapel Zeitungen, ein Mutter-Tochter-Foto, eine große signierte Fotografie von geneigten Schilfkolben, braune Vorhänge. An einem Türgriff eines Schranks, der sonst nackt oder klobig hätte wirken können, ein grünes Tuch um den Griff gewickelt, das Restschwung besaß und davon etwas in den Raum gab. Sylvias Blick kehrte zurück und er bat sie, sich neben ihn zu setzen. Sie setzte sich dicht neben ihn und er nahm ihre linke Hand in seine. Eine kräftige, keine grazile Hand. Sie schaute darauf und legte ihre rechte, ebenso kräftige darauf. Seine Künstlerhand spürte die weiche Seite ihrer Kraft, pergamentene Wärme.
Seine freie Hand legte er auf ihr Bein, bereit, sie sofort zurückzuziehen, Sylvia ließ ihren Kopf auf seine Schulter sinken. So blieben sie und die Stille ließ Möbel und Fenster knacken. Irgendein Fahrzeug durchfuhr die Straße, hielt an der nächsten, beschleunigte wieder. Die nächste Häuserzeile schluckte den Schall der Reifenprofile. Stille. K. drehte seinen Kopf und

Sylvia hob ihren ein wenig an. Er küßte das Haar hinter ihrem Ohr. Ihre Hand drückte seine.
So erhoben sie sich, gingen ins Gästezimmer zum Bett. Er zog ihr Rock und Bluse aus. Sie öffnete seine Hose. Jackett und Hemd legte er selbst ab. Auf die etwas absurde Art einer Weihe falteten sie ihre Leiber in Richtung Laken. Lagen nebeneinander. Sie trug noch ein hellseidenes Unterhemd. Er hob es an, fuhr mit der Hand darunter, sie schloß ihre Augen. Das nutzte er aus, betrachtete sie. Fand sie unvollkommen, wunderschön. Vielleicht gab es fünf-sechs Kilogramm zuviel an ihren Hüften! Er lächelte. Mager-Monique wüßte, was da zu tun sei. Weiß, was eine Frau gegen Glücklichsein zu tun hat.
Als er Sylvia küßte, griff sie kräftig in seinen Nacken, als begänne gleich der Tanz. So faßte er nach den Brüsten, da atmete sie einen edlen, langen Ton. Als er seine Hand zwischen ihre Beine legen wollte, verdrehte sie sich und er spürte aufkommende Starre. Warten oder Drängen? Bereitstreicheln?, fragte sich K. Und entschied nichts, sondern fügte sich. Fügte sich seiner Eindrücke von Beginn an. Vor dieser Person, wie sie ihn begrüßt hatte, mitgenommen hatte, ihre Wohnung gezeigt hatte: Einem Mann, der nicht unbedingt Künstler sein müsse, um ihr zu gefallen. Sie roch ein wenig nach Haarshampoo und Ringelblume. Sie streichelte sein weniges Haar ohne Spuren künftiger Vorwürfe. „Ich kann nicht so… am ersten Tag“, sagte sie entschuldigend. Ihr Blick war aber eine Ansage, mit der er sich abzufinden habe.
Der Wein trieb K. das Werk zu vollenden, aber die Idee, sie könnte ihn als Mann, als normalen Menschen mögen, hatte ihn längst mit allem, wirklich allem, mit viel mehr und neuem versorgt. Ihr Haar lag an seinem Mund. Es fehlte nichts. „Wir liegen gut so“, sagte er und ging davon aus sich diffus und albern ausgedrückt zu haben. Die Straßenlampe draußen, die bisher das Zimmer ausgeleuchtet hatte, verlosch. K. zog ihr

und sich die Decke über die Schultern. Sylvia schien zu nicken und nahm seinen Kopf für einen bestimmten Kuß. Kurzzeitig erinnerte er sich an seine Erschöpfung nach dem Konzert. Die tiefe Einsamkeit des Erreichten, umgeben von Glück. Dies schmerzte jetzt nicht so wie sonst. Glück umgeben vom Alleinsein der Zimmerecken. Mit seiner Hand auf ihrem Bauch, die Sylvia festhielt, schliefen sie ein.

K. erwachte gegen 10 Uhr. Er hatte morgens ihr Aufstehen bemerkt, mit ihrer Rückkehr gerechnet, war wieder eingeschlafen. Auf dem Küchentisch, in der Mitte genau, fand er alle wichtigen Kaffeeutensilien. Davor ein Zettel: „Ich mußte ins Büro, zieh die Tür einfach zu. Sylvia."

Er saß sorgfältig gewaschen und gekämmt in der Küche. Fläzte beinahe auf fremden Stuhl. Trank vom dampfenden Bohnenelixier. Sah sich um, sah zum grauen, tiefen Krähenhimmel draußen, studierte das Fensterkreuz, Holz oder Plaste?, hörte das Rohrerauschen des Hauses, überlegte, was er auf die freie Stelle des Zettels antworten könnte? Gab ihm ihre Schrift noch einen Hinweis? Er schrieb nur: „Danke Sylvia." Schaute dann im Kalender seines Smartphones nach: In zwölf Tagen gastierte er in jener Stadt, in der ihre Tochter studiert. Er könnte beide einladen? Ein Taxi brachte ihn zum Bahnhof. Er war zu spät. Der Zug ebenfalls. K. saß und rollte an überwachsenen Gleisen, einem Autoreifen-Gewerbegebiet und an einem Graben mit schwarzen Erlen vorbei, fort.

Anna

Von Mathies Rau

Anna war gar nicht böse darüber, dass sich Herr Andersen verspätet hatte. Im Gegenteil. Als 16 Uhr verstrichen war, hatte sich ihr Herzschlag wieder zu beruhigen begonnen, der Kaffee aufgehört so fürchterlich bitter zu schmecken und der Kuchen mehr nach Schokolade ausgesehen, als nach Kalorien die ohne Gnade in ihre Schenkel wandern würden. Mit diesem Stückchen moralischer Überlegenheit konnte sie dem bevorstehenden Treffen wesentlich ruhiger ins Auge schauen. Anna sah aus dem Fenster. Die Angestellten des Ramons brachten die Stühle hinein. Noch vor einer Stunde hatten sich die Leute um die Sitzplätze in der Sonne fast geschlagen. Es war auch eine komische Situation. Fast 16 Grad hatte es im Dezember gegeben, in der prallen Sonne. Selbst wenn man bedachte, dass dieser erste Advent noch im Herbst lag –wie jeder andere erste Advent natürlich auch- und nicht im Winter, dann hätte es dennoch kälter sein müssen. Jetzt mit dem Verschwinden der Sonne allerdings, stürzten die Temperaturen auf ein für einen Herbsttag vernünftiges Niveau herunter und die Gäste des Ramons hatten sich hinein verzogen.

Ein Rettungswagen fuhr vom Römer aus Richtung Stadtmitte. Er hatte dort schon gehalten, als Anna angekommen war. Zwei PKW der Polizei folgten der Ambulanz hinterdrein und ließen ihre Sirenen über den Platz heulen. Da draußen soll ein alter Mann einen jungen umgebracht haben, flüsterte es im Café. Am helllichten Tag auf dem belebtesten Platz Frankfurts nach der Zeil. Das war im besten Fall unwahrscheinlich. Wer weiß, wer das Gerücht gestreut hatte. Von der Stelle, an der vor einigen Sekunden die Wagen abgefahren waren, bewegte sich ein Mann auf das Ramons zu. Er war hoch gewachsen. Seine blonden Harre leuchteten im Licht der Straßenlaterne, welche ihm golden über die breiten Schultern flossen. Sein Gesicht hatte stark ausgeprägte Züge, sah kantig aus, wie das der Küstenbewohner. Er öffnete die gläserne Tür und trat ins Café. Mit zwei stahlblauen Augen durchforstete er den Raum. Unwillkürlich begann Annas Herz etwas schneller zu schlagen. Selten hatte sie einen Mann gesehen, gerade hier in Frankfurt, der ihrem Geschmack so sehr entsprach. Die sportliche Statur des Fremden war in einen grauen Nagelstreifenanzug gehüllt, dessen Wert man ihm deutlich ansah. Als wolle er das rechte Maß halten für einen Nachmittag im Café hatte der Mann auf eine Krawatte verzichtet und den obersten Hemdknopf offen gelassen. Das lockerte seinen Kragen, ohne auch nur einen Zentimeter seines Brustbeins zu zeigen. Sein Blick fiel auf Anna, die spürte, wie sie errötete, als seine Stirn sich kurz fragend in Falten legte. Höflich zögerlich, ohne dabei unentschlossen zu wirken, machte er ein paar Schritte an ihren Tisch heran.

„Entschuldigen Sie", begann er. „„Frau Martin?"

Anna war irritiert. Kannten sie sich?

Als er keine Antwort erhielt, lächelte er. „Ich bin Herr Andersen, ihr Vermieter."

Ihr Vermieter? Ihr Vermieter hätte ein sechzigjähriger hässlicher Grantenbock sein müssen. So wie man sich Vermieter eben vorstellte. Niemand, der auf die vierzig zuging und so unverschämt gut aussah. Das verwirrte sie. Genauso wie sein Duft. Etwas Süßliches. Fast schon ein weibischer Geruch, aber eben nur fast. Eigentlich passte er sogar sehr gut zu Herrn Andersen. Anna erwachte aus Ihrer Schockstarre. „Entschuldigen Sie bitte, setzen Sie sich, bitte! Ich bin Anna, also Frau Martin."

Andersen verwarf sein Lächeln nicht und setzte sich zu ihr. „Sie haben noch nichts bestellt, das tut mir leid, ich wurde aufgehalten."

„Was gab es denn?", Anna biss sich auf die Zunge. Was gab es denn? Ernsthaft? Man fragte einen wildfremden Menschen nicht, was es gab, man verzieh es ihm einfach. Für die persönliche Assistentin des Frankfurter Oberbürgermeisters versagte sie in Sachen Kommunikation gerade auf ganzer Linie. Das konnte doch unmöglich nur am Stress liegen. Oh diese Augen, Anna wurde nervös wenn sie hineinsah. Ihre Fingerspitzen kribbelten. Das war also der Mann, der ihr ihre Wohnung wegen Eigenbedarf wegnehmen wollte. Am liebsten hätte sie ihn gefragt, ob er nicht einfach mit einziehen wollte.

„Was es gab", wiederholte Herr Andersen und schien nicht im Mindesten befremdet zu sein, dass Anna so direkt herausgeplatzt war. Er machte eher den Eindruck, als hätte er selbst nicht ganz verstanden, was es denn nun gab. „Nun anscheinend wurde auf dem Römer ein Mann schwer verletzt, ungefähr in meinem Alter. Ein älterer Herr hatte ihn mit einem Messer gestochen. Ich musste noch eine Aussage machen. Zu spät gekommen, um zu helfen und zu früh um sich heraushalten zu können. Ich hätte Ihnen eine SMS schreiben können, aber daran hatte ich leider nicht gedacht in dem Moment."

Kein Wort von Mord. Dahingehend hatten die Cafégäste wohl übertrieben mit ihrem Getuschel. Dennoch, auf welche Ideen jetzt selbst schon die Rentner kamen. Wie kommt ein alter Mensch dazu ein Messer mit sich zu führen. Nicht, dass Anna es gutheißen würde, dass in Frankfurt jedes von den Kids ein Klappmesser einstecken hatte, aber ein Opa mit Klinge war eine ganz neue Qualität. Und dann sticht er einen ab auf dem Römer, am helllichten Tag. Vielleicht könnte der Oberbürgermeister ihr morgen etwas im Büro dazu sagen.

„Ein Coffee Latte und was die Dame dort bestellt", er pausierte kurz, „sollte sie ein Stück Kuchen bestellen, bringen sie mir was von der Schwarzwälder Kirsch." Er bezuckerte die Kellnerin mit einem harmlosen Lächeln und diese zuckerte mit einem Lächeln zurück. Obwohl die Geste bestenfalls etwas zwischen Menschlichkeit und sozialer Kompetenz ausstrahlte, spürte Anna einen Anflug von Eifersucht. Hätte Sie Andersen nicht unter zwangloseren Umständen treffen können? Aber gut, was hätte das geholfen. Die Kellnerin war vielleicht fünfundzwanzig und hatte einen Arsch mit dem man Nüsse knacken konnte. Das verdarb ihr die Lust auf die so ganz exzellenten Nussecken hier. „Ein Kännchen Kaffee und ein Stück von der Schokotorte", sie schaute auf die Hüften der Kellnerin, „ein kleines Stück." Ab morgen würde sie sagen, dass sie ab morgen Sport machen würde, um es dann bleiben zu lassen. Traurig, wie desillusioniert man mit vierzig wurde.

„Es ist schön wieder in Frankfurt zu sein", brach Andersen das Schweigen. „Ich habe die Stadt nach den Jahren doch all zu sehr vermisst."

So sehr vermisst, dass du hierher kommst, um mir meine Wohnung wegzunehmen, du Penner, dachte sich Anna, da kam auch schon der Kaffee. Sie flüchtete sich hinter ihre Tasse und trank einen langen Zug.

„Ich sehe schon, wir bringen besser gleich den unangenehmen Teil hinter uns", begann er von Neuem. „Ich brauche die Wohnung für mich selbst, ich muss Sie also bitten diese zu räumen. Da es sich um Eigenbedarf handelt…"

„… ich kenne mich aus, danke", unterbrach Anna. Da es sich um Eigenbedarf handelt, kann man sich selbst der Nächste sein und eine nicht mehr ganz so junge Frau aus einer Wohnung werfen, die sie seit fast zehn Jahren bewohnt, ohne die übliche Kündigungsfrist einhalten zu müssen. Das hatte ein bisschen was von Beziehungskrach mit Kofferpacken. Nur dass Herr Andersen und Frau Martin vorher keine Beziehung hatten. Schade, denn Herr Andersen schien durchaus sympathisch zu sein, wurde aber durch den Umstand, dass er Vermieter war, ungeheuer entwertet. Anna steckte sich ein zu groß geratenes Stück Schokoladenkuchen in den Mund und sah jetzt beim Kauen aus wie ein Hamster. Hätte sie gekonnt, hätte sie geheult. Die Zeit, in der ihr die Kerle am Arsch geklebt haben, war vorbei. Die Zeit, in der ihr Vater sie noch erkannt hatte, als sie zu ihm kam, um ihm den Mund abzuwischen, war vorbei. Die Zeit, in der sie Sex hatte, war vorbei. Und die Zeit, in der sie in ihrem verdammten Zuhause leben würde, würde ziemlich fix ebenfalls vorbei sein. Was bildete dieser Arsch sich eigentlich ein, ihr ihr Heim wegzunehmen? Anna überlegte kurz, ob Andersen sich wohl mit ihrer Kuchengabel erstechen ließe. Gegangen wäre das bestimmt, aber was hätte es genutzt. Ihre Augen wurden ein bisschen feucht. Wenn sie jetzt noch anfangen würde zu heulen, dann würde sie sich morgen vom Dom stürzen, da war sie sich sicher.

Herr Andersen wechselte sein Lächeln von freundlich zu mild. Anscheinend hatte er ein ganz paar Arten zu lächeln in petto. Bei seinen aufregend hohen Wangenknochen kein Wunder, sie kamen mit einem Lächeln am besten zur Geltung. Bestimmt hatte er als Teenager ein kleines Arsenal geübt und dann damit reihenweise Mädchen abgeschleppt. Der hedonistische Scheißkerl!

„Bis wann muss ich raus sein?“, fragte sie. Der Kuchen war alle. Hätte sie ein großes Stück genommen, wäre das nicht passiert. Anna seufzte.

„Bis wann können Sie es denn einrichten?“

„Was für eine bescheuerte Frage!“, dachte Anna. Zumindest dachte sie, dass sie es dachte. Von den Nebentischen warfen ihr die Gäste Blicke zu. Überrascht, belustigt, empört, das ganze Programm. Es war ihr schon wieder passiert. Seit diesem Vorfall, als sie siebzehn war, verlor sie sich manchmal, dann, wenn der Stress zu groß war. Selten führte das zu wirklichen Problemen. Manchmal aber eben doch. Andersen stand auf. Sie wagte es nicht, ihm ins Gesicht zu sehen. Wie konnte sie nur so die Beherrschung verlieren. Einen Scheiß würde er ihr jetzt an Schonfrist geben. Und das, wo Anna nun wirklich keine Zeit hatte, einen verschissenen Umzug zu realisieren. Sollte sie vielleicht gar nicht mehr schlafen? Weniger als zwei Mal am Tag essen? Aufhören zu duschen? Scheiße!

„Gehen wir ein Stück?"

Anna fuhr herum. Herr Andersen stand hinter ihr, hatte ihren Mantel in der Hand und bot ihn ihr offensichtlich an. Die Versuchung, jetzt auch bei ihrem Trotz zu bleiben und den Vermieter stehen zu lassen, war klein. Interessanterweise schämte sie sich nicht einmal oder fürchtete sich. Im Gegenteil, sie freute sich, ein Stück mit Herrn Andersen zu gehen. Er hätte nach ihrem kleinen Ausbruch verschwinden können, wütend werden oder ihr zumindest bestimmend einen Räumungstermin auf den Tisch knallen können. Hatte er aber alles nicht getan. Er hatte gelächelt. Vielleicht konnte er nichts anderes. Vielleicht hatte er eine Gesichtslähmung und ein eingefrorenes Lächeln. Anna musste kichern. Andersen wollte etwas sagen, aber sie wischte es mit einer Geste davon und schlüpfte eilig in ihren Mantel. „Ich warte draußen, wenn Sie zahlen, mir ist es etwas peinlich zwischen den Leuten." Er zog eine Braue nach oben, machte sich aber kommentarlos daran zu bezahlen. Er hatte ja ohnehin schon so etwas angedeutet. Abgesehen davon konnte er sie ruhig einladen, wenn er sie schon zur Obdachlosen machte. Anna huschte nach draußen.

Es war kalt geworden in Frankfurt. So kalt, dass sie ihren Atem sehen konnte, wie er als weißer Nebel ihm Laternenlicht verflog. So kalt, dass sie die Schultern hochziehen musste, als ihr der Wind in den Nacken kroch. So kalt selbst, dass es schon nach Kälte zu duften begann und sie sich den Geruch von

Schnee einbildete. Als Herr Andersen aus dem Ramons trat, fühlte Anna sich schon wie eine ihrer Kinderheldinnen, hatte das Bedürfnis sich im Kreis zu drehen, bis ihr schwindelig wurde oder ihren Vermieter zu küssen. Ihre letzte Beziehung war beschissen gewesen und deprimierend lange her. Jetzt, wo sie kurz davor war, ihren Vater und ihr Zuhause zu verlieren, fragte sie sich, warum sie in den zehn Jahren so emsig gearbeitet hatte, dass sie darüber ihre beste Freundin verloren hatte. Inge. Wer konnte es Inge auch verübeln, dass sie irgendwann nicht mehr angerufen hatte. Anna hatte ja immer nein gesagt.

„Sie verunsichern mich, Frau Martin", sagte Herr Andersen. „In einem Moment sehen Sie mich an, als würden Sie mich am liebsten umbringen und im nächsten, als würden Sie sich freuen mich zu sehen."

„Lassen Sie sich nicht verunsichern, ich würde Sie gerne umbringen. Gehen wir am Main-Ufer lang?"

Er nickte. „Aber ich muss sie enttäuschen. Mein Vater ist Finne, ich kann auch in Eiswasser schwimmen, mich rein zu schubsen wird nicht viel bringen."

„Mir wird etwas einfallen", versicherte Anna. Wie schön sich das anfühlte, mit einem Menschen umzugehen, als wäre es ein Disneyfilm. Anna fühlte sich kokett. Ein bisschen wie Audrey Hepburn in Frühstück bei Tiffany oder Jane Fonda in Barfuß im Park. Sie war genau so wenig verunsichert, als ob Sie mit ihm für Herrn Krautz einen schwer vermittelbaren Termin ausmachen müsste, oder eine halbe Million Journalisten freundlich auf Abstand halten. Als wäre das freche Mädchen auf einmal ihre Domäne und nicht die artige Sekretärin. Anna griff Herrn Andersens Hand. Zwar war sie sich sicher, dass das jetzt zu viel werden würde, aber sie hatte solch eine unbändige Lust darauf, dass es sie nicht kümmerte.

„Ich heiße übrigens Eenis", sagte Eenis.

„Ich bin Anna."

Sie erreichten das Mainufer. Im Wasser schimmerte das Licht der Stadt. Wenn man hier aufgewachsen war, konnte es das Licht der Sterne ganz gut ersetzen, man kannte dann nichts anderes und schön war es auch. Wie große Türme aus Licht standen die riesenhaften Bankgebäude gebündelt auf der anderen Uferseite und strahlten gegen die Dunkelheit. Die Silhouette der etlichen Brücken überspannte den geschwärzten Fluss. Anna lehnte sich an das Geländer, Eelis daneben.

„Warum kommen sie nach Frankfurt zurück?", fragte Anna.

Man hörte an Eenis Seufzen, dass er dazu ansetzte zu lügen. Er zeigte auf die Bankentürme, „mir hat Mainhatten gefehlt. Ich vermisse Apfelwein, grüne Soße und die Hessen. Schweizer sind ganz nett. Aber ich vermisse die Hessen."

Anna fragte nicht nach. Dazu war ihr Eenis Stimme zu trüb. „Mein Vater ist dement", sagte sie. Sie hatte es noch niemandem erzählt. Wem denn auch. „Ich war heute früh bei ihm. Er hat mich nicht mehr erkannt. Solange ich mich zurückerinnern kann, hatten wir zwei immer nur uns. Und er hat mich einfach nicht erkannt. Aber wissen Sie, was mich wirklich erschrocken hat?"

Eenis sah sie nicht an, als er antwortete. Er starrte nur über den Fluss. „In dem Moment, als er Sie vergessen hat, haben Sie gar nichts empfunden. Da war es auf einmal nur noch lästig - und seine Nähe nicht mehr zu ertragen."

Anna hatte recht gehabt. Er war nicht wegen des Ausblicks wieder nach Frankfurt gekommen.

„Anna, das war ein komischer Tag heute.", sagte Eenis und löste sich vom Geländer. „Ich glaube wir sollten..." Er führte es nicht zu Ende. Er ließ sie einfach am Mainufer stehen und Anna fand nicht die Kraft, ihn aufzuhalten. Sie fand noch nicht ein Mal die Kraft ihm hinterher zu schauen, richtete ihren Blick nur wieder auf den Main. Das war jetzt ihr Disney Film gewesen? Hatte sie sich nicht noch gerade gefühlt als würde sie tanzen? Vor einer Minute hätte sie Bäume ausreißen können und die Welt war bunt. „Die Welt war bunt“, flüsterte sie. Aber die Welt war auch vor einer Minute nicht bunt gewesen. Sie hatte geflirtet wie ein kleines Mädchen, das keine Ahnung von gar nichts hatte. Die Hand eines Wildfremden genommen. Des Wildfremden, der ihr ihr Zuhause wegnehmen würde. Mit ihrem Vater war es auch schon vor einer Minute hoffnungslos gewesen. Sie versuchte, das Glücksgefühl wieder zu beleben, sich wenigstens wieder dran zu erinnern. Als sie daran dachte, es einfach nochmal zu tun, tanzen zu gehen, sich irgendjemanden an den Hals zu werfen, überkam sie die nackte Panik. Am Ufer bellte ein Hund. Eine Frau schob einen Kinderwagen vor sich her. Eine Laterne flackerte. Es duftete nach Kälte. Und zum ersten Mal seit langer Zeit musste Anna Martin weinen.

Melanie

Von Udo Tiffert

Es gab von ihr Fotos im Netz, da fiel Männern schon mal der Unterkiefer herab. Aber Melanie war 32 Jahre alt und eine Quasselstrippe.
Sie arbeitete in einer kleinen Beraterfirma, reiste mit rosa Rollkoffer per Flugzeug, Zug, Fernbus. Obwohl ihr Führerschein makellos war, fuhr sie nie selbst Auto, sie trank.
Man kann nicht formulieren: Sie trank gern mal einen zu viel. Denn sie trank nicht gern und nicht einen zu viel, sondern mehrere. Wahrscheinlich begann sie bereits mittags damit? Spätestens am frühen Nachmittag. Natürlich hatte es längst Vorfälle gegeben, Abstürze, lästiges oder hilfloses Verhalten, erbarmungswürdiges vielleicht?
Aber immer half ihr jemand das Hotelzimmer zu erreichen. Immer brachte sie ein Medikamentencocktail über die Nacht oder in den nächsten Tag.
Christoph, der Chef ihrer Firma bekam es immer häufiger zugetragen, Vorfälle von abgebrochenen Seminaren oder daß sie den Vertreter eines wichtigen Kunden, als „schnuckligen, kleinen Pisser“ verspottet oder angemacht hatte. Der Kompagnon flehte: „Sie muß weg. Was haben wir am Ende? Alle keinen Job mehr! Oder unterbezahlten, öffentlichen Kleindreck!“

Der Chef aber hielt an ihr fest. Er stand mit etwas unbekanntem in der Schuld von Melanies Mutter und hielt Ausschau nach einer Entwöhnungsklinik.

Joe fuhr Melanie an einem Donnerstag nach Berlin. Er gehörte nicht zur Firma, kannte den Chef seit 20 Jahren. Bat einer von beiden den anderen um etwas, was vielleicht alle 2-3 Jahre vorkam, antwortete der andere: „Gut, wann?“
Joe sollte Melanie im Estrel abliefern, vier Stunden später wieder abholen und in einer eher preiswerten Pension abliefern. Natürlich wisse man im Estrel mit drogen- oder alkoholbedingten Entgleisungen umzugehen, aber sie solle erkennen, wo sie bald landen würde... Melanie nahm mit hohen blauen Pumps und eher dünnen Waden drei Treppenstufen hinab, kam ihm entgegen. Er fand, daß sie genau so aussah, wie Beraterinnen eben aussehen: elfenbeinfarbenes Kostüm, Perlenohrringe, eine zweifarbige Frisur wie eine Perücke, die alle Kopfbewegungen starr mitmachte. Sie trug jedoch keine aufgeklebten Fingernägel, stieg in ein Smartphone redend, Joe mit einer freundlichen Handbewegung grüßend, hinten ein und sprach dann noch zwanzig Minuten, beriet offenbar eine Freundin, wie Frau zwischen zwei Männern den richtigen erkennt. Die Freundin schien eine Mischung aus beiden zu wollen? Joe war aufgefallen, daß ihre Handbewegung zum Gruß eine gewöhnliche, lapidare gewesen war, ihre Augen ihn aber deutlich wahrgenommen hatten: sichtbar abgewandt vom Telefongespräch, warm und ruhig.
Dann blickten sie sich hin und wieder im Rückspiegel an. Melanie betrachtete ihn weiterhin aufmerksam, auch so als würden sie sich bereits kennen, als wäre sie gar am Ende einer Suche angekommen. „Joe?“ fragte sie.
„Für Joachim“, sagte Joe.
„Ahh, klar.“

Jetzt begegnete ihm noch nicht das halbherzige, traurige Ringen um Aufmerksamkeit, was er später am Abend sehen würde. Vielleicht hatte ihr Chef Christoph kurz geschildert, was er von ihm hielt und weshalb er sie fuhr? Vielleicht war für sie jedes neue männliche Gesicht ein möglicher Halt, Ausruhen, ein Endlich-Angenommen-Werden? Oder doch nur weibliche Eigenwertermittlung?
Joe reagierte reserviert, nicht, weil er sie nicht mochte, eher aus Gewohnheit. Sie empfing dies jedoch als ein Urteil, fischte eine Piccolo-Flasche aus ihrer blauen Lederhandtasche, drehte sie rasch auf und trank sie aus. Dann schaute sie zur Seite, zu Standstreifen und Böschung und schien noch weniger zu sehen als Standstreifen und Böschung. Die Welt war leer und das Warten auf die Wirkung einer Tasse Sekt erforderte Disziplin. Dann wandte sie sich an Joes Nacken und rief sehr laut: „Ihr scheiß Männer liebt die Fickerei, aber sonst braucht ihr eine Frau zu nichts!"
Du sagst es, dachte er und erwog, um den Streit abzukürzen, dies laut zu sagen. Aber ihre Augen, die er im Rückspiegel sah, waren noch immer warm und freundlich, passten nicht zum gerufenen Satz, passten nicht zur Schminke, dem ganzen Schmink-, Pasten- und Wimpernkram. Ihre Augen waren eine Insel Menschsein. Wirkten jung. Augen, die um etwas baten. Aber er war doch nur der Fahrer. Und der Alkohol gab ihr doch schon von allem und gab und gab und besaß vielleicht schon ihre Zukunft?
Im Estrel schritt sie kampfeslustig aufs Unvermeidliche zu, bog aber vorher noch einmal schnell zur Bar ab. „War'n Fehler", weinte sie zwei Stunden später, als Joe sie eineinhalb Stunden vor der Zeit abholen mußte, „der Wodka hat mir das Genick gebrochen."
In der Firma klappte der Chef schon mal die Entschuldigungsemails auf.

Joe schleppte Melanie auf ihr Zimmer im ersten Stock eines Neukölner Mietshauses. Die eher dürre, Einssiebzigfrau strebte der Erde zu und er kämpfte darum, daß eine Bettmatraze dazwischen paßte. Und ein Laken.
„Bleib noch ein bißchen, Driver“, lallte sie und „Bleib doch!“ sprach sie plötzlich ganz klar und völlig bei sich, deutlich und ohne Gebettel. Dann streckte sie sich auf dem Rücken liegend aus, öffnete die Blaustrumpfbeine, daß zwei Männerfinger dazwischen gepasst hätten und begann zu schnarchen,bald im Schlaf zu weinen. Joe holte ein kleines Handtuch aus der kleinen Naßzelle, legte es an die Wangenseite, an der die Tränen liefen. Melanie nahm seine Hand und legte sie sich auf den Oberschenkel. Hoch genug. Er ließ sie da liegen.
„„Ne besoffene is Dir nüscht“, sagte sie mit geschlossenen Augen.
„Du hast zuviel Vorsprung“, sagte er.
„Bei Euch Pfeifen braucht man auch Vorsprung, ihr rollt ja immer mittendrin ab!“
Joe lachte kurz auf.
„Entschuldige“, sagte sie leise, „Du bist wohl nicht jemand, der einfach so aus der Kalten ‚ne Gelegenheit ausnutzt?“
Er holte Luft für ein „Ja-Nein-äh!“ Aber Melanie fuhr fort: „Weißt Du, stell Dir vor, ein Zustand, wenn das Beieinanderliegen ohne Vögeln genauso schön ist, wie das Vögeln... kennst Du so etwas?“
„Ja, kenn ich.“
„Bei mir ist es lange her, sehr lange, sehr sehr lange her... ich hab schon wieder Durst.“
Joe schraubte ihr eine eineinhalb Liter Wasserflasche auf. Sie trank etwas, rülpste aber recht ordentlich, sagte ein mildes, wahres, echtes Danke und fügte an:
„Und jetzt aber noch was richtiges!“
Von einem anderen Freund, der Arzt war, wußte er, daß man

Trinker nicht heilen, nicht aufhalten, nicht bekehren konnte. Erst wenn sie selber merken, daß es nicht mehr geht, konnte man sie begleiten und mußte dann bei Rückfällen, wie sie selber auch, die Nerven behalten. Er sagte zu Melanie: „Wenn Du hier ruhig liegen bleibst, geh ich was holen."
„Einen schönen Wein, und viel davon." sagte sie, „nichts billiges!"
Sie setzte sich auf, strahlte, den Tag bis dahin vergessend, in den Augenwinkeln, griff nach ihrer Handtasche, gab ihm einen 100-Euroschein, letzter Einsatz eines jungen Mädchens für eine sichere Wette. Sie beugte sich dabei weit vor, daß er beinahe in ihr Dekolleté fiel. Vielleicht sollte ich auch trinken? flackerte es in ihm auf. Strudelte er fußlos in den Wölbungen heller Brustansätze.

In der Kassenschlange bei Reichelt dachte er auch an die Möglichkeit, genau jetzt nach Hause zu fahren. Er hatte sie in der Pension abgeliefert und sie besaß eine Firmenbahncard. Ruf an, wenn es größere Probleme gibt, hatte sein Freund gesagt. Gab es ein größeres Problem? Einen Grund, den Feierabend des Freundes zu stören? Joe trat mit einer Papiertüte, die drei Flaschen und Knabbergebäck teilweise verbarg, auf die Straße und erfreute sich am Viele-Nationen-Berlin: Inder, Türken, Kroaten, Russen, Japaner, Koreaner vielleicht? Er ging langsam, wappnete sich für sie oder gegen sich selbst? Spanier, Kubaner, Chilenen? Sollte er nicht hier her ziehen? Zwischen all ihnen wohnen, nach und nach spanisch lernen?
Sie saß brav auf dem Bett, als er aufschloß. Vielleicht hatte sie noch ein Überbrückungs-Piccolöchen in den Tiefen ihres Koffers parat gehabt? Joe hielt ihr die Tüte hin, tat etwas traurig dabei.
„Chefchen hatte gesagt, du wärst in Ordnung, Ich hab ja nicht geahnt WIE in Ordnung!"

Sie hatte Kostümjacke und Bluse gegen ein T-Shirt getauscht. Die Brustwarzen stachen durch BH und gelben Stoff und füllten den halben Raum. Sie paßten gut zu ihren Schultern, sehr gut zu Kinn und Mund. Zu ihren Händen, die... Joe mußte dringend nach seinen Schuhen sehen. Mit der rechten Schuhspitze schob er den linken Schuh vom Fuß, mit der linken Sockenzehe den rechten. Er sah zur Tür, zum Garderobenständer, winklig zum Bett gab es ein Möbelstück, das er nicht benennen konnte, eine Sachenablage, ein kleines Sofa? Da könnte man drauf liegen, wenn es einen nicht störte, daß die Füße drüber hingen... Sie schien frisch gekämmt oder es gab wirklich eine Perücke, die sie abgelegt hatte. Gelbe und ocker Strähnchen fielen weich, bogen sich in die Luft, die ihren Hals umgab. Mann Joe, hielt er mit sich Rat: Eine ausgewachsene Frau auf einem Silbertablett, weniger als eine Handbreit entfernt. Was sprach dagegen: 1. Er müßte tags darauf Christine anlügen. 2. Es ist unpersönlich, heute nacht täte es jeder andere auch. 3. Sie wird ab da jeden Tag anrufen!
Was sprach dafür: 1. Sie ist eine Frau, gut gebaut. 2. Vielleicht faßt sie gut zu? 3. Wenn einen schon morgen ein Meteorit auf den Kopf knallt, hab ich heute wenigstens noch gevögelt! 4. Sie ist trotz der Launigkeit auch angenehm, auf eine kluge, vielleicht klug gewordene, Art aufmerksam.
Melanie zeigte auf ein Zahnputzglas und eines, das sie aus dem Estrel mitgenommen hatte. Joe befüllte sie, nachdem sie am Korken gerochen und die Qualität gnädig bestätigt hatte. Dann verzichtete sie auf weitere Etikette und sie trank ihres auf Ex aus.
„Hmmm, wirklich gut.“ Sie legte ihren Kopf nach hinten, bot ihm den Hals, sprach zur Zimmerdecke: „Du hast bestimmt eine ganz tolle, ausgeglichene Frau zuhause?“
„Christine“, sagte er.
„Ja“, sagte sie,

„einen schönen Namen haben solche Frauen natürlich auch noch."
Dir fehlt doch nichts, wollte er sagen. Dann fiel ihm ein, daß er damit eine langwierige Aufzählung aller realen und vermeindlichen Mängel auslösen würde.
„Du denkst, was fehlt der denn?" sagte Melanie.
„Niemand hat alles."
„Und wenn, wär's langweilig, was!" Sie war auf der Hut und schien in Form zu kommen. Sie goß sich nach. Sah nach seinem Glas. Dann sagte sie ganz leise, als ständen hunderte Leute im Raum und nur Joe solle es hören, ihre Pupillen wurden dunkel und riesig:
„Ich weiß, daß das Trinken nicht gut ist, nicht für mich, für niemanden. Aber es ist so schön. In manchen Zuständen fühle ich mich vollständig. Alle Körperteile und die Seele sind EIN Organismus, der sicher agiert, pulsiert, sich im Wind wiegt, für immer und gut!"
„Keine Euphorie?"
„Doch, aber eine verhaltene, ruhige, in sich ruhende... eher ein großes Einverstandensein."
Er faßte nach ihrem Fußgelenk, streichelte es mit zwei Fingern.

„Warte noch", sagte sie. Er wartete, aber der Moment kam nicht wieder. Das Reden, das Suchen nach den Worten hatte sie zu viel Kraft gekostet, zu viel Alkohol verbrannt, sie raste in den Entzug. Ihre Gesichtsfarbe ging in ein leichtes Grau über. Das ist nicht weiter schlimm, sagte sich Joe. Aber Angst flackerte in ihren Augen, Angst von weit her, unwiderlegbare Angst. Sie wußte, nun kann sie trinken wie sie will, es würde nichts besser. Also könnte sie es auch bleiben lassen! Nein, es waren noch zwei Flaschen da und eine kleine im Rollkoffer. Und soviel Nacht gab es noch, soviel lange, düstere, gleich-

förmige Gespensternacht. Eine Sucht hält Schlaf hinterm Rücken versteckt und lacht über den Versuch ihn mit Tabletten hervorzulocken. Melanie schiebt das Ende dieses Gedankens vor sich her. Dazu ein Mann, der zwar will, aber von seiner Christine träumt... Melanie begann wie verrückt zu weinen, zu würgen, wieder zu weinen, zu würgen, sprach das Gebet:
„Es soll drin bleiben, es soll drin bleiben! Hilf mir doch, hilf mir!"
Joe hielt sie an Hüfte und Schulter fest. Er war entsetzt darüber, wie rasch die Idylle zerplatzt war, sogar im selben Moment aus der Erinnerung verschwunden. Ihr Schluchzen ließ ihre Brüste schön, erregend, erbeben und ein wenig zittern. Aber ihr in ihre Nacht folgen? Die plötzlich die Wahrheit war, eine allein gültige Tatsache. Zimmer ohne Tür. Und kein Tag zuvor und kein kommender zählte. Er fragte sich kurz: Man trinkt doch aber nicht, um Angst zu haben. Noch dazu solche! Aber man bekam sie mitgeliefert. Sie hatte den Haken bei Angst weggeklickt, aber das System Trinken verstand keinen Spaß, machte persönliche Änderungen rückgängig... Ich kann helfen, ein wenig beistehen, dachte er. Aber ich will nicht mitsterben. Denn es ging nicht um eine schlechte Phase in einer Nacht in einer kleinen Pension. Hier raste Todesangst, hier kühlte die Gewißheit das Leben nicht zu schaffen alles aus, dazu die Aussicht sich selber nie auszuhalten!
Joe fühlte das, sah es an ihrer faltig, fiebernden Stirn. Sah es an den raschen Wechseln ihres Wesens zwischen Mädchen und Frau. Er faßte sie an den Hintern, an die Oberschenkel, leicht, fester, es war egal. Sie sagte im Weinen:
„Mach, daß es wieder wirkt!"
Er erhob sich schwerfällig, als hinderten ihn am Bett befestigte Schultergurte, ging auf die Toilette, wusch sich ausgiebig sein Gesicht. Dann im Nacken. Ihm war zum Weinen. Er biß sich in die rechte Hand. Wusch sich noch einmal.

Sie schlief, als er zurückkehrte und so beräumte er das Sofa-Ablagemöbelstück von ihren Kleidungsstücken, legte sie auf ihren Rollkoffer, vermied es, hineinzusehen. Joe nahm die dünne ockerfarbene Überdecke, die Melanie auf den Boden geworfen hatte und versuchte eine Liegehaltung einzunehmen. Sein Herz schlug als tobte noch immer ein Kampf. Er versuchte darüber hinweg zu gehen, befahl sich Schlaf.
Melanie schniefte, als stellte sie schwere Koffer ab oder müßte sie anheben. Dann weinte sie kurz wie ein Mädchen, das nur ein bißchen weinen will. Dann schnarchte sie wie eine Küchehilfe. Dann wachte sie auf und trank. Sie hatte die Flasche schon zuvor geöffnet und bereitgestellt. Dann lallte sie zu ihm herüber:
„Träume du mal von deiner Christine, deiner tollen Christine. Jeder sollte jemand tollen haben. Wieso haben die mich eigentlich nicht zu Ende machen lassen, die Ärsche? Die haben doch gekriegt, was sie bestellt haben, die Pisser! Scheiße! Mir is-schlecht-schlecht-schlecht-schlecht-so schlecht! Ich bin schon so geboren. Aber das Zimmer hier ist schön, allerliebst. Nicht so'n Saal zum Verlaufen. Was meinst du? Heh! Nee, schlaf mal, schlaf mal schön. Du hast das Zimmer ja ausgesucht, Herr Joe! Du hast Wein gekauft, du Engel! Du mußt mir noch Ratschläge geben. Nee, mußt du nicht. Du hast ja Wein geholt. Zack, bist Du losgelaufen. Dachtest Du, da ist die Nacht gerettet? Fahr doch nach Hause! Hast doch'n Auto oder isses geklaut inzwischen, häh? Auseinandergeschraubt an den Rädern! Das Dach aufgeschnitten...“ Dann weinte sie, dann trank sie, dann schlief sie, dann wimmerte sie, fluchte, beschimpfte einen „akademischen Kurzschwanz“, schlief, flüsterte morgens im Schlaf: „Ratschläge sind auch nur Schläge.“

Joe erhob sich kurz vor 6 Uhr, fühlte sich schweißig, klebrig. Er wußte nicht, ob er geschlafen hatte oder ob er die ganze

Zeit gerannt war, ohne einen Schritt voran zu kommen. Beinahe hätte er einen seiner Schuhe angehoben, umgedreht, um nach den Sohlen zu sehen.
Melanie lag auf dem Bauch, hatte ihre Beine weit gespreizt. Er berührte sie an ihrer feinen, geraden Schulter, zog ihr die Decke über den Po. Obwohl er sich unwohl fühlte, duschte er nicht, floh, als wärs die letzte Gelegenheit.
Als er Berlin gen Süden in Schönefeld verließ, stellte sich endlich das Gefühl Davongekommen zu sein ein. Ein Himmel mit wenigen Wölkchen schien sich von der Erde zu entfernen, lächelnd. Es würde ein heller, weit offener, sich öffnender Tag mit einer lang anhaltenden Dämmerung an seinem Ende werden. Weshalb war er überhaupt so lange geblieben? Verläßt man einen Schwerverletzten? Joe suchte Christine in ihrem Büro auf, sagte nur: „War'n schwerer Job, sehr schwer!"
Christine sah in an und wartete. Wartete. Er schwieg, starrte. Dann nahm sie sein Gesicht in beide Hände, fragte: „Aber er ist vorbei."
„Ja."

Joe rief Christoph nach 14 Tagen in der Firma an. Sein Freund sagte: „Ich habe sie zwei Tage später in eine Klinik gefahren. Von dort kam ein Anruf, daß sie weg ist. Keiner weiß, wohin!"